무서운 밤

무서운 밤

임영태 소설집

문이당

작가의 말

첫 단편 소설집을 묶는다. 장편과 달리 단편집은 한 시기를 정리한다는 의미로 해서 작가 자신의 개인적 감회가 남다르게 마련인데, 이번 책은 등단 12년 만의 첫 단편집이고 보니 그 감회 오죽할까. 그런데 덤덤하다. 뭉클해 보고 싶은데 덤덤하다. 방자한 걸까?

한 권 분량에 맞추기 위해 20여 편의 소설 중에서 하나하나 떨구어 낼 땐 제법 가슴 아팠다. 책 묶을 때 누구나 겪는 절차지만, 그것이 10년 기다려 온 자식들 덜어 내는 일이고 보면 문득문득 못난 아비란 자책감에 가슴 한쪽 시려 오지 않겠는가. 그런 애틋함으로, 소설가 이름 걸고 살아온 지난 10여 년 후르르 되짚어 보니, 하아, 이런 기쁨 저런 고통이 나 여깄소! 저마다 살뜰한 얼굴로 안겨 오던 것. 말하자면 그때까지는 감회 그것 봄날 꽃가루처럼 사방에 분분하였다.

그런데 지금, '작가의 말'을 쓰려고 책상 앞에 앉으니 최승자 시 어느 한 구절이 벼락처럼 가슴에 내리꽂힌다. 〈30대〉라는 제목의 시다.

우리는 벌써 중년
자칫하다가는 중견

최승자답게 위악적인 포즈로 말하고 있지만 이 무렵 그녀는 정말 초조하지는 않았을 거다. '자칫하다가는 중견'이라는 이 재치 있는 구절은 그저 노련한 시인의 계산된 엄살 아니랴. 그렇지, 30대엔 이렇게 운 띄우며 지레 한번 소스라쳐 봐도 좋은 것이다. 하나 40대에도 이런 말 하고 있으면 여지없이 궁상이다.

그러니까 나는 지금, 하늘 같은 선배들 아직 많은 터에 같잖게도 나이 먹은 타령 하고 있는가? 어쩌랴, '자칫'이 아니고 '꼼짝없이' 중견이 되고 말았다는 것을 저 어린 여자의 시가 예언처럼 증언하고 있는 걸. 조만간 하릴없이 '원로'도 되겠노라 비수처럼 날아와 박히는 걸. 그랬다, 감회가 한순간에 부질없어지던 것이다.

그리하여 지금은 이렇듯 턱없이 덤덤해져 있다. 하기야 덤덤해지니 편안하기는 하다. 그렇지, 그 이야기로 이 짧은 지면의 나머지 칸을 메우도록 하자. 덤덤하다는 것 혹은 고요해진다는 것에 대하여.

감히 말해 보자면, 지난 10여 년 동안 나는 문학에 대하여, 삶에 대하여 누구보다 진지하고, 비장하고, 엄숙하였다. 우스운 건 그런데, 등단 초기 2, 3년을 제외하면 나는 작가 세월의 대부분을 그 진지와 비장과 엄숙을 깨버리기 위하여 무진 애를 써 왔다는 것이다. 이런 식인데, 나는 통속적이고 거칠고 즉흥적인 것, 이른바 원초적인 취기라 할 만한 것, 바타이유나 보들레르 식의 위태로운 파격, 혹은 간단히 양아치 정서라 말해도 좋을 어떤 것, 대강 그런 것들에 대하여 콤플렉스 많았고, 그런 것들에 경도되고자 가슴 후비면서 나를, 나를, 이 못난 나를 무수히 죽여 왔었다.

물론 그 시간들은 내가 세상을 이해하기 위하여, 사람을 알기 위하여 치열했던 시간들 아니겠느냐고 말해 볼 수는 있다. 사실 그렇다. 그 갈등을 통하여 나는 많은 것을 배울 수 있었다. 그럼에도 아쉬운 것은 내가 다른 기질을 기웃거리기보다 나 자신에 좀 더 충실했다면 더 많이 성숙하고 더 빨리 자유로워졌으리라는 점 때문이다. 인간관계에서든 소설에서든, 나는 내 타고난 정서와 스타일에 오히려 더 천착했어야 한다. 그랬을 때 고요한 겸손은 지금보다 더 빨리 찾아왔을 것이다.

이제는 돌아와 거울 앞에 선 내 누이 같은 꽃이여…….
내 자신과 싸우지 않게 된 것을 소박하게 기뻐한다. 나를 긍정하고, 나의 결핍은 또 그것대로 덤덤히 인정하게 된 것을, 그래, 감히 다행스럽다고 지금은 말할 수 있다. 나의 귀여운 체질, 터무니없이 진지하고 비장하고 엄숙한 그것들을 기꺼이 보듬으며, 거기에 이제 덤덤한 마음 자락 함께 누인다. 좋다, 하고 말해 본다. 좋다!

그러고 보면 문학은 쓸모없는 것은 아니었다. 문학에 또한 많은 것을 빚졌다. 이 책 나오는 날, 몇 안 되는 지인들 모아 혹 그 술자리 노래방까지 이어지게 되면 〈봄날은 간다〉 3절까지 한번 불러 보겠다.

사랑하는 아내 이서인에게 이 책을 바친다.

2003년 가을
박달재 아래에서
임 영 태

차 례 / 무서운 밤

을평에서

그해 가을, 을평으로 사흘간의 출장 여행을 떠났다. 가을도 아직 절반밖에 지나지 않은 것 같은데 방송에서는 대관령과 덕유산에 벌써 첫눈이 내렸다고 보도됐던 10월 하순경이었다. 한 달의 반을 지방 출장으로 보내던 시절의 그 숱한 출장의 하나였을 뿐 별다른 여정은 아니었다.

을평에 도착한 때는 늦은 오후였다. 대합실을 거쳐 역사를 빠져나오며 거리를 쓸어 보니 많이 낯익다는 느낌이 다가왔다. 역 앞의 조그마한 광장 끄트머리에 어수선하게 늘어서 있는 몇 대의 택시들로부터 시작되는 그것은 출장 때마다 만나는 지방 소도시의 전형적인 풍경들이었다. 낡은 단층 건물의 유리창에 노란색으로 선팅돼 있는 '다방'이라는 글자거나, 역전에서부터 읍내 중앙까지 곧장 이어지는 2차선 신작로거나, 유난히 높아 보이는 붉은색 벽돌의 목욕탕 굴뚝, 그리고 어쩐지 흐물거린다는 느낌이 드는 행인들의 나른한 발걸음, 그런 것들.

　나는 출장지에 전화를 걸어 위치를 확인하고 나서 역 앞의 택시에 올랐다. 늦가을의 서느러운 바람을 차창으로 받으며 나는 버릇처럼 담배부터 한 개비 빼어 물었던 것 같고, 아니면 하품하면서 잠깐 눈을 붙였던 것도 같다. 매번 비슷한 출장길이어서 자잘한 기억들은 언제나 흐릿하다. 그리고 물론 그런 기억들은 지금으로선 하나도 중요하지 않다.

　내 출장지는 읍내의 한 개인 의원이었다. 내가 다니던 회사는 의원급의 병원들을 대상으로 건강 보험 청구 프로그램을 개발하여 판매하던 회사였다. 영업 사원이 계약서에 도장을 받아 컴퓨터 시스템 일체를 인도하고 돌아오면, 다음엔 나와 같은 교육 사원들이 프로그램 사용법을 교육하는 것이다. 서울에 있는 병원들은 출퇴근을 하며 교육하게 되지만, 왕복에 하루가 걸리는 지방으로 판매가 되면 아예 교육이 완료될 때까지 며칠간 묵고는 했다. 그 당시 회사에 보고된 내 출장 예정 기간은 3박 4일이었다.

　병원에 도착해 보니 내가 교육할 대상자는 원장의 부인이었다. 컴퓨터를 들여놓은 곳은 병원 건물 가장 안쪽으로 화장실 옆에 붙어 있는 두 평 남짓한 방이었다. 창고 용도로 쓰던 방이었는지 이런저런 의료기와 차트 용지 등이 어수선하게 방 한쪽에 몰려 있었고, 때문에 투명한 비닐 커버가 덮어씌워져 덩그러니 방 중앙에 놓여 있는 베이지색의 컴퓨터 본체는 불시착한 어느 외계인이 깜박 잃어버리고 간 장비처럼 낯설게만 보였다.

「교육 사원이 오면 정식으로 설치해 줄 거라면서 포장만 풀어놓고는 올라갔어요. 설치는 금방 되겠지요?」

원장 부인의 목소리엔 약간 간지럽다 싶은 애교가 흠씬 묻어 있었다. 50대인 원장에 비해 10여 년은 아래로 보이는 젊은 얼굴이었다.

「설치는 금방 될 텐데 그동안 의자나 하나 더 준비해 주시지요. 두 개가 있어야 같이 앉아서 교육을 하거든요.」

나는 부인이 나가자마자 빠르게 컴퓨터의 비닐을 벗기고 설치를 시작했다. 부인이 남기고 간 분 냄새가 자꾸 코를 자극했다. 잠시 후 사무장이 들어와 의자를 넣어 주었다. 사무장의 얼굴엔 무언가 마뜩찮아하는 기색이 깔려 있었다. 잘 부탁합니다라는 내 인사에도 그는 건성으로 고개만 한 번 끄덕이고는 대꾸 없이 밖으로 나갔다.

부인은 막 설치를 끝냈을 즈음 커피 잔을 들고 들어왔다.

「보통으로 탔어요. 입에 맞으실지 모르겠네…….」

「네, 맛있습니다.」

사실은 설탕이 조금 많았다.

나는 바로 컴퓨터를 작동시키고 교육에 들어갔다. 프로그램의 사용 방법 자체는 두 시간이면 충분히 설명된다. 하지만 그건 일방적인 설명일 뿐, 사용자가 모든 기능을 충분히 자기 것으로 숙지하고 혼자서 작업에 들어갈 수 있으려면 적어도 사나

흘의 반복 연습이 필요했다. 첫 두 시간 정도의 기본 설명이 끝나고 나면 다음부턴 실습을 지시하고 조력하는 일이 교육 사원인 내게 맡겨진 업무였다.

부인은 그만하면 이해력이 높았다. 다행이었다. 다만 시시콜콜한 질문은 다른 원장 부인들과 다르지 않았다. 원장 부인이 피교육자일 경우는 병원 업무에 구애받지 않고 교육 시간을 조절할 수 있다는 이점이 있는 대신에 짜증스러워지기 쉬웠다. 대개의 경우 원장 부인들은 원장이나 간호사보다 교육 내용을 소화해 내는 것이 느리면서도 질문은 누구보다 많은 것이다.

왜 이 항목에서는 뒤로 가지 못하지요? 프린터는 계속 켜두어도 돼요? 여기서도 엔터 키를 치나요? 또 쳐요?

나는 부인이 물어 올 때마다 싹싹하고 친절한 목소리로 설명을 되풀이했다. 그것은 교육 사원의 기본 수칙이었다.

부인은 약간 말이 많은 편이었지만 그렇다고 수다스럽게 여겨지지는 않았다. 오히려 교육 시간 내내 소녀처럼 방실방실 웃고 있어서 조금은 매력적으로 보이기도 했다. 약간 앙증맞다 싶은 귀여움이 느껴지기도 했는데, 때문에 나이 지긋하게 보이던 원장과 자꾸 대비가 되었다.

첫날은 두 시간의 교육을 끝내자 이미 밤이었다. 건물 2층의 자택에서 원장 내외와 늦은 저녁 식사를 함께했다.

「가까운 여관에 숙소를 준비했는데 사무장이 안내할 겁니다. 교육 중에 필요한 게 있으면 사무장을 통해서 말씀해 주세요. 바로바로 조치해 드리지요. 쉽게 내려오기도 어려운 거리니까 모쪼록 추후에 서로 번거롭지 않게 충실한 교육을 부탁합니다.」

식사를 마치고 거실에서 나오기 전에 원장이 말했다.

계단을 내려오며 나는 원장의 부드러운 미소와 그가 사용하는 단어들……을 통해서, 조치 등의 관료적 어휘가 그런대로 어울린다고 생각했다. 맞지 않을 것 같으면서도 그것들은 잘 어울렸다.

병원으로 내려오니 사무장이 기다리고 있었다. 나를 안내하여 여관으로 가면서도 여전히 사무장의 태도는 무뚝뚝하기만 했다.

「박내과에서 예약해 놓은 방을 달라고 하면 될 겁니다.」

사무장은 '목화장'이라는 네온 간판이 달린 3층짜리 건물을 손짓하고는 바로 돌아섰다. 나는 병원으로 돌아가는 사무장의 뒷모습을 별 생각 없이 잠시 바라보다가 이내 여관으로 들어갔다.

나는 여관방에 들어서자마자 욕조 가득 뜨거운 물을 받아 열차 여행의 피로를 풀었다.

출장의 첫날이면, 아니 정확히는 출장이 끝나기까지의 매일 밤을 나는 뜨거운 탕에 벌거벗은 몸을 누이는 것으로 하루 일과를 마감하곤 했다. 하루 교육을 끝내고 나서 부옇게 김이 서린 욕조 안에 몸을 담그고 있노라면 마음이 푸근하게 가라앉으며 아늑해졌다. 그것은 사실 쓸쓸함이기도 했다. 까닭 없이 알싸하고 고적한 심사가 되는 것도 그 시간이었다.

탕에서 나와 담배를 꺼내 물고는 무심한 시선으로 방 안을 쓸어 보았다. 누르스름하게 변색된 천장의 사방무늬 벽지, 방 한쪽 투박한 나무탁자 위의 주전자와 재떨이, 일회용 칫솔과 수건과 요구르트 하나, 그리고 내가 아무렇게나 던져 놓은 출장용 가방, 모두 낯익은 풍경이었다.

옆방 텔레비전에서 가랑가랑 나직한 음향이 들려왔고, 어느 골목에선가는 두어 차례 취객의 고함이 솟구쳤다. 창 아래로는 간헐적으로 신작로를 질주해 가는 차량들의 여운이 어디 먼 곳으로부터 밀려오는 폭풍 소리처럼 축축하면서 깊었다.

30분 정도 그렇게 앉아 있었다. 오랜 세월을 유랑객으로 떠돌아다니기라도 한 듯한 습관적 비감에 젖으면서 나는 어깨 위에 내려앉는 나른한 피로감에 몸을 맡겼다. 기억날 듯 말 듯 눈앞을 지나가는 누구의 어떤 표정, 어떤 목소리, 어떤 웃음소리…….

역시 습관이었다. 나는 그런 정서 안에 자신을 무방비로 방치해 놓는 것에 익숙했다. 그럴 때면 스르르 몽롱해졌다. 마약에라도 취해 육체에서 정신이 이탈되듯, 나는 벽에 기댄 내 몸뚱이가 저 아래쪽으로 자꾸 멀어지고 있는 것을 영화의 엔드 크레디트 자막 바라보듯 묵연하게 내려다보는 것이다. 그럴 때, 벌거벗은 내 살덩어리는 남의 몸을 갖다 붙인 듯 아주 낯설었다.

16

얼마 후에 노크 소리가 들렸다. 나는 팬티만 걸친 채 문 앞으로 다가서서 누구냐고 물었다. 차 배달 왔노라는 여자의 목소리가 들렸다. 차 시킨 적 없다고 내가 말하자 여자는 박내과에서 보냈다고 빠르게 덧붙였다. 나는 잠시만 기다려 달라고 말하고는 얼른 옷을 걸쳤다.

「박내과에서 보냈어요.」

여자는 커피 잔을 내려놓으며 문밖에서 했던 말을 반복했다. 나는 어정쩡한 자세로 침대 끄트머리에 앉았다.

「설탕, 프림 다 넣어요?」

「네.」

여자는 커피 잔을 내 손에 건네주더니 탁자 뒤의 자주색 소파에 다리를 꼬고 앉았다. 내 쪽으로는 제대로 눈길 한 번 주지 않고 있었다. 나는 약간 어색해서 찻잔을 내려놓으며 담배부터 한 개비 빼 들었다.

「피울래요?」

「아니요.」

내가 재떨이를 가져오려고 탁자로 다가갔을 때 여자는 고개를 뒤로 젖히며 크게 하품을 했다.

「텔레비나 보고 있지 그래요?」

내가 말했다.

「됐어요. 빨리 마시고 주세요.」

나는 속으로 쓴 입맛을 다셨다. 원장의 과잉 배려에 슬그머니 짜증이 났다. 남자 혼자 있는 여관방에 차 배달까지 시켜 주는 것은 아무리 생각해도 촌스러운 친절로 생각되었다. 그때 문득, 혹시 찻값 외에 다른 용도의 돈까지 덤으로 지불돼 있는 건 아닐까 하는 생각이 들었다. 나는 차를 마시며 여자의 얼굴을 훔쳐보았다. 여자는 방에 들어올 때의 무표정함 그대로였다. 얼굴에선 아무것도 읽어 낼 수 없었다.

나는 찻잔의 마지막 한 모금을 남겨 두고 되도록 천천히 담배를 빨았다. 여자의 눈길은 내내 방구석의 옷걸이 쪽에 가 있었다.

「병원으로도 차 배달을 가곤 합니까?」

「가끔요.」

대답을 하면서도 여자의 눈길은 내게 오지 않았다. 옷걸이에서 자기 발가락 끝으로 옮겨 왔을 뿐이었다. 물어봐? 하지만 어떤 식으로 물어야 자연스러울지 알 수가 없었다. 나는 마지막 한 모금을 마셔 버리고 빈 찻잔을 탁자 위에 내려놓았다. 그러곤 잠시 여짓거리며 서 있다가 텔레비전 앞으로 가 파워 버튼을 눌렀다. 지지지지, 탁한 소리가 튀어 올랐다.

내가 채널을 맞추고 돌아섰을 때 여자는 이미 자주색 배달 보자기를 챙겨 손에 들고 있었다.

「찻값은 계산됐나요?」

나는 자신의 표정이 약간 멍청해져 있을 것이라 생각했다.

「네.」

18

여자는 등 뒤로 시큰둥이 대답하며 문으로 걸어갔다. 딸깍, 여자가 나갔다. 나는 괜히 맥 풀리는 기분이 되어 다시 침대에 걸터앉았다. 어쩐지 뭔가 속은 듯한 기분이었다.

그 첫날은 몹시 피로했다. 대개 목욕하고 나면 밖으로 나가 술 한잔 걸치는 것이 내 습관이었지만 그날은 침대에 누워 늦은 시간까지 텔레비전만 시청했다. 그 전날 서울에서 늦도록 마신 술자리의 피로가 가시지 않았던 때문이었다. 동료들과 술내기 당구를 치고 난 뒤에 이어지는 흔한 술자리였는데, 단골집인 회사 앞 카페에서 3차를 끝낸 것이 새벽 세시였다.

자정이 넘어 정규 방송이 끝나자 화면에는 여관에서 비디오로 내보내는 홍콩 액션 영화가 나오기 시작했다. 나는 가죽잠바를 입은 영화 속의 주인공이 애인과 함께 오토바이를 타고 악당들에게 쫓기는 장면에서 텔레비전을 껐다. 줄거리가 상투적이었고, 꾸역꾸역 졸음이 밀려왔다. 아마 형광등도 끄지 않은 채 잠이 들었을 것이다.

을평에서의 첫날은 그렇게 지나갔다.

이튿날은 느지막이 일어나 열시쯤 병원으로 갔다. 대기실의 환자 수는 전날보다 많아 보였다. 환자 수로만 보면 서울의 웬만한 병원에 처지지 않을 터였다.

「늦으셨네요? 저는 벌써부터 기다렸어요.」

컴퓨터 앞에는 이미 원장 부인이 나와 앉아 한창 실습에 여념이 없었다. 나는 피곤기를 드러내기 위하여 입을 가리면서 큰 동작으로 선하품을 했다. 그러자 부인이 일어섰다.

「커피 갖다 드릴게요.」

부인의 목소리는 여전히 애교스러웠다. 분 냄새도 여전했다.

「어제처럼 탔어요.」

담배 한 개비를 피우고 났을 때 부인이 커피 잔을 들고 들어왔다. 나는 설탕이 조금 많은 커피를 빈속에 흘려보냈다.

「식사는요? 내일은 일찍 이층으로 오세요.」

「됐습니다. 원래 아침은 안 하거든요.」

부인은 제법 열성적으로 실습에 임했다. 기초 마스터 파일도 스스로 입력하려 했고, 배운 대로의 진행이 조금만 틀려진다 싶으면 그때마다 꼭 확인 질문을 해서는 꼼꼼히 메모했다. 나는 가끔 조언을 던지거나 부인의 질문에 대답해 가면서 30분 정도 지켜보았다. 그리고 자리에서 일어났다.

「어제 말씀드린 대로 혼자서 해보세요. 저는 동네나 좀 거닐다가 오겠습니다.」

「네? 어마, 옆에 계셔야 할 텐데…… .」

부인은 조금 호들갑스럽게 목소리를 높이며 나를 올려다보았다.

「혼자서도 잘 하시는데요, 뭐. 만약 하시다가 막히는 게 있으면 메모해 두세요. 어차피 내일모레부턴 혼자 하셔야 될 테니까, 미리부터 스스로 감당하는 것에 익숙해지시는 게 좋을 겁니다.」

「그렇긴 하지만…… 하긴 지루하기도 할 테니까 나갔다 오시구요, 대신 이따 저녁에는 오늘 다녀간 환자들의 실제 데이터를 입력해 볼 거니까 좀 도와주세요.」

「…… 저녁 이후에는 교육을 안 합니다. 한꺼번에 많이 한다고 해서 금방 느는 것도 아니고, 솔직히 제가 피곤하거든요.」

내가 정중하게 거절했지만 부인은 오히려 생긋생긋 웃었다.

「아이, 그러지 마시고 한 시간 정도만 보아 주세요. 끝나고 나면 제가 맥주 한잔 사드릴게요. 됐지요?」

스스럼없이 애교를 드러내는 부인 앞에서 나는 조금 당혹스러운 기분이었다. 얼마간 귀찮았고, 그러면서도 마음 한구석은 묘하게 출렁거렸다.

「딱 한 시간만입니다.」

내가 그렇게 말하자 부인은 부모에게 어려운 일의 승낙을 받아 낸 소녀처럼 기뻐했다. 나는 부지런히 입력하고 있으라는 말을 남기고는 밖으로 나왔다. 부인은 가벼운 미소로 알았다는 말을 대신했다.

볕이 따스했다. 가을바람이 가볍게 찰랑거리며 보도 위를 쓸고 다녔다. 산책하기에는 딱 알맞은 날씨였다. 나는 발길 가는 대로 이리저리 쏘다녔다.

어느 횡단보도 앞에서 첫 담배를 피워 물었고, 어느 골목을 들어서다 한 남자와 부딪칠 뻔했고, 어느 사거리에서 교복 입은 남학생이 시간을 물어보는 바람에 여관에 시계를 놓고 온 것을 깨달았다. 그리고 어느 건물 앞에서 자판기 커피 한 잔을 뽑아 마셨다. 사람들이 모두 수족관 안의 붕어들처럼 흐느적거리고 있다는 느낌이 들었다. 아니면, 나 혼자 흐느적거리고 있었다. 한 시간쯤 그렇게 걸어다녔다.

문득 이발을 하고 싶다는 생각이 들었다. 나는 거리의 간판을 두리번거리며 번화한 거리로 걸어 나갔다. 머리를 깎자는 게 아니고 면도와 안마나 받을 생각이었으므로 나는 좀 번드레한 간판을 찾아다녔다. 얼마쯤 걷다가 가전제품 대리점이 있는 건물 지하의 이발소로 들어갔다.

「면도만 해주세요.」

내 말이 끝나자 여종업원은 바로 의자를 뒤로 펼치고 나를 뉘었다. 나는 눈을 감았다. 곧 뜨거운 김이 서린 수건이 내 얼굴 위에 덮였고, 잠시 후에는 여자의 부드러운 손길이 내 턱을 받치고 관자놀이 근처부터 면도를 시작했다.

그렇게 얼굴을 맡기고 편안하게 누워 있으려니 며칠 전에 비디오로 보았던 영화 장면들이 출렁출렁 내 감은 눈 앞을 지나갔다. 그러다가 문득 비디오 가게에 테이프를 돌려주는 걸 깜박 잊고 내려왔다는 생각이 들었다. 한창 잘 나가는 테이프라며 대여 기간을 꼭 지켜 달라고 당부하던 주인 남자의 얼굴이 떠올랐다. 역시, 하고 투덜거리고 있을 것이다.

나는 단 한 번도 대여 기간을 지켜 본 적이 없었다. 빌려 올 때마다 매번 이번엔 제날짜에 갖다 주자고 다짐하지만, 막상 영화를 보고 나면 다시 비디오를 빌려 볼 생각이 나기 전까지 내 기억에서 비디오테이프는 까맣게 잊히곤 했다.

나는 내 자취방 어느 구석엔가 뒹굴고 있을 비디오테이프를 생각했다. 이어서 방바닥에 아무렇게나 널려 있을 옷가지들도 생각했고, 생전 걷지 않고 지내 큼큼한 냄새로 절어 있는 이부자리도 떠올렸다. 그러자 그 방 안에 배어 있을 건조한 권태로움 한 자락이 스멀스멀 가슴 아래께로 고여 왔다.

여자는 내 윗입술을 잡아당기며 코밑 수염을 밀기 시작했다. 나는 언제나 그렇듯 잠깐 숨을 멈추었다. 나는 내 콧김이 여자의 손에 닿는 것이 늘 신경 쓰였다. 음란한 서비스 따위엔 차라리 대범하면서도 왠지 그런 사소한 것에 자꾸 마음이 걸리곤 했다. 잠시 후 여자의 손은 귓불로 넘어갔다.

내 눈앞에는 다시 서울의 자취방이 그려졌다. 밤늦은 시각에 들어와 알알한 술기운으로 올려다보던 천장의 꽃무늬 벽지가 지나갔다. 아니, 그 무늬는 눈을 뜨고 보고 있는 양 내 바로 머리 위에서 아른거렸다. 이윽고 그 누르스름한 벽지에 밴 내 일상의 심사, 을씨년스러운 적막감이 가슴 아래쪽에 뭉쳐졌다.

실상은, 나는 그런 을씨년스러운 적막감에서 평안을 느끼곤 했다.

가끔 무엇을 찾으러 이곳저곳을 들쑤시다가 기억조차 가물가물한 아주 오래된 흔적들과 만난다. 전혀 기억되지 않는 이름이 박혀 있는 명함이거나, 누군가와의 약속 시간과 다방 이

름이 적혀 있는 메모지 한 장, 혹은 색 바랜 수첩에 적혀 있는
이런저런 전화번호와 주소들. 그런데 아무리 생각해도 그 이름
이나 주소에 연관된 기억이 떠오르지 않을 때, 나는 왠지 평안
해지는 것이다.

그것은 기억이 떠올라 줄 때도 마찬가지였다. 책갈피의 명함
한 장이, 찢어진 수첩의 흐릿한 약도가, 혹은 유행가 가사 한마
디가, 불쑥 까맣게 잊고 있던 사람이나 어느 장면을 떠올릴 때,
나는 아무런 감동의 파고 없이 다만 스르르 평안해졌다.

아, 그 사람이 있었지! 아, 그때! 하는 식의 나를 스쳐 간 모
든 기억의 흔적들.

나는 나른한 봄볕에 몸을 맡기듯 그 기억들 앞에서 안온함으
로 충만해진다. 한때 내 삶의 줄기에 관여하며 영향을 미치던
것들의 지금 현재의 완벽한 무관, 그 생생하던 것들의 지금 현
재의 부질없음, 부질없음의 인식이 주는 어떤 초극의 심사, 그
리고 무중력, 그 무중력의 평화.

말하자면 나는 모든 열정이란 걸 허랑하게 여겼다. 열정은
집착이고 집착은 피로를 남긴다. 나는 내 주변의 모두를 스쳐
보내며, 나 또한 누구에게도 기억됨 없이 다만 스쳐 지나가고
자 했다.

가볍게, 아주 가볍게, 나는 어떤 부질없는 열정에도 빠지지
않고 무심한 바람처럼 세월을 비껴갈 것이었다.

여자는 면도를 끝내고 안마로 넘어갔다. 여자가 내 양말을 벗

기고 발을 씻기기 시작했다. 나는 어제 욕탕에서 발을 깨끗이 씻어 다행이라고 생각했다. 그러나 사실은 발의 때 같은 것은 아무래도 좋았다. 나는 그렇게까지 모든 것에 예민하지는 않았다. 내가 유일하게 참아 내지 못하는 건 내 콧김이 여자의 손에 가 닿는 일이다. 콧구멍에서 채 1센티도 못 벗어난 내 생생한 숨결이 낯선 여자의 손에 가 닿는다는 건 언제라도 께끄름했다.

여자의 두 손이 적당히 강하면서 부드럽게 내 오른팔을 주무르며 내려갔다. 나는 티 나지 않게 심호흡하면서 어깨의 힘을 뺐다. 여자가 내 손가락 관절을 가볍게 한 마디씩 잡아당겼다. 여자의 안마 솜씨는 그만하면 괜찮았다.

그때, 나는 문득 '미래 소프트 사(社)' 장 부장과의 주말 면담을 기억해 냈다. 벌써 일주일 전에 해둔 약속이었다. 주말이라면 출장을 끝내고 올라가는 바로 그날이었으므로 때마침 떠오르지 않았다면 필시 잊고 지나갔을 것이었다.

장 부장은 여러 번 나를 채근하며 자기 회사로 옮겨 올 것을 제의하고 있었다. 대리로 있는 내 직급을 과장으로 하고, 월급도 크게 상향 조정하겠다는 좋은 조건이었다. 내가 처음부터 단호히 거절했음에도 장 부장은 쉽게 포기하지 않으려 했다.

— 그 좋은 실력을 유저 교육이나 하면서 썩힐 작정이오?

— 나는 유저 교육이 좋아요. 속 편하거든요.

— 속 편한 것도 한두 달이지. 마냥 그렇게 지내면 정말 머리가 굳어집니다. 남들은 발전 없는 교육부서에서 개발부로 옮겨

가고 싶어 안달하는데, 다람쥐 쳇바퀴 돌리는 일이나 한가지인 유저 교육에 매달리는 까닭이 뭐예요?

그때까지 장 부장을 두 번 만났다. 만나자면 만나 주는 내 태도가 가능성 있게 비친 것인지, 매번 한마디로 거절했는데도 불구하고 장 부장의 회유는 집요했다.

그 이유는 미래 소프트 사에서 당시에 추진 중인 '토털 정보 관리 시스템'의 개발을 위해 나의 노하우가 필요한 때문이었다. 나는 몇 년 전에 어느 대학 연구 기관에 파견 근무를 하며 그 계통의 업무에 대해 충분한 경험을 익힌 바 있었다. 자체의 기술력은 어느 정도 가지고 있다지만 그 방면에 축적된 경험이 없는 미래 소프트 사로서는 나 같은 유경험자가 절실히 필요했던 것이다.

물론 나는 회사를 옮길 마음이 없었다. 뿐만 아니라 다시 개발부서에 들어갈 마음도 없었다. 익숙한 얼굴과 익숙한 사무실 분위기를 바꾸고 싶지 않았다. 회사 지하 다방의 익숙한 실내와 눈 감고도 찾아다니는 출퇴근의 교통 노선 또한 바꾸고 싶지 않았다. 새로운 사람들과 사귀는 것도, 다시 또 플로차트와 씨름하는 일도 내키지 않았다. 애초에 개발부에서 교육부로의 이동을 자청한 것도 나였다.

여자의 손이 내 가슴 위를 부드럽게 쓸었다. 그리고 잠시 후에는 빠른 동작으로 내 팬티 속을 헤집었다. 여자의 손은 서너 번 더 내 팬티 속을 들락거렸다. 물컹하던 나의 그것이 서서히 부풀어 올랐다. 그러자 충분히 감질나게 만들었다고 생각했는지 여자의 손이 팬티를 벗어나 어깨 부근으로 올라갔다. 내 상체를 타고 앉은 여자에게서 색색거리는 숨소리가 들려왔다.

「특별 서비스 해드릴까요?」

이윽고, 은근한 목소리로 여자가 내 귀에 속삭였다.

「됐어요.」

내가 시들먹한 반응을 보이자 여자는 곧 안마를 마무리하기 시작했다. 형식적으로 몇 차례 더 어깨를 두드리고 난 여자는 이내 내 눈을 가리고 있던 수건을 걷어 냈다. 그리고 의자를 당겨 올렸다.

나는 방금 안구 이식 수술을 끝낸 환자처럼 조심스럽게 눈꺼풀을 들어 올려 밝은 빛을 받아들였다. 눈앞의 대형 벽거울 속에는 허여멀끔해진 서른다섯 살 사내가 무덤덤한 표정으로 눈을 껌벅거리고 있었다.

이발소에서 나오자 허기가 느껴졌다. 고개를 들어 보니 해는 여전히 중천을 크게 벗어나지 않고 있었다. 나는 가까운 식당에 들어가 점심을 먹었다. 식당에서 나와서는 또 한 시간 남짓 걸어다녔다. 그리고 시장 근처의 동시 상영 영화관에서 마피아가 나오는 영화를 보았다. 함께 상영하는 영화는 국산 에로물이었는데, 나는 마피아 영화가 끝나자 바로 나와 버렸다.

밖에는 불그스레한 석양빛이 시나브로 저녁 하늘을 물들여 가는 중이었다.

병원으로 돌아오니 원장 부인은 여전히 컴퓨터에 매달려 있었다. 야리야리한 외모와는 다르게 제법 집요한 구석이 있었다. 나는 약속대로 저녁 식사가 끝난 후에 한 시간 정도 부인의 데이터 입력 작업을 도와주었다. 작업이 다 끝나자 부인은 맥주를 사겠다고 말했다. 나는 정리해야 할 업무가 있다며 사양했다.

「그럼 내일 사드릴게요. 좋지요?」

부인이 잔뜩 실망한 표정으로 배시시 웃었다. 나는 멀건 미소로 응대하고 먼저 방에서 나왔다.

밖에는 뜻밖에도 사무장이 나를 기다리고 있었다.

「같이 술이나 한잔 하지요?」

사무장은 대뜸 그렇게 말했다. 뜬금없는 제의였다. 별로 내키지 않았으나 사무장이 긴한 할 말이 있는 듯 보여서 나는 잠자코 그를 따라 밖으로 나갔다. 사무장은 한식집의 조용한 방으로 나를 데리고 갔다. 거기서 우리는 반찬이 서른 가지쯤 나온 한정식을 앞에 두고 소주를 나누기 시작했다.

제 쪽에서 먼저 나를 이끌고 온 사무장이었지만 처음엔 별말이 없었다. 나도 의례적인 말 몇 마디를 던지고 나서는 묵묵히 내 술잔만 비웠다. 사무장은 빠르게 잔을 비워 갔다. 술잔이 비면 탁자에 내려놓기도 전에 술병을 집어 들어 잔을 채우는 것이어서 내가 따라 줄 틈도 없었다. 얼마 안 되어 사무장은 얼근히 취한 기색을 보였다.

그리고 어느 순간, 사무장은 조금 도전적인 표정이 되더니 내 얼굴을 빤히 바라보았다.

「원장 부인 어때요?」

생급스러운 물음이었다. 나는 게슴츠레 풀어지기 시작하는 사무장의 눈을 바라보며 담배 한 대를 빼어 물었다. 담배를 몇 모금 빨 때까지도 내가 아무 말 없이 자신의 얼굴만 바라보고 있자 사무장은 약간 긴장하는 빛을 보였다. 곧 사무장이 다시 말했다.

「육감적이지요? 제법 여자다운 애교도 있겠다, 뭐 그만하면 인물이지요.」

나는 사무장의 얼굴을 빤히 바라보았다. 느닷없이 경박한 어조를 만들어 가며 툭툭 던지는 사무장의 말에서 나는 어떤 조바심을 읽었다. 비로소 나를 바라보던 사무장의 눈빛이 무엇이었던가를 알 수 있었다. 질투였다. 그러자 웃음이 나왔다. 어쩌면 부인과 사무장이 육체관계를 맺은 사이인지도 모르겠다는 생각이 얼핏 스쳐 갔다. 쫀쫀한 사내와 관계를 맺었군. 나는 다소 짜증스러워져 손에 들고 있던 담배를 거칠게 비벼 껐다. 그리고 반쯤 일어서는 자세를 취했다.

「피곤해서 먼저 일어나야겠습니다.」

사무장이 인상을 찌푸렸다. 곧이어 사무장은 애써 호기로운 목소리를 끌어올리며 내 쪽은 보지도 않고 투깔스럽게 말을 던졌다.

「그 여자 색기가 보통이 아니에요. 보니까 댁한테 은근히 관심을 갖고 있는 것 같던데, 내가 충고 하나 하지요. 이건 정말 댁을 위해서 하는 소린데, 한번 물리면 좋을 것 하나도 없어요. 게다가 원장이 누구 한 놈 잡으려고 벼르고 있으니 진작에 조심해야 할 겁니다.」

나는 얼굴이 벌게져 있는 사무장을 가만히 내려다보았다. 사무장은 방바닥으로 고개를 떨구며 내 눈길을 외면했다. 사무장이 결혼한 사람인지 아닌지가 문득 궁금했다. 철없는 친구로군…… . 나는 벗어 놓았던 상의를 집어 들며 자리에서 일어났다. 그때였다. 사무장이 화들짝 놀란 얼굴로 고개를 쳐들었다. 거기에 담긴 표정이 어찌나 절박하던지 나는 한순간 멍청해져 버렸다.

「부탁합니다! 그 여자 가까이하지 말아 주세요. 그 여잔…… 내일 밤에는 더 적극적으로 나올 거예요, 마지막 날이니까요. 제발, 같이 자지 마세요. 제발요.」

사무장의 얼굴은 금방 울음이라도 나올 듯 보기 흉하게 일그러지고 있었다. 나는 어처구니가 없어 사무장의 얼굴만 멀뚱히 바라보았다. 무슨 저질 코미디라도 보고 있는 기분이었는데, 하지만 그런 식으로 쉽게 무시해 버리기엔 사무장의 표정이 너무 절박했다. 나는 공연히 민망해졌다.

「결혼은 하셨소?」

이윽고 나는 그렇게 물었다.

「아니요. 제발…… 그냥 올라가 주세요. 전…… 저는……

30

그 여자를 사랑합니다. 원장과 결혼하기 전부터 알던 여자지요. 그 여잔 저한테 다시 옵니다, 다시 와요. 원장의 재취로 들어가긴 했지만 전 그 여자를…… 제가 아주 우스운 놈으로 보이지요? 당신은 몰라요. 제발, 그냥 아무 일 없이 돌아가 주세요, 부탁합니다. 제발요.」

별 너저분한 신파도 다 있다는 생각에 나는 다시 역겨워졌다. 하기야 일말의 연민이 없는 건 아니었고, 도대체 두 사람의 관계가 무엇인지 은근히 궁금하기도 했지만 정말이지 더 이상은 사무장의 얼굴과 마주하기가 싫었다.

「아무 일 없을 거요.」

나는 옷을 걸치자마자 휘적휘적 밖으로 나와 버렸다.

마루에 내려설 때 얼핏 사무장의 울음소리가 들린 듯했다. 돌아보니 사무장은 고개를 푹 꺾은 채 어깨를 들먹이고 있었다. 여전히 황당한 기분이면서도 왠지 나는 금방 발을 뗄 수가 없었다. 촌스럽고 기이한 열정이었지만 어쨌거나 그 속에는 사무장 나름의 절박한 진정 하나는 있었다. 그 진정이 나를 공연히 서늘하게 했다. 나는 까닭 없이 혼란스러운 기분이 되어 한참이나 멍하니 서 있다가 돌아섰다.

그 둘째 날 밤에는 번화가로 나가 늦도록 술을 마셨다. 물론 혼자였다. 명가수 누구가 독점 출연하고 있다는 포스터가 붙은 어느 스탠드바에 가서 자정 가까이 맥주병을 비웠다. 적어도 내가 스탠드바를 나오기까지는 한물간 그 왕년의 여가수는 무대에 나오지 않았다. 술값을 계산하면서 포스터에 있는 가수는 나오지 않느냐고 슬쩍 물어보았다.

「다음 주 월요일에 들러 보세요. 그 가수는 월요일에만 나오 거든요.」

여자가 대답했다. 여자의 입에서 발음된 다음 주 월요일이라는 날짜가 내게는 서기 2100년보다도 아득했다.

둘째 날에도 목욕을 했다. 목욕을 끝내고 침대로 갔다.

나는 발가벗은 채로 침대 위에 누워 사방무늬가 바둑판처럼 가지런한 천장 벽지를 올려다보았다. 말라붙은 파리 한 마리가 보였다. 침대 위에 올라서서 천장의 파리까지 때려잡는 누군가의 모습이 그려졌다. 무척이나 심심했었나 보다라는 생각이 들었다. 나는 심심하지 않았다. 나는 권태롭지도 않았다. 그랬다, 누구의 훼방도 받지 않고, 누구의 훼방꾼도 되지 않고, 나는 그저 장롱 위의 먼지처럼 혼자 비장하게 세월의 흔적을 쌓을 것이었다. 나는 심심하지 않았고, 나는 쓸쓸하지도 않았다.

둘째 날은 그렇게 지나갔다. 사무장의 엉뚱한 호소만 빼면 대체로 평안한 하루였다.

셋째 날의 아침은 전날과 똑같이 시작되었다. 열시쯤 일어나 주섬주섬 옷을 챙겨 입고는 병원으로 갔고, 나보다 먼저 나와 컴퓨터 앞에 앉아 있는 부인을 30분 정도 지켜보았고, 설탕이 많이 들어간 커피를 마신 다음에 거리로 나섰다. 병원 문을 나서기 전 환자 대기실에서 잠깐 마주친 사무장은 첫날과 마찬가지의 무뚝뚝한 표정으로 나를 외면했다.

거리엔 여전히 사람들이 흐느적거렸고, 가을은 하루만큼 깊어져 있었다.

그날 낮에는 철길 건너편 동네를 어슬렁거리며 돌아다녔다. 그쪽은 퍽 한적했다. 읍 규모의 지방 도시란 대개 철길을 사이에 두고 양쪽에 전혀 다른 양상의 마을이 형성되고는 한다. 한쪽에 개발과 동떨어진 원주민 중심의 주거지가 있다면, 다른 한쪽은 관공서와 상가 등이 늘비한 번화가를 이룬다. 그 둘의 차이가 크지 않은 지역도 있지만, 어느 곳은 마치 타임머신을 타고 오가듯 양쪽이 생판 다른 풍경과 분위기를 보이기도 한다. 그 마을이 그랬다. 철길을 하나 건넜다뿐 같은 을평 지역인 그 마을은 병원이 있는 지역에 비하면 족히 10년 세월은 차이질 만큼 허술하면서 한적했다.

나른하게 가라앉아 있는 그 마을을 오후 내내 느릿느릿 걸어다녔다. 거리엔 지나다니는 사람도 별로 없었다. 나는 어느 구멍가게 앞에서 서너 살배기 아이들 몇 명이 흙장난하는 모습을 한동안 지켜보기도 했고, 논밭이 펼쳐지기 시작하는 마을 외곽 큰 나무 아래에서 잠깐 낮잠을 자기도 했다. 잊혀 가는 것, 세월과 멀찍이 거리를 두고 있는 풍경들이 마음을 편안하게 했다.

어둑해질 무렵 병원으로 돌아왔다. 원장 부인은 아침에 수북이 쌓아 놓았던 지난 이틀간의 환자 명세를 어느새 깨끗이 처리해 놓고는 나를 기다리고 있었다.

「다 끝냈어요. 이만하면 능력 있는 학생이지요?」

확실히 그렇긴 했다. 소녀 같은 표정으로 칭찬을 기다리는 부인의 모습은 애교보다는 그 뜻밖의 끈기로 해서 문득 아름다워 보였다.

「제가 교육해 본 중에 가장 우수한 학생이네요.」

「어머, 그래요? 무뚝뚝한 선생님한테 칭찬을 받으니 더 기쁜데요. 자, 우리 나가요. 약속대로 제가 술 한잔 살게요.」

마지막 밤이라 나도 홀가분한 마음이었다. 나는 사양하지 않고 부인을 따라 병원에서 나왔다. 부인은 병원 뒷마당에서 자기 차를 끌고 나와 나를 옆자리에 태웠다.

「좋은 데로 모실게요. 특별한 날만 가끔 가는 곳인데 분위기가 아주 그만이에요.」

차는 읍내를 빠져나와 한적한 국도를 달리기 시작했다. 드문드문 무슨 가든이라거나 무슨 장이라고 휘황히 불 밝힌 간판들이 어두운 도로 옆에서 갑자기 나타나곤 했다. 달빛이 부드러운 천처럼 은은히 내리깔리고 있는 밤이었다.

차가 국도를 벗어나 오른쪽의 내리막길로 접어들었다. 얼마 안 가 '호수 가든'이라는 아치형 간판이 보였다. 한눈에 꽤나 정성 들여 조성한 고급 음식점이라는 걸 알 수 있었다. 울창한 숲을 두르고 안쪽에 서구형 2층 목조 건물이 있고 그 앞으로는 인공 호수와 몇 개의 아담한 정자가 보였다.

「분위기 괜찮지요?」

「좋군요.」

우리는 정중하게 맞이하는 종업원에 의해 1층의 조용한 방으로 안내되었다. 분위기나 조망을 생각하면 전면이 통유리로 돼 있는 2층 창가가 훨씬 나을 듯했지만 미리 예약이 된 듯하고 또 어디라도 크게 상관없다는 마음이어서 나는 잠자코 부인을 따라갔다. 적당한 크기의 깔끔한 방이었다. 곧 음식과 술이 들어왔다.

「숙소까지 모셔다 드릴 테니까 편한 마음으로 취해도 돼요. 서로 너무 점잔만 빼면 술맛이 없지 않겠어요?」

첫 잔을 건네며 부인이 한 말이었다. 불편한 마음은 없었고 얼마쯤 취하고 싶기도 했으므로 나는 부지런히 부인이 건네는 잔을 받았다. 하지만 부인이 자꾸 이런저런 말을 걸어 오는 건 약간 불편했다. 가장 만만한 동료들과의 술자리에서도 나는 말을 별로 하지 않는 편이다. 세상 돌아가는 일에 대한 특별한 견해도, 늘어놓을 푸념도, 자랑거리도 내게는 없었다. 그러니 며칠 전에 처음 알게 된 여자와 단둘이 주고받을 만한 이야깃거리란 애초부터 있을 리 없었다. 나는 내내 부인의 말을 듣기만 하면서 가끔 맞장구만 쳐주었다.

「말씀을 참 잘하시네요. 술도 잘 드시구요.」

부인은 받은 술잔을 오래 놓고 있지 않았다. 급하게 마시는 게 아닌데도 어느 순간 보면 벌써 잔이 비어 있었다. 옆에 술 따라 주는 시종이라도 붙어 있어야만 내 손이 편하겠다 싶을 정도였다. 자연스럽게 이런저런 화제를 이끄는 솜씨도 퍽 능란했다. 내 쪽에서 거의 말을 하지 않는데도 대화가 끊이지 않는건 부인의 그런 화술 때문이었다. 무엇보다 부인의 매력은 자칫 경박하거나 헤프게 보일 수 있는 언행조차 일정한 품위를 유지하면서 익숙하게 소화해 낸다는 점이었다. 어떤 말이나 행동도 부인이 표현하면 자연스러웠다.

훌쩍 두 시간이 지났다. 아직 깊은 밤은 아니었지만 슬슬 일어나야겠다 싶었다. 부인이 갑자기 취한 기색을 보이고 있었고 나도 이제 그만 여관으로 돌아가고 싶었다.

「자리 불편하세요?」

대놓고 시계를 내려다보는 나에게 부인이 짐짓 서운한 투로 말했다.

「불편하지 않습니다. 충분히 마신 것 같고 해서…… .」

나는 문득, 내일 밤에는 더 적극적으로 나올 거라던 사무장의 말을 떠올렸다. 그 말을 잊고 있었던 건 아니었다. 병원에서 나를 기다리고 있는 부인을 보는 순간부터 그 말을 생각했지만 일부러 무시하고자 했다. 사무장의 경고와 상관없이 나는 부인과 관계를 맺고 싶은 마음 따위는 전혀 없었다.

그런데 불쑥, 유혹에 그냥 응해 줘볼까 하는 마음이 슬그머니 생겨나고 있었다. 되어 가는 대로 맡겨 두자. 일부러 몰아갈 것도, 일부러 피할 일도 없지 않은가. 나는 술병을 들어 부인의 잔을 채웠다. 그때 부인이 말했다.

「장소를 옮길까요?」

그러죠, 하고 나는 대답했다. 우리는 바로 자리에서 일어났다. 부인이 말한 '장소'가 무슨 의미일까를 생각하며 나는 부인을 따라 천천히 주차장으로 발길을 옮겼다. 서늘한 바람이 휙 목덜미를 훑고 지나갔다. 가을의 끝물이 느껴지는 바람이었다.

그때 승용차 뒤에서 시커먼 물체 하나가 툭 튀어나왔다. 부인과 나는 동시에 우뚝 걸음을 멈췄다. 사모님! 시커먼 물체가 그렇게 말했다. 사무장이었다. 부인이 어처구니없어하며 고개를 반쯤 옆으로 틀었다. 주차장 안쪽의 부연 외등이 노여움과 짜증으로 일그러지는 부인의 옆얼굴을 비추어 주었다. 사무장이 거의 반 우는 목소리로 말하기 시작했다.

「제발, 제발 이러지 마세요. 사모님…… 언제까지고 당신을 기다릴 겁니다. 하지만, 이제 그만 하세요. 도대체 언제까지 이럴 거예요. 얼마나 더 나를 아프게 만들 작정입니까…… 제발…….」

부인은 시선을 먼 곳에 둔 채 꼼짝도 않고 서 있었다. 사무장이 비척거리며 부인에게 다가섰다. 부인은 여전히 외면하고 있었다. 사무장은 죄지은 어린아이처럼 고개를 푹 숙였다. 부인이 금방이라도 사무장의 뺨을 후려갈길지 모른다는 생각에 나는 공연히 마음이 초조해지고 있었다. 풀썩, 사무장이 부인의 발아래에 무릎을 꿇었다.

「난, 당신 없으면 못 살아요. 차라리 날 죽여요. 제발…….」

다음 순간 전혀 예상하지 못했던 상황이 벌어졌다. 그때까지 내내 왼고개로 먼 곳만 바라보던 부인이 사무장의 얼굴을 두 손으로 감싸 부드럽게 만져 주기 시작했다. 마치 아기를 달래기라도 하는 듯한 모습이었다.

도무지 모든 게 비현실적이었다. 눈앞에 보고 있으면서도 나는 두 사람이 연출하고 있는 그림을 제대로 받아들일 수가 없었다. 기이한 연극 하나를 보고 있다는 느낌뿐이었다. 그러면서 한편 나는 지난밤 한식집에서 처음 사무장의 울음소리를 들을 때처럼 까닭 없이 가슴이 서늘해지고 있었다.

부인은 이제 사무장과 똑같이 무릎을 꿇고 있었다. 사무장은 고개를 좀 더 숙여 부인의 가슴에 얼굴을 묻고 있었고, 부인은 무어라 나지막이 웅얼거리며 사무장의 등을 토닥거리고 있었다. 사무장의 어깨가 간헐적으로 심하게 들썩거렸다. 부인은 그때마다 사무장을 깊이 안아 주었다. 두 사람 다 나에 대해서는 전혀 신경 쓰지 않고 있는 듯했다. 아니, 이 세상 아무것에도 신경 쓰지 않는 모습이었다.

어쨌거나 참으로 이상한 기분이었다. 은밀하면서 적나라하고, 낯선 듯하면서 친숙했다. 그리고 무언가 매우 고전적인 풍경이라는 느낌이었다.

두 사람은 밤새도록 붙안고 있을 것만 같았다. 나는 막막히 서서 기다렸다. 실상 기다리는 건 아무것도 없었다. 외등 불빛마저 그들이 있는 곳까지만 미치고 있어 나는 침침한 그늘 속에 혼자 우두커니 서 있을 따름이었다.

이윽고, 나는 조용히 돌아서서 주차장을 빠져나왔다. 사방이 조용했다. 본채 안쪽을 지날 때 갑자기 손님 몇 사람의 흐벅진 웃음소리가 날아왔다. 나는 공연히 놀라 걸음을 빨리했다.

아치형 간판을 벗어나 모퉁이 하나를 돌아서자 사위가 칠흑처럼 어두워졌다. 풀벌레 소리도 들리지 않았다. 시커멓게 누워 있는 비포장 도로를 한참 걸어 오르자 마침내 국도가 나타났다. 국도도 캄캄하기는 마찬가지였다. 달빛은 아까부터 구름에 가려 있었다.

길섶에 붙어 한참 동안 가만히 서 있었다. 아주 가끔 쌔앵 날파람을 일으키며 승용차가 질주해 갔고, 그러고 나면 곧 잠깐 물러났던 어둠이 스멀스멀 제자리를 메우며 절벽 같은 고요를 만들었다. 시간도 정지될 듯한 어둠이었다. 그 속에서 나는 무언가와 싸우고 있었다. 나를 노려보는 것, 아니면 내가 노려보던 것들과.

달빛이 잠깐 흘러내리다가 곧 사라졌다. 차 한 대가 지나가고 나서 나는 천천히 무릎을 꿇었다. 사무장처럼 고개를 반쯤 숙이고, 사무장처럼 두 손을 가지런히 모으고, 나는 힘겹게 입을 열어 중얼거려 보았다.

차라리 날 죽여요…… 제발…….

이슬비 내리는 봄날 밤

승호가 밤늦게 대학 선배인 황으로부터 그 유별난 전화를 받은 건 집에서 한창 인터넷에 몰두해 있을 때였다. 하루 종일 이슬비가 내리던 4월 하순의 어느 봄날이었다. 금요일이었고, 열어 놓은 창으로 들어오는 밤 공기에는 청주 냄새가 섞여 있었다.

승호는 퇴근해 저녁 식사를 끝내자마자 컴퓨터 앞에 매달려 마케팅 관련 자료를 뒤적이고 있던 참이었다. 회사에서 개발 중인 신제품의 컨셉 설정에 도움될 만한 자료를 검색하고 있었다. 판매 대상 고객층의 소비 취향을 분석하고 거기에 주 5일 근무제의 영향이나 광고 인지도 등까지 종합해서 수일 내로 보고서 하나를 올려야 했다. 승호는 성실한 직장인이었고, 무엇보다 자기 일인 마케팅 업무에 남다른 긍지를 갖고 있었다. 그래서 회사일을 집에까지 갖고 와서도 별로 지루한 기분 없이 자료 찾기에 푹 빠져 있었다.

키보드 옆에 놓아두었던 승호의 휴대 전화가 울린 것은 그가 잠시 쉬면서 커피 물을 끓이고 있을 때였다. 승호는 발신자 번호로 상대가 황 선배인 것을 알고는 받을까 말까 잠깐 망설였다. 종종 술에 잔뜩 취한 채 전화 걸어서는 막무가내로 불러내곤 하던 황 선배의 전력 때문이었다. 휴대 전화 멜로디는 그치지 않고 오래 계속되었다. 〈헝가리 무곡〉이다. 승호가 이 멜로디를 선택한 것은 무곡답게 경쾌한 가락이 마음에 들어서였는데 가만히 듣고 있으면 경쾌함보다는 어딘지 쓸쓸한 분위기가 느껴지고는 했다.

쩝, 승호는 쓴 입맛을 다시며 결국 휴대 전화를 집어 들었다. 말하자면 승호는 걸려 온 전화를 무시할 만큼 뻔뻔한 사람은 아니었다.

「어디냐?」

황 선배는 대뜸 전화받는 장소부터 물었다. 술에 취해 있지는 않았다.

「집인데요.」

「자고 있었던 건 아니지?」

「자긴요, 몇 신데 벌써…….」

말하면서 흘낏 탁상시계를 보니 어느새 열한시가 가까웠다. 벌써 이렇게 됐나……. 갑자기 하품이 나오려는 걸 참으면서 승호는 담배 한 개비를 빼어 물었다. 황 선배가 유별난 부탁을 해온 게 그때였다.

「너 안 자면 말이야…… 음, 뭐라고 해야 되나…… 저기 말이야, 지금 나가서 누구하고 술 한잔 마셔 주지 않을래?」

승호는 처음엔 선배의 작전이 아닐까 생각했다. 전에 한번 승호는 심야에 걸려 온 황 선배의 전화를 받고 냉정하게 거절한 적이 있었다. 그 때문에 선배가 이제 수법을 바꾼 것이리라, 그렇게 짐작한 승호는 대충 듣다가 정곡을 찌를 생각으로 일단 아무 말 없이 귀 기울여 주었다. 그런데 아니었다. 느낌이 그랬다. 아무튼 황 선배의 부탁은 이랬다.

내가 아는 후배가 하나 있다. 지금 밖에서 혼자 술 마시고 있단다. 나보고 나와 달라 하는데 나는 나갈 형편이 아니다. 너도 알지, 내가 술 마시자는 말에 뺄 사람이냐? 한데 지금은 도저히 나갈 수가 없다. 그런데 그놈 하는 말이 그러면 대신 아무나 불러 달란다. 아무나 한 사람 붙여 주면 그 사람과 술을 마시겠단다. 자기가 모르는 사람이라도 상관없단다. 아니, 모르는 사람이면 더 좋단다. 어쩌겠냐, 늘 그러는 애도 아니고, 오죽 마음이 허하면 그럴까도 싶고, 그런데 막상 사람 붙여 주려고 하니까 이거 쉬운 게 아니네, 알지도 못하는 사람한테 달려가 술 상대 해주라 하는 거, 사실 조금 황당한 부탁 아니냐? 나 좀 봐줘라, 네가 제일 편안해서 전화했다. 나가 줄 거지?

종일 내린 비 때문인지 거리는 약간 쌀쌀했다. 큰길을 향해 어두운 골목길을 걸어 나가면서 승호는 우선 자기 자신을 향해 툴툴거렸다. 아무래도 너무 쉽게 응해 준 것 같았다. 집 대문을 나서는 순간 벌써, 내가 지금 뭐하고 있지? 한심한 기분이 들었다. 급한 일도 제쳐 두고 이게 무슨 꼴이람. 무언가에 잠시 홀렸던 것 같다고 승호는 생각했다. 어쨌거나 이미 물 건너간 일, 이제 승호가 할 일은 심야의 술집에서 청승맞게 알지도 못하는 사람을 기다리고 있는, 그 알지도 못하는 사람을 만나 함께 술을 마시는 일뿐이었다.

택시는 한적한 도로를 빠르게 달렸다. 익숙한 거리인데도 차창 밖 풍경이 매우 낯설어 승호는 잠시 가벼운 혼란을 느꼈다. 곧 승호는 늘 보던 곳의 반대쪽 풍경을 보고 있어 그렇다는 걸 알아차렸다. 자정 가까운 시각에 집에서 도심을 향해 거꾸로 달려보는 건 처음이었다. 밤의 아스팔트는 빗물에 젖어 차갑게 번들거렸다. 우산을 쓰지 않아도 될 정도의 가는 빗줄기였지만 아침부터 한시도 그치지 않아 길가의 가로수는 모두 축축이 젖어 있었다. 승호는 공연히 아득해지는 마음으로 멀거니 창밖의 어두운 거리를 바라보았다. 친하지는 않았지만 예의는 차려야 할 누군가의 부음을 듣고 영안실을 찾아가고 있는 그런 기분이었다.

도심이 가까워지면서 차츰 상가 불빛이 늘어났다. 여기저기 비틀거리며 걸어가는 취객들도 많이 눈에 띄었다. 자정이 막 넘어가고 있어 도로 가장자리는 택시를 잡으려는 사람들로 어수선했다. 끼익 끽, 택시는 자주 급브레이크를 잡았다. 정체가 심한 곳에서 택시 기사는 담배를 한 대 빼어 물었다. 그리고 라디오 채널을 바꿨다. '…… 를 바라면서 함께 듣고 싶다고 청해 주셨습니다'라는 멘트에 이어 오래된 가요 하나가 흘러나왔다.

만날 사람에 대해 승호는 잠시 생각해 보았다. 아무라도 곁에 있어 주면 좋겠다는 마음은 이해할 만했다. 산다는 게 그렇다. 누구나 그런 심정일 때가 있는 법. 이 세상에 자기만큼 외로운 사람은 없다는 느낌이 드는, 혹은 자기 생의 모든 게 까닭 없이 지랄 같은 그런 날. 승호도 아마 몇 번은 그랬으리.

그러나 말이다, 술집에 가서 여자를 찾는다면 모를까, 이렇듯 아무나 불러 달라 해놓고는 그걸 기다리는 사람은 많지 않다. 약간 주책 맞은 사람은 아닐까? 만약 그렇다면 꽤나 지루한 자리가 될 것이었다. 어쩌면 그 사람은 자기가 그런 전화를 했다는 것조차 벌써 잊어버렸거나, 혹은 마음이 바뀌어 이미 자리를 떴거나, 아니면 만취 상태로 탁자에 머리를 박은 채 잠들어 있을지도 모를 일이었다. 어느 경우든 재미없는 결과였다.

승호는 창을 내리고 담배를 한 대 물었다. 처음부터 재미 따위를 기대해서 부탁을 받아들인 건 아니지 않느냐고 승호는 자기 마음을 다독거렸다. 일진 탓하지 말고 보시 한 번 하는 셈 치자. 그런 생각으로 승호는 씩 웃어 보기까지 했다. 물론 기분은 여전히 심드렁했다.

택시는 목적지에 거의 다 와가고 있었다. 사람들은 어쩐지 갈수록 더 많아지는 것 같았다. 줄곧 한적한 어둠 속을 달려와

서인가, 이런 시각 도심에 있어 본 게 한두 번이 아니면서도 승호는 마치 낯선 나라에 와 있는 기분이었다. 자기 행선지를 외치며 차창에 달라붙었다가 뒤로 쑥 밀리는 사람들이 승호에겐 꼭 공포 영화 같은 데서 죽여도 죽여도 다시 살아나 달려드는 괴물들만 같았다.

택시에서 내린 승호는 선배가 일러 준 술집을 찾기 위해 서너 개의 골목을 들락거렸다. 선배로부터 그 사람의 휴대 전화 번호를 받아 두긴 했으나 승호는 가능하면 미리 전화하고 싶지 않았다. 전화상으로 먼저 인사를 나눈다는 게 성가셨고, 일단 목소리를 듣게 되면 이 유별난 만남이 갑자기 더 맥없어질 것 같다는 생각도 들었다.

이윽고 저만치 술집 간판이 눈에 들어왔다. 막걸리와 파전 등을 파는 허름한 선술집이었다. 전면이 유리창으로 되어 있어서 실내가 훤히 들여다보여 승호는 내심 다행스러웠다. 기다리는 사람의 상태가 영 아니다 싶으면 그냥 돌아설 작정이었던 것이다.

승호는 보통의 행인처럼 천천히 술집 앞을 지나치며 힐끗 실내를 훔쳐보았다. 홀 중간쯤에 혼자 앉아 있는 남자가 눈에 들어왔다. 검정 면바지에 감청색 잠바를 걸친 서른 중반의 남자. 고개를 푹 숙이고 있어 얼굴은 보이지 않았지만, 승호는 한눈에 선배가 말한 사람이라는 걸 알 수 있었다. 유일하게 혼자 앉아 있는 손님이었기 때문만은 아니다. 그 남자가 풍기는 분위기 어딘가가 아까 선배에게 전화를 받을 때 언뜻 머리에 그려졌던 인상과 일치했다.

어깨에 드리워진 짙은 피로, 다소 고집스러워 보이는 눈매, 착 가라앉은 느린 말씨, 물결이 퍼지듯 씁쓸하게 히죽거리는 미소, 그것이 승호가 선배의 말을 들으며 떠올렸던 인상이었다. 요컨대 경박하진 않으나 너무 무겁고 우울해 긴 시간 마주 대하기엔 조금 버거운 상대.

남자를 바라보며 승호는 잠깐 자문해 보았다. 떠올렸던 이미지가 그처럼 어두웠는데도 자기는 왜 선뜻 선배의 부탁을 들어주었을까? 금방 대답이 나오지 않았다. 매사에 밝고 낙천적인 자신이 이 우울한 남자에게서 친밀감이나 그 비슷한 감정을 느낄 까닭이란 없었다. 역시 무언가에 홀렸던 게 틀림없다는 생각이 들었다. 하지만 과연 무엇에 홀렸다는 말인가?

자기가 좋아하는 스타일이 아니라고 생각하면서도 승호는 결국 술집 문을 열고 말았다. 남자의 무언가가 승호를 잡아당겼다. 그랬다. 설명할 순 없지만 그건 사실이었다. 남자를 처음 보는 순간부터 그대로 돌아설까 말까 하는 갈등은 아예 하지도 않았다는 걸 승호는 스스로 인정할 수밖에 없었다. 그나마 저 사람 복이겠지. 휴우, 승호는 뜻이 애매한 한숨을 짧게 내쉬며 남자에게 다가갔다.

승호가 맞은편에 걸터앉자 남자가 천천히 고개를 들었다. 승호는 그에게 씨익 웃어 주었다. 황 선배……? 하고 남자가 느릿하니 물었다. 승호는 고개를 끄덕였다. 무슨 생각을 하는지 남자는 몇 차례 고개를 주억거렸다.

잠시 후, 남자가 자기 잔을 승호에게 건네더니 소주 한 잔을 따라 주었다. 승호는 단숨에 잔을 비우고 남자에게 되돌렸다. 남자도 단숨에 들이켜더니 다시 승호에게 잔을 건넸다. 승호는 이번에도 말없이 받아 마시고는 바로 또 남자에게 잔을 되돌렸다. 게임이라도 하는 것 같군. 승호는 벌써 맥이 풀렸다. 다행히 게임은 그 정도에서 그쳤다. 받은 술잔을 그대로 놔둔 채 남자가 담배를 꺼내 물고 있었다.

「황 선배가 뭐라고 하던가요?」

호물호물 풀어지는 목소리로 남자가 물었다.

「뭘요?」

「여기로 보내면서 무슨 말 했어요?」

「길 잃은 어린 양 좀 구해 주라던데요.」

대답하고 나서 승호는 기분이 좋았다. 스스럼없이 농담조의 말이 나올 만큼 마음에 여유가 생겼기 때문이었다. 왜 그런 여유가 생겼는지 모르지만 아무튼 그건 나쁜 건 아니었다. 남자가 또 묻고 있었다.

「나와 보니 속았다는 기분 안 들어요?」

「뭐 별로…… 특별히 기대한 것도 없으니까요.」

「다행이네요.」

남자가 자조적인 표정으로 피식 웃었다.

「뭐가 다행입니까?」

「유쾌한 술자리가 안 될지도 모르거든요. 보다시피 난 많이 취했고, 누굴 배려하기엔 기분도 엉망이고…….」

「그런 거라면 걱정 안 해도 돼요. 원래 아무 기대도 안 했지만 거기 처음 보는 순간 일말의 기대감까지 싹 지웠으니까.」

남자가 크게 웃었다. 그다지 남자의 분위기와는 맞지 않는, 기침이라도 터질 듯한 요란한 웃음이었다. 조금 어색한 기분인 채로 승호도 남자를 따라 힘차게 웃어 주었다. 주변의 손님들 몇이 돌아보았다.

그나저나 우리 인사부터 나누지요. 이름도 모른 채 그냥 거기라고 말하려니까 영 이상하네. 난 강승호라고 합니다. 황 선배하곤 대학 선후배 사이구요.

승호는 그렇게 말하려고 했었다. 그러나 입을 열려는 순간 문득 그런 식의 의례적인 통성명은 생략해도 좋지 않을까 하는 생각이 들었다.

서로 아무것도 모르는 게 편할 수도 있다. 이름이 어떻고 황 선배와의 관계가 어떻든 무슨 상관이랴. 어쩐지 이 사람하고는 오늘 말고는 다시 보게 될 것 같지가 않다. 그러니 이 자리는 봄날 오후의 나른한 꿈처럼 그냥 애매하게 가져가자. 그리고 내일은 슬그머니 잊는 것이다. 그런데 가만, 무엇을 잊는단 말인가?

승호는 공연히 의미심장해져 있는 자신이 가소로워 클클클 약간 허탈하게 웃었다. 승호가 그런 생각에 빠져 있는 동안 남자는 아까 밖에서 처음 보았을 때의 자세로 돌아가 있었다. 거의 90도에 가깝게 고개를 푹 꺾은 모습. 마치 술잔에 무언가 이물질이라도 가라앉아 있어 그 처치를 고심하는 듯한 모습이었다. 조는 게 아닌 건 확실했다. 가끔 알아듣기 힘든 작은 소리로 혼자 무어라 웅얼거리곤 했던 것이다.

「저는 마케팅일을 하거든요. 마케팅은 직업이자 내 개인적인 취미죠. 그런 쪽에 관심이 있으신지 모르겠는데…….」

승호는 마케팅에 대해 늘어놓기 시작했다. 딱히 다른 할 말이 없었다. 잘 모르는 상대 앞에서 처음 꺼내는 화제로 그럭저럭 무난하다 싶었을 뿐이다. 오다 보니 벚꽃이 벌써 만개했더군요. 그런 식으로 말할 자리는 분명 아니었다. 결혼했어요? 아아, 그런 얘기는 생각만 해도 지루했다.

이 세상은 마케팅이 지배하고 있다는 게 내 생각인데요…… 하고 승호는 좀 거창하게 운을 뗐다. 그러고는 평소의 생각을 조목조목, 그러나 약간은 두서없이 빠르지도 늦지도 않은 적당한 속도로 죽 이어 갔다.

최근 여당에서 실시해 주말 드라마라는 이름까지 얻은 국민경선제는 마케팅의 중요성을 말해 주는 훌륭한 본보기다. 아이비엠과 애플을 누른 마이크로소프트 사의 성공도 철저히 마케팅의 승리였다. 뿐인가, 오사마 빈 라덴이 뉴욕 세계무역센터에 항공기를 충돌시킨 것도 결국 자기 이념의 마케팅이다. 모든 종교 또한 이제는 마케팅 시스템의 개발 없이는 유지될 수 없다. 그러니까, 말하자면, 예컨대, 결과적으로, 마케팅은 현대의 가장 우수한 실용 철학이라고 해도 좋다. 그렇지 않소?

그런 식으로 한 30분 가까이 승호는 혼자 지껄였다. 좋아하는 화제에 대해 혼자 신나게 말할 수 있어 즐거웠을까?

나 좀 말려 줘! 사실은 그런 비명이 나올 정도였다. 승호의 열변 앞에서 남자는 맞장구는커녕 어떤 반응도 보이지 않았다. 하다못해 지루해하는 기색조차 없었다. 10분쯤 지날 때부터 승호는 무색한 기분이 되어 어디쯤에서 말을 끊을까만 내내 곤혹스러워했다. 결국 스스로 견딜 수 없어진 어느 순간 서둘러 이야기를 마무리 짓고는 입을 닫았다. 입을 닫으며 결심했다.

좋아, 한번 해보자구! 오늘 밤 결코 내가 먼저 일어나는 일은 없을 거다.

오기였다. 남자가 고집스럽게 술잔만 내려다보든 말든, 혹은 개처럼 취해 싸움이라도 걸든 말든, 옆에 붙어 지극 정성으로 보필해 주겠다고 승호는 생각했다. 말하자면 승호는 이제야말로 일말의 기대감 한 올까지 모두 던져 버리고 있었다. 그러고는 이 한심한 만남을 덜컥 수락한 자기 자신에게 형벌을 내리고 있는 참이었다.

대화를 즐기지 않았을 뿐 남자는 승호를 무시하고 있지는 않았다. 승호의 잔이 비면 술을 따라 주었고, 승호가 잔을 건네면 꼬박꼬박 두 손으로 정중히 받아 마셨다. 그리고 이따금 혼잣

말처럼 나지막이 말을 건네 오기도 했다. 밤에 갑자기 기차를 타고 여수까지 간 적이 있어요. 진실은 사실보다 허약하지요. 그렇듯 앞뒤 잘린 뜬금없는 이야기들뿐이어서 승호가 딱히 대꾸해야 할 말들은 아니었다. 남자는 뭔가 끊임없이 생각하고 있는 모양이었다. 그러다가 한두 마디 자기도 모르게 입 밖으로 흘러나오는 모양이었다. 눈은 풀려 있는데 목소리는 멀쩡하여 얼마큼 취했는지는 가늠하기 힘들었다.

술집 안엔 이제 두 사람뿐이었다. 주인 아주머니는 주방 가까운 탁자에서 까닥까닥 졸고 있었다. 유리창으로 보이는 거리에도 행인이 현저하게 줄어 있었다. 창밖 저만치 포플러 잎사귀에는 젖은 신문지 조각 하나가 연꼬리처럼 매달려 이따금 바람에 흔들렸다.

아, 대단한 밤이야. 승호는 아까부터 몇 번이나 혼자 주절거렸다. 그러면서 공연히 키득키득 웃었다. 승호도 이제 어지간히 취해 있었다. 남자에겐 더 이상 신경 쓰지 않았다. 정말이지 이건 그가 예상했던 것 중에서도 최악이었지만, 일단 상대 남자에게 신경 끊고 혼자 마시기 시작하자, 뭐 그렇게 짜증스러운 시간만도 아니었다. 어찌 됐든 술 마시기 좋은 밤이었다. 라일락 향기 떠다니는 봄날 밤. 창밖에는 이슬비 내리고 선술집은 쓸쓸히 깊어 간다. 게다가 내일은 토요일 격주 휴무제로 쉬는 날 아닌가.

자, 여기까지 1부라고 치자. 승호는 남자의 우울한 침묵에 익숙해져서는 자신도 그저 유행가나 흥얼거리며 혼자 취해 가고 있었다. 제법 감상적인 기분을 즐기며 나른히 풀어져 갔다. 이 밤 이대로 지나가면 승호에게 크게 일진 나쁜 날만은 아닐 터였다. 기억이란 종잡을 수 없는 괴물 같은 것이어서, 나중엔 어쩌면 이 밤을 생애에 몇 안 되는 매우 그윽했던 밤으로 아련히 회상할지도 모를 일이었다.

그런데 얼마 후, 남자가 엉뚱한 말을 하기 시작한다. 술이 확 깨는 이야기였다.

「내가 지금 사람을 죽이고 오는 길이라면 믿겠습니까?」

모처럼 남자가 승호의 눈을 똑바로 쳐다보며 한 말이었다. 워낙 엉뚱한 소리여서 잠깐 얼떨떨하긴 했지만 승호는 사실 그리 크게 놀라지 않았다. 남자는 말하자면 분위기 자체가 보통 생활인의 그것이 아닌지라 그 입에서 어떤 이야기가 나오든 그저 그답게 여겨지는 것이었다. 사람을 죽였다고? 그러면 죽였겠지, 뭐. 어떻게 죽였는데, 공기총으로? 목 졸라서? 뭐 그렇게 받아 주면 되는 거였다.

「왜 죽였어요?」

마침 남자가 담배를 꺼내 물자 거기에 불까지 붙여 주며 승호는 친근하게 물었다.

「내 말 믿어요?」

「물론 믿지요.」

「지금 살인자하고 앉아 있다 이겁니다.」

「아, 네에, 살인자하고 마주 앉아 술 마시는 거 처음이네요.」

「나도 처음이에요.」

「뭐가요?」

「사람 죽인 거.」

「아아…… 나도 죽일 건 아니죠?」

「겁나요?」

「조금.」

「살인이라는 건 관계의 문제예요. 원한이든 애정이든, 서로 무슨 관계가 있어야 죽이는 거죠. 우리야 아직 아무 관계도 아니니까…….」

「우리가 아무 관계도 아니라는 것에 흔쾌히 동의합니다. 그럼 이제 안심하겠습니다.」

어디까지가 진심이고 농담인지 모른 채, 대화 자체는 일단 죽이 맞았다. 표정만 서로 조금 달랐다. 남자는 여전히 우울하면서 심각하고, 승호는 매우 호방하고 시원스러워졌다.

「사람 죽여 봤어요?」

남자가 승호에게 물었다.

「아직까진…….」

「어떨 때 죽이게 될 거라 생각해요?」

정말 궁금하다는 표정으로 남자가 계속 물었다. 누군가 죽이고 싶긴 한 모양이군. 승호는 그렇게 짐작하며 이번엔 좀 찬찬히 생각해 보았다.

「음…… 죽인다는 건 그러니까, 그 표적을 지구상에서 사라지게 한다는 거지요. 그렇다면, 그가 사라지는 게 자신에게 이득이 되는 경우가 되겠지요. 아, 물론 이득이고 뭐고 없이 그냥 상대가 죽이고 싶도록 미워서 죽이기도 하겠죠. 아마 그게 더 많겠군.」

「사랑해서 죽이는 경우도 있겠죠?」

「아, 물론이죠. 너무 사랑하면 아예 그 사람을 뜯어 먹고 싶기도 한다더군요. 그 경운 결국 완벽히 소유하기 위해 죽이는 거겠죠.」

승호는 상담가라도 된 양 자신 있게 설명했다. 그런데 남자가 고개를 세차게 저었다.

「아니, 아니, 그런 거 말구요. 사랑하는 사람이 고통스러워할 때, 그 고통을 차마 볼 수 없어 죽일 수 있잖아요. 편안하게 해주고 싶어서, 고통에서 벗어나게 해주려고.」

「안락사 같은 거군요.」

「그렇게 말해도 되지요. 안락사! 아주 적절한 표현입니다.」

「결혼했어요? 혹시 부인이 어디…….」

승호는 말하다가 스스로 입을 닫았다. 부질없는 질문이었다. 남자에게 설령 무언가 고통스러운 문제가 있다 하더라도 승호는 그런 실제적인 문제 안으로는 들어가고 싶지 않았다. 그보다는 역할 게임이라도 하는 듯하던 조금 전까지의 연극적인 대화가 차라리 편했다. 승호가 부리나케 입을 닫았지만 남자는 이미 승호의 말 같은 건 듣고 있지 않는 듯했다. 무슨 생각을 하는지 시선을 창밖에 보낸 채 조금 찡그린 얼굴을 하고 있었다.

얼마 후에 남자가 다시 승호 쪽으로 고개를 돌렸다.

「죽이고 온 사람 얘기를 해도 될까요?」

「하세요.」

또다시 죽였다는 말이 나오자 승호는 비로소 남자의 말이 일종의 은유라는 걸 알아차렸다. 남자는 오늘 누군가에게 깊은 상처를 주고 왔다. 사랑하는 사람이겠지. 사랑하는 사람의 마음을 고통스럽게 만들었기에 남자는 그를 죽였다고 표현하고 있는 것이다. 그를 버렸거나, 아니면 지독한 경멸의 말을 던지고 왔으리. 그래, 그 정도는 들어 줘야겠지. 승호는 오늘의 자기 임무가 말 들어 주는 보시라는 걸 새삼 자각했다.

남자가 말을 시작했다. 남자는 갑자기 딴사람이 된 것 같았다. 처음엔 차분하더니 뒤로 갈수록 무슨 웅변이라도 하듯 목소리가 쩌렁쩌렁해졌다.

「아는 선배 한 분이 있습니다. 아, 물론 황 선배는 아니구요. 친구 같고, 연인 같고, 사제 간 같은 관계였어요. 오해하지 말아요, 동성애 얘긴 아니니까. 무슨 말이냐면, 그만큼 그 선배를 존경했다는 겁니다. 내가 아는 누구보다 진실하고 순수한 분이었지요. 그런데 이 선배가 마음에 어떤 상처를 입었어요. 그래요, 잡스러운 이 세상이 그에게 상처 주었지요. 잘

난 이 세상이…… 비겁한 이 세상이…… 가슴에 칼을 박았지요. 푸욱 찔렀지요. 아시겠어요?」

알아요, 하고 승호는 대답했다. 뭘 알겠냐는 것인지 조금 모호하기는 했다. 무슨 상관인가. 진지하게 듣고 있다는 태도만 보이면 될 일이었다. 남자가 새 담배에 불을 붙이고 있었다. 저 뒤에서 주인 아주머니가 게슴츠레 눈을 떴다가 다시 고개를 숙이는 게 보였다.

「문제는…… 그 선배가 너무 섬약하다는 겁니다. 봐요, 살다 보면 누구나 몇 번 상처받는 일 생기는 거 아닙니까. 이놈의 세상 온통 교활하고 위선적인 놈들로 가득 찼으니 진실한 사람일수록 그런 일 더 자주 생기기야 하겠지요. 그렇다고 어쩝니까, 그런 것에 일일이 절망하면 세상 못 살지요. 어떻게 살아요, 인간들 수준이 결국 그 정돈데. 안 그래요? 슬프고 화도 나겠지만 일단은 자길 추스르고, 싸울 건 싸우고, 포기할 건 포기하고, 뭐 그러면서 사는 거 아닙니까. 그런데 이 선배는 그러질 못해요. 상처받은 가슴을 꽉 끌어안고는 거기서 헤어나지 못하는 거예요. 환멸, 실망, 분노, 다 좋아요. 그러면 그럴수록 의연히 일어나야지, 일어나서 마음을 곧추세워야지, 안 그래요? 그런데 이 선배는, 이 바보 같은 선배는, 자기가 못나서 그렇다는 쪽으로 자꾸 자학이나 하고 있는 겁니다. 무슨 말인지 이해하겠어요?」

「이해합니다.」

이번에도 승호는 주저 없이 대답해 주었다. 남자가 잠깐 승호를 노려본 듯했다. 대답이 잘못되었나, 하고 승호가 생각해 보려 할 때 남자의 눈빛은 다시 전처럼 몽롱해졌다.

「세상이 무서운가 봐요. 사람 만나는 일, 이런저런 관계를 맺는 일에 완전히 자신을 잃었더군요. 차마 보기 힘들 정도로 고통스러워하면서 날이 갈수록 자폐적이 되는데, 안타까운 정도를 넘어 나중엔 화가 나더군요. 사람이 너무 약해 빠지면 그 고통을 주변 사람들까지 고스란히 나눠 갖습니다. 나눠 갖는다고 정작 당사자의 고통이 줄어드는 것도 아니고, 본인만 그저 처치 곤란한 악성 바이러스로 남는 거지요. 사람이 너무 허약하면 그것도 죄예요. 순수해서 그런다고 해도 죄는 죄지요. 인간의 평균치를 한참 웃도는 순수는 그 자체로 죄고 형벌인 겁니다. 안 그래요? 내 말 이해하겠어요?」

남자가 소주 한 잔을 따라 급하게 마셨다. 그러고는 승호를 물끄러미 바라보며 다시 물었다.

「내 말 이해하겠어요?」

「그래서 죽였어요?」

「네, 그래서 죽였지요. 본인을 위해, 주변 사람을 위해, 하늘나라로 보내 드렸지요.」

웃을 상황이 아닌데 웃음이 나오려 해서 승호는 다문 입술에 힘을 주었다. 하늘나라로 보내 드렸다는 말은 어딘지 너무 어울리지 않았다. 굉장히 코믹하게 들렸다. 남자가 본격적으로

엉뚱한 이야기를 시작한 건 그때였다.

「선배 죽인 장소에 같이 가보지 않을래요?」

승호는 당황했다. 물론 승호는 여전히 눈앞의 이 남자가 누군가를 죽였다고는 생각하지 않았다. 그래도 이건 뭔가 좀 이상했다. 함께 그 선배를 만나러 가자는 건가?

「선배라는 사람 집에 말입니까?」

「네, 거기요. 거기서 죽였거든요.」

「갑시다.」

승호는 덜컥 그렇게 말해 버렸다. 재밌어지는 건지 일이 꼬이는 건지는 판단할 수 없었다. 어쨌거나 따라가 주어야 할 것 같았다. 발을 빼기는 이미 늦은 듯했다.

두 사람은 바로 술집에서 나와 택시를 잡았다. 거리는 이제 황량했다. 이따금 눈에 띄는 행인들은 택시를 잡을 생각도 없이 우두커니 서 있거나 느릿느릿 어두운 골목 안으로 걸어 들어가고 있었다. 택시가 10여 분 후에 도착한 곳은 신촌역 근방의 주택가였다. 새벽 세시였다. 인적이 끊어진 골목은 외등도 하나 없어 시커멓고 썰렁했다. 두 사람은 말없이 좁은 골목을 한참 걸었다. 어디선가 드르륵 창문 닫히는 소리가 들렸고, 고양이 울음소리도 잠깐 들은 듯했다.

남자는 어느 2층집의 반지하방으로 승호를 데리고 갔다. 방 안으로 들어서는 순간만큼은 승호 역시 아무래도 긴장할 수밖에 없었다. 살인 현장이라지 않는가. 제기랄, 내가 지금 뭐 하고 있지?

「시체는 어딨어요?」

두 평 남짓 되는 지저분한 거실을 휘 둘러보며 승호가 먼저 호기롭게 물었다.

「치웠어요.」

남자가 심드렁하니 대답했다.

「어디다요?」

「잘 숨겨 놨어요.」

「여긴 그 선배라는 사람 집인가요?」

「네, 여기서 혼자 자취했지요.」

두 사람은 각자 벽에 기대어 잠시 말없이 마주 보았다. 남자가 히죽 웃었다. 승호는 얼른 담배를 꺼내 물었다.

그런데…… 하고 승호는 다소 황급히 입을 열었다.

「죽이려면 그 나쁜 놈, 선배에게 상처를 줬다는 그 자식을 죽였어야 되는 거 아니에요?」

「그건 복수밖에 안 되지요.」

「……」

「그런다고 선배 고통이 사라지는 건 아니지요. 선밴 누구를 미워하지도 못해요. 경멸하고 저주하는 인간이 있다면 오직 자기 자신뿐이었지요.」

「그랬군요.」

「그러니 내가 누군가를 죽여야 한다면 그건 선배뿐이지요.

그렇지 않아요? 내 말 이해하겠어요?」

「이해합니다.」

말이야 뭘 못하겠는가. 이해합니다, 하고 승호는 말해 주었다. 오늘 밤 자신의 역할은 역시 이것이었다고 승호는 생각했다. 남자를 이해해 주는 것. 남자가 사람을 죽였든, 신을 죽였든, 그저 다 이해해 주는 것. 그럴 때가 있는 법이다. 단 한 사람만이라도 자신을 이해해 주었으면 하는 마음 절실한, 눈물겹게 절실한 그런 날.

남자는 역시 이렇게 말하고 있었다.

「고맙습니다.」

「뭐가요?」

「절 이해해 주셔서요.」

「아, 그거야, 뭐…….」

승호는 좀 과장되게 어깨를 으쓱했다. 그러고 나서 또 한동안 말이 끊겼다. 남자는 침울하게 방바닥만 내려다보고 있었다.

이제 그만 돌아가 봐도 되겠다고 승호는 생각했다. 남자는 괜찮은 사람 같았다. 오늘 말고는 다시 보게 될 것 같지 않았는데, 가만 생각해 보니 이만하면 마음 터놓고 한번 사귀어 봐도 될 것 같았다. 다음에 만날 땐 존경한다는 그 선배라는 사람도 함께, 아니 황 선배까지 넷이 만나 진솔하게 대화를 즐겨 봐도 좋을 것 같았다. 최고의 마케팅은 역시 친구를 얻는 일이다. 그렇지 않은가.

승호는 바지를 툭툭 털고 일어나 환하게 웃었다.

「그만 가볼게요.」

「네, 오늘 정말 고마웠습니다.」

다행히 남자는 승호를 잡지 않았다. 남자는 대문까지 따라 나와 손을 흔들며 배웅해 주었다. 승호는 돌아서기 전에 한 번 더 환하게 웃어 주었다.

이슬비는 아직 그치지 않고 있었다. 옷이 젖을 정도는 아니었으므로 승호는 천천히 큰길을 향해 걸어 나갔다. 조금 춥다는 느낌은 들었다. 집에 가서 따뜻한 이불 속에 누우면 아마 열 시간은 죽은 듯이 단잠에 빠질 것 같았다. 승호는 갑자기 허기가 느껴져 저만치 보이는 24시간 편의점을 향해 걸었다. 컵라면이라도 한 그릇 먹고 택시를 잡을 생각이었다. 어두운 거리에 혼자 불 밝히고 있는 편의점이 꼭 밤바다의 등대 같다는 생각이 들었다. 고적하면서 아늑한 쉼터. 외로운 파수꾼. 말하자면 등대란 것은…… 거기까지 생각하다가 승호는 우뚝 걸음을 멈췄다.

1분쯤 가만히 서 있었다. 뒤를 한 번 돌아보고, 얼굴을 잠깐 찡그렸다가, 이윽고 승호는 돌아서 달리기 시작했다. 심장이 쿵쿵 뛰었다. 예감이 아니라 확신이었다. 남자의 모든 것, 말투와 눈빛과 지루한 침묵 안에 이미 그것이 담겨 있었다는 걸 승호는 뒤늦게 알아채고 있었다. 그는 달렸다. 혼란스럽고 엉뚱하던 것들이 단번에 한 줄로 꿰이고 있었다. 빌어먹을…….

대문이 잠겨 있어 담을 타 넘어야 했다. 다행이 지하방은 잠겨 있지 않았다. 승호는 신발도 벗지 않은 채 후닥닥 안으로 뛰어들었다. 그리고 결국 예상했던 모습을 보고 말았다. 눈을 부릅뜬 남자가 방범창 창틀 머리에 길게 매달려 있었다. 승호는 털썩 주저앉았다. 그러곤 이내 벌떡 일어나 허둥지둥 남자를 끌어내렸다. 인공호흡 따위가 필요 없다는 건 남자의 부릅뜬 눈이 이미 말해 주고 있었다. 그래도 몇 번 가슴을 누르고 뺨을 때리고 입을 맞춰 보았다. 남자는 꼼짝도 하지 않았다.

씨발, 아아, 씨발……. 승호는 눈을 감고 남자의 옆에 길게 누웠다.

어느 정도 가쁜 숨을 고르고 난 후 승호는 먼저 황 선배에게 전화를 걸었다. 졸음에 겨운 황 선배의 목소리를 듣자마자 승호는 소리쳤다. 도대체 이 사람 누구예요? 뭐 하는 사람이에요? 승호는 남자를 처음 만났을 때부터 지금까지의 상황을 단숨에 쏟아 냈다. 그리고 다시 물었다. 이 사람 대체 뭐예요?

전화기 저쪽에서 황 선배는 오래오래 울었다. 승호는 입술을 꽉 물고 기다렸다. 한참 후에 선배가 변명하듯 말했다.

「그놈…… 얼마 전에 누구한테 크게 상처를 받았는데…… 너무 힘들어서…… 워낙 여린 놈이라…… 바보 같은 자식, 그래도 그 정도까진 줄은 몰랐는데…….」

통화를 끝내고 나서 승호는 물끄러미 남자를 내려다보았다. 부릅뜬 남자의 눈이 자기를 올려다보고 있었다. 섬뜩했지만 무섭지는 않았다. 무엇보다도 어서 눈을 감겨 주어야 하겠는데 어쩐지 그럴 수가 없었다. 남자가 계속 무언가를 말하고 싶어 하는 것 같았다.

이해하겠어요? 이해하겠어요?

전곡에서 술을 마셨다

자기 소설책을 네 권씩 가질 정도면 무언가 도사 비슷한 사람이 되어 있어야 하는 것 아닐까?

지난해 가을, 네 번째 소설을 묶으며 내가 작가 후기에서 했던 말이다. 도사커녕 갈수록 삶이 더 어렵게만 느껴진다는 자조적인 자문이었다. 도사 비슷한 사람이라……. 확실히 그건 예전에 내가 생각하던 작가의 모습이었다.

언젠가 원고를 받으러 집까지 찾아왔던 한 출판사의 젊은 여직원은 같이 녹차를 마시던 중에 이렇게 말하는 것이었다.

「작가하고 마주 앉아 차를 마시고 있으니 무척 좋아요. 전에는 먼발치로라도 소설가라는 분들을 한 번만 보았으면 했었지요. 정말 영광스럽네요.」

영광. 그 거창한 단어에 계면쩍어진 나는 그저 어색하게 웃고 말았는데, 어쩌면 여자에겐 내 어색한 웃음조차 '도사 비슷한' 모습으로 비쳤을지 모를 일이다. 나 또한 그러지 않았던가. 작가는 어떤 것들에 감동받는지, 작가는 무슨 노래들을 부르는지, 작가들이 모이는 술자리에서는 무슨 이야기들이 오가는지…… 말하자면 작가란 아득히 먼 곳의 다른 존재들만 같아서 나는 그런 사소한 것들을 몹시 궁금해하고는 했다. 지금은 물론 궁금하지 않다. 내가 작가니까. 그래, 나는 지금 아득히 먼 자리에 와 있다.

나는 어떤 것들에 감동받지? 나는 무슨 노래들을 부르지? 나는 술자리에서 무슨 이야기들을 하지?

지난해 말에 전곡을 다녀왔다. 거기에서 우연히 초등학교 동창 한 사람을 만났다. 우연도 일종의 운명이라는 게 평소의 내 생각이지만 그와의 만남은 순전히 우연이라고만 할 것이, 예컨대 그 만남 이후에도 우리 사이엔 서로 '관계'의 변화라고 할 만한 게 없다. 하지만 아주 의미 없는 만남은 아니었다. 솔직히 말하면 그는 내가 한 번쯤 만나고 싶던 사람이었다.

생각해 보면 그는 이제껏 세 번이나 내 글에 등장했다. 글을 쓰다 보면 종종 과거나 현재에 자신이 알고 있는 사람을 모델로 하여 한 인물을 꾸며 내게 되는데, 만약 그런 것도 빚이라고 한다면 나는 그에게 세 번의 빚을 진 셈이다. 그렇듯 세 차례나 글에서 다루었다곤 하지만 정작 그와 나 사이에 무슨 애틋한 추억이 있지는 않다. 그러기는커녕 우리는 서로 알고 지내던 시절에조차 친밀하게 이야기를 나누던 사이는 아니었으며, 헤어지고 난 후에는 풍문으로라도 소식 한 번 들어 본 적이 없다.

그처럼 소원한 사이면서도 내가 여러 차례 그를 소재로 글을 만들었던 건 초등학교 시절 그로부터 받았던 인상이 워낙 독특했기 때문이다. 그리고 우리가 나누었던 짧은 인연이란 게 그 자체로는 대수로울 것 없으면서도 한 편의 글감으로 차용하여 상상력을 발동시키고 보면 제법 그럴싸한 이야기가 되고는 해서였다.

면사무소 소재지인 전곡의 유일한 학교였던 전곡초등학교는 한 학년이 여섯 개 반으로 되어 있었다. 게다가 남녀 반이 각각 구분돼 있어 남학생만의 학급은 세 반에 불과했다. 그러니 같은 학년에 같은 성별이었던 그 아이와 나도 분명 서너 번은 같은 학급에서 공부했을 터이건만 내가 급우로서 그를 기억하는 건 6학년 한 번뿐이다. 만약 우리 사이에 그 엉뚱했던 편지 왕래만 없었다면 나는 그 한 번조차 기억하지 못했을 게 틀림없다. 우리는 그만큼 서로 다른 세계에 속해 있었다.

나는 이른바 모범생이었다. 성적표는 늘 '수' 아니면 '우'였고, 최소한 분단장 정도의 감투는 항상 맡고 있었다. 생활 지도반으로 교문을 지킨다거나, 시험이 끝나면 교무실에서 선생의 채점을 돕는다거나, 가정 방문길에 선생을 수행하는 그런 모범생 그룹에 내가 속해 있었다면, 그는 평범한 정도가 아니라 아예 있는지 없는지도 모르는 그림자 같은 처지의 외톨박이였다.

하기야 단 한 번 그에게도 아이들의 시선이 몰렸던 적은 있다. 6학년 초의 어느 날, 당시 교내에서 최고의 싸움꾼으로 알려져 있던 아이를 그가 때려눕혔다. 그건 일대 사건이었다. 대개 시골 초등학교란 싸움 잘하는 아이들의 서열이 무슨 공식적인 직급처럼 정해져 있게 마련인데, 주먹 서열에 전혀 올라 있지 않던 무명의 그가 서열 1위의 아이를 가볍게 제압해 버렸던 것이다. 모든 아이들이 경이의 눈길로 그를 주목했던 건 당연하다. 그날 이후로 그는 고아원 아이들마저 두려워하는 최고의 싸움꾼으로 인정받았다.

하지만 그것으로 외톨박이 처지가 바뀐 건 아니었다. 반 아이들은 잠깐의 관심이 지나고 나자 곧 그를 잊기 시작했고, 담임 선생은 그 전이나 후나 그런 아이가 자기 반에 있다는 것조차 알지 못했으며, 나 또한 새삼스럽게 그를 가까이하지는 않았다. 하지만 그를 급우로서 알아보기 시작한 게 그날 이후부터였던 건 분명하다.

그의 육체는 정말 다부져 보였다. 다소 기형적이라는 느낌이 들 만큼 어깨가 빳빳하게 올라와 있는 그의 상체에서는 쇠망치로 두드려도 거꾸러질 것 같지 않은 강인함이 냉랭하게 풍겼다. 한편 그의 몸 어느 곳인가는 뭐라 표현하기 힘든 짙은 그늘 같은 것도 드리워져 있었다.

그늘이라……. 이건 지금 새삼 떠오른 생각이 아니라 당시의 내 느낌 그대로이다. 나는 당시에도 그를 바라보며 그 음울한 그늘이 던져 주는 정체 모를 비애감에 가슴이 알싸해지고는 했었다. 거기엔 무언가 어른스러운, 아니면 내가 짐작도 못할 고통의 무게 같은 것이 서려 있었다.

그와 나 사이에 개인적인 인연을 만들어 준 계기는 내 전학이었다. 나는 6학년 1학기를 마치고 서울로 전학을 했다. 좋은 중학교에 집어넣으려는 부모님의 결단에 의해 부모님은 전곡에 남아 있는 채 나 혼자만 서울의 외할머니 댁으로 거처를 옮기게 되었다. 그해는 서울 지역만 시범으로 해서 중학교 무시험이 시행되는 첫해였다. 그 때문에 지방 학생들의 서울 전학을 금지하게 될 것이라는 소문이 무성했고 나의 전학은 그런 와중에 황황히 결정되었다.

내가 서울로 가고 나자 전곡에서 친하게 지냈던 몇 아이들이 편지를 보내오기 시작했다. 담임 선생이 내 서울 주소를 칠판에 큼지막하게 써서 알려 주었다고 했다. 서울의 새 학교에 적응을 못해 외롭고 힘들어하던 나는 받는 편지마다 정성스럽게 답장을 보냈다. 서울 학교는 한 학년이 열 반도 넘는단다, 여기 오니까 우표 수집이 유행이더구나 등의 변화된 일상과 함께 가끔은 혼자 타박타박 걸어 돌아오는 하굣길의 외로움을 감상적으로 끼적거리기도 했다.

그런데 어느 날 뜻밖에도 그 아이로부터 편지가 날아왔다. 그건 정말이지 우체부의 배달 가방을 통해서가 아니라 그 아이의 집이 있던 강변 언덕에서 떠올라 저 혼자 훨훨 기찻길 위를 날아왔다는 느낌이었다.

말하자면 생경하기만 하고 믿어지지 않았다. 아무튼 생각지 않았던 일이어서 어색하긴 했으나 나는 그에게도 우정을 흠씬 담아 답장을 보내 주었다. 그 아이 역시 다소 쭈뼛거린다는 느낌이 들던 처음의 문투에서 벗어나 눅진하게 우애 깊은 말들을 계속해서 실어 보냈다. 그렇게 시작된 우리의 편지 왕래는 아마 내가 중학교에 들어가 거처를 옮길 때까지 계속되었던 것 같다. 하지만 그뿐이다. 우리의 인연은 얼굴도 모르는 먼 나라 소년과의 펜팔 같은 그 짧은 편지 교제가 전부였다.

그런데도 내가 세 번이나 그를 소재로 글을 썼던 건 그 편지 교제에 끼여 있는 조금 독특한 기억 때문이다. 나는 그 이야기를 내 첫 장편 소설이었던 '비에 젖은 사람들'에서 다음과 같이 서술한 바 있다.

그런데 이해 못할 것이 있었다. 서울로 전학 간 기수는 달에 한두 번 정도 전곡으로 내려왔고 간혹 거리에서 민과 마주치게 마련이었는데, 그때마다 기수는 모르는 체 외면하며 지나가는 것이었다. 슬쩍 얼굴을 바라보는 것도 같고 조금쯤 여짓거리는 태도가 느껴지기도 했지만, 그뿐 기수는 가벼운 말 한마디 건네는 법 없이 그냥 지나쳐 갔다.

그런데 실상은 민 자신도 마찬가지였다. 민 또한 어쩐지 말을 붙이기가 쉽지 않았다. 어쩌면 용기가 없어서였는지도 모른다. 편지 속에서는 그토록 우정과 그리움을 쌓아 왔으면서도 막상 전곡의 거리에서 대하는 기수는 여전히 자기와는 다른 소속의 아이처럼만 느껴져 왔던 것이다. 그리하여 민은 언제나 기수 쪽에서 먼저 말을 걸어 오기를 기대했지만 기수는 눈길 한 번 주는 법 없이 무심하게 비껴갔다.

그런데 그렇게 돌아간 기수의 편지는 여전히 다정하고 우애 깊은 표현으로 가득했으며, 편지의 서두는 늘 '보고 싶은 민에게'였다. 그러다가 다시 전곡에서 마주치면 언제나처럼 황망히 서로 외면하기 바빴다. 그러다가 보니 차츰 민은 자신과 편지를 주고받는 상대가 과연 기수가 맞는 것인지 슬그머니 의심마저 생기는 것이었다.

그 우습고도 기묘한 관계는 오래도록 내 기억에서 지워지지 않았다. 더는 아무 일도 없었음에도 그 기억이 떠오르기만 하면 나는 왠지 내 유년기의 은밀하고 끈적한 비밀 하나를 돌아보는 듯한 느낌이고는 했다.

하기야 그 밖에도 몇 가지 그와 관련된 기억들이 더 있기는 하다. 한데 그 기억들은 도무지 믿을 수가 없다. 무슨 말인가 하면, 내 머릿속의 기억들이 실제로 있었던 일인지 아니면 세 번의 글을 쓰면서 상상으로 덧칠된 것인지 모르겠는 것이다.

그와 내가 편지를 주고받은 건 명확한 사실이다. 전곡에서 마주쳤을 때 서로 말없이 어색하게 지나치고는 했던 것도 실제의 기억이다. 반면 내가 어느 단편에서 그린 바 있는 서울에서의 우연한 상봉은 명확히 상상이다. 그리고 내가 전곡에서 상급생들에게 뭇매를 맞고 있을 때 그가 구해 주었다는 어느 콩트 속의 이야기도 분명히 꾸며 낸 이야기다. 확실히 가를 수 있는 기억은 그것뿐이었다.

그 밖에 다른 기억들, 그러니까 내가 선생을 수행하여 가정 방문을 갔을 때 그가 할머니 병 수발을 하고 있다가 문을 박차고 도망갔다거나, 어느 소풍날 무리에서 혼자 떨어져 쓸쓸히 밥을 먹고 있는 그에게 내가 다가가 사이다를 건네주자 묵묵히 일어나 숲 속으로 사라졌다거나, 살기등등하게 급우들 몇 명을 패주던 그가 생활 당번 완장을 차고 있던 내 한마디 제지에 뜻밖에도 순하게 돌아섰다거나, 그런 등등의 몇 가지 일화들은 도무지 실제와 상상이 구분 가지 않는다.

회상이 자주 반복되면, 더욱이 그것이 글쓰기를 통해 반추되다 보면 기억이 선명해지는 게 아니라 오히려 모호해져 버린다. 추억을 좇아가는 글쓰기란 말하자면 잔잔한 호수에 돌을 던지는 것이나 마찬가지여서 공연한 파문을 일으키며 기억의 잔상들을 뒤섞어 놓기만 하는 것이다.

아무튼 정말이지 그를 다시 볼 수 있으리라고는 생각하지 못했다. 특별히 보고 싶다고 느껴 본 적도 없다. 다만 약간의 호기심으로, 그 아이는 어떻게 성장해 있을까 하는 생각을 어쩌다 해보기는 했다. 이를테면 〈TV는 사랑을 싣고〉 같은 프로그램을 보고 있을 경우이다. 한 시절 애틋한 교분이 있었으나 세월과 함께 잊힌 추억 속의 사람들을 찾아서 만나게 해주는 그 프로그램은 내가 꾸준히 시청하는 유일한 텔레비전 프로그램인데, 그걸 보고 있노라면 자연히 추억 속으로의 여행이 시작되고는 한다.

이를테면 만약 내가 출연하게 된다면 누구를 찾으려 할까 생각해 보는 것이고, 그러면서 아슴한 기억을 헤집어 까맣게 묻혀 있는 사람들을 하나하나 떠올리는 것이다.

아, 그 여자! 그 친구! 그 사람! 그렇게 뭉클한 기분으로 회귀해 오르다가 이윽고 그 과거 순례가 초등학교 시절에 이르면 친하게 지냈던 몇 명의 얼굴 다음으로 꼭 그의 얼굴이 떠오르고는 했다. 그렇군, 그런 아이가 있었지……. 애써 찾아볼 만한 대상은 아니면서도 그렇듯 기억의 끄트머리마다 불쑥 고개를 디미는 것이 그의 얼굴이었다.

앞에서 말한 장편 소설에서 나는 성인이 된 그를 폭력 조직의 우두머리로 그렸었다. 두 번의 소년원 생활을 거쳐 초라하고 험난한 젊은 날을 보내다가 드디어 폭력배로 자리를 잡는다는 것이 내가 만들어 낸 그의 이력이었다. 비교적 생각이 깊고 인정도 있는 폭력배로 묘사했는데, 어쨌거나 소설 속의 그 이력이야말로 내가 그에 대하여 가지고 있는 이미지의 총합이었을 것이다. 그가 정상적인 삶을 살아갈 거라고는 생각하지 않았으며, 그러면서도 한편 나름대로의 깊은 심지는 지니고 있는 사내일 것만 같았다. 그것이 어린 시절 그의 다부진 어깨와 짙은 그늘로부터 내가 받아 온 인상이었다.

그를 다시 만난 건 전적으로 우연이었다. 그 자리가 전곡초등학교의 동창회 모임이었다고는 하나, 우선 내가 그 동창회에 참석하게 된 것부터가 우연이었으니까.

그 당시 내가 전곡으로 떠난 건 특별한 목적이 있어서는 아니었다. 나는 가끔, 그러니까 가슴이 허하다거나 무언가 일이 잘 풀리지 않을 때면 훌쩍 전곡으로 떠나고는 하는데 그때도 역시 그런 식의 나들이였다.

그랬다, 당시 나는 이유를 알 수 없는 지독한 무기력감에 허덕거리고 있었다. 예컨대 이런 식이다.

아침밥을 먹고 내 방으로 건너가 386PC가 있는 앉은뱅이 책상에 앉아 파워 스위치에 오른손 검지를 갖다 대려는 순간, 나는 갑자기 아랫배에 차오르는 묵직한 이물감을 느끼고는 휘우청! 고개를 떨구며 긴 숨을 내쉰다. 잠시 후 나는 자못 결연하게 파워 스위치를 누르는 것이지만, 그러나 화면에 안철수의 백신 예방 프로그램이 뜨고 'V3RES is installed in memory'라는 메시지에 이어 커서가 나타날 때쯤 되면 나는 또 한 차례 심드렁해져서는 슬그머니 키보드로부터 손을 거두는 것이며, 아래아한글의 '읽을 파일 이름은?'이라는 안내문 앞에서 마지막으로 또 한참 시간을 흘려보낸다.

다 끝났는가. 그렇지 않다.

화면에 소설이 올라오면 이제는 무슨 초조감마저 느끼며 맥살없이 벽에 등을 기대는 것이고, 알다시피 그렇게 얼마쯤 지나면 화면 보호 루틴이 작동하여 모니터는 이내 광막한 우주 공간으로 바뀌어서는 수많은 별들이 우박처럼 달려드는데, 그제야 비로소 어떤 체념 어린 안도감 같은 것이 스며드는 것이어서 나는 아예 자리에서 일어나서는 담배를 피우거나 커피를 끓이거나 공연히 수첩의 전화번호란을 이리저리 뒤적거린다. 그런 식으로 하염없이 시간을 까먹는 것이다.

　이를테면 그건, 자신의 몸에 병이 있어도 큰 병이 있을 거라고 지레짐작하는 사람이 모처럼 마음먹고 병원을 찾아 나섰다가는 암 선고라도 받을까 하는 공포심에 가다가다 자꾸 머뭇거리고, 그러다가는 또 마음을 다잡아 스적스적 걸음을 옮기는 식의 행보와 비슷하다고 할 만했다.

　무엇보다 나는 된통 슬픔에 절어 있었다. 절어 있다는 말은 얼마나 생생한가. 내 몸은 그야말로 물먹은 스펀지처럼 발톱에서 머리털 끝까지 흥건히 슬픔에 절어 있는 듯했다. 팔짱을 끼고 몸에 힘을 주면 슬픔이라 부를 수 있는 어떤 액체가 주르르 흘러내릴 것만 같다는 느낌이었다.

　어느 선배 작가가 이런 고백을 한 적이 있다.

「내 치명적인 약점은 소설 앞에서 너무 엄숙하다는 거야. 이젠 좀 적나라해지고 싶어.」

　나는 뜨악하니 선배를 바라보다가 헛! 짧게 숨을 몰아쉬고는 조금 도전적으로 물었다.

「저도 늘 엄숙하지요. 그런데 그게 약점이던가요, 그것도 치
명적인?」

선배는 씩 웃었다. 그때 잠깐 '도사 비슷한' 표정이 보인 듯했
다. 나는 왠지 마뜩찮고 또 까닭 모를 조바심도 끓어올라서 일
부러 야멸치게 쏘아 주었다.

「제가 보기엔 선배의 약점은 소설에 군소리가 많다는 거예
요. 그건 엄숙이라기보다는 그저 헤픈 사변 아닙니까? 저는
마르고 닳도록 엄숙을 지킬 겁니다. 그건 약점이 아니라 자
산이지요.」

선배가 또 씩 웃었던가? 기억나지 않는다. 그런 식의 대화에
누가 옳고 그르고는 있을 수 없다. 모두가 자기 나름의 가치관
이다. 굳이 의미를 부여하자면 작가들이란 그처럼 자신의 체질
적인 한계에 예민해짐으로써 스스로 모종의 성찰을 유도한다
는 것인데, 아무튼 나로선 엄숙이야말로 적어도 문학에서는 하
나의 미덕이라고 생각하는 입장이었다. 엄숙이란 일종의 이성
적 양식으로서 끊임없이 자신을 추스르고 검증하는 태도이다.
그러면서 자기 안의 심연에 냉철하게 도전하는 것이다.

자, 그런데 스펀지처럼 절어 있는 정체 모를 슬픔이라니, 나
는 우선 그 '정체 모를'에 먼저 곤혹스러웠다.

곤혹스러움에 대해 말하고 나니 생각나는 게 하나 있다. 상념
에 빠질 때면 대책 없이 시간을 흘려보낸다던 어느 젊은 여성

작가의 이야기다. 어느 날은 무슨 생각엔가 사로잡혀 멀거니 천장을 올려다보았는데, 문득 정신을 차리고 보니 어느새 열여섯 시간이 지나 있더란다. 세상에 열여섯 시간이라니…….

그 이야기를 들었을 때 정말 얼마나 곤혹스럽던지. 열여섯 시간의 하염없는 몰아(沒我)! 순정하다 해야 할지 집요하다 해야 할지 아무튼 이성적 태도와는 분명히 다른 그 대책 없는 몰아가 나를 곤혹스럽게 했다. 나도 가끔 속절없이 자신을 방기하거나, 혹은 나른한 오후의 어느 순간 도적처럼 스며드는 격정에 사로잡혀 낮술에 억병으로 취하기도 한다. 하지만 적어도 그 흔들림의 근원을 모를 때는 없었다. 해명되지 않는 눈물, 해석되지 않는 분노를 나는 경원하는 편이었다.

어쨌거나 그런 식으로 나는 까닭도 모른 채 무지무지 슬펐고, 무지무지 무기력했고, 그래서 무지무지 곤혹스러웠다.

그 무렵 한번은 동네 책방에 갔다가 눈물을 쏟을 뻔하기도 했다. 나는 무슨 책인가를 찾느라 한참 동안 서가를 왔다 갔다 하고 있었다. 그날 아침 신문의 서평란에서 본 책이었을 것이다. (나는 이상하게 점원에게 물어본 적이 없다. 별 이유는 없다. 그저 내 눈으로 직접 제목을 발견할 때까지 줄창 한 권 한 권을 훑어 간다.) 그때도 그랬다. 좀처럼 책이 발견되지 않아 나는 아마 한 시간 가까이 서가를 훑고 있었을 것이다.

그러다가였다. 나는 서가 한구석에서 내 소설을 보았다. 2년 전에 출간한 두 번째 장편 소설로, 다른 생활 모두 작파하고 석달 동안 집까지 떠나 있으면서 썼음에도 초판의 반도 나가지 않아 매우 아쉬워했던 책이었다.

그 책을 보았을 때의 느낌을 지금도 잊을 수 없다. 뭐라 표현하면 적당할까, 일단 무언가 아득하고 서늘했다고 말해 두자. 내 직업이 글쟁이니 사실 책방에서 내 책을 발견하는 건 전혀 이상할 게 없다. 인기 작가는 못 되는 터라 책방마다 내 소설이 다 있는 건 아니지만 어쨌거나 책방에서 내 책을 보는 게 신기한 일일 건 없다.

그런데 그날은 이상했다. 그 책이 너무 낯설어 뵈는 것이었다. 그러면서 한편 까닭 없이 그 책에게 미안한 마음이 드는 게 아닌가. 그랬다, 무언가 저릿하면서 뭉클했다. 병든 강아지를 뒷산에다 슬쩍 버리고 왔는데 며칠 후에 집 앞에서 다시 마주친 기분이었다면 비슷할까. 나는 공연히 미안하여 그 책을 뽑아서 손으로 가만히 만져 보았다. 표지의 흰색은 벌써 누렇게 변색돼 가고 있었으며 손바닥 가득 먼지가 묻어났다.

애야, 이제 그만 집으로 돌아가자.

나는 아마 그렇게 중얼거렸을 것이다. 나는 책을 들고 계산대로 돌아섰다. 그런데 막상 계산대 앞에 이르렀을 때 나는 다시 생각이 바뀌었다. 아니, 생각이 바뀌었다기보다 무언가 자신이 주제넘은 짓을 하고 있다는, 아니다, 그러니까 안쓰러움의 뒤끝에 어떤 노여움이, 아니다, 무언가 담담한 체념 같은 것이, 아니다……. 아무튼 나는 다시 서가로 돌아가 책을 제자리에

꽂아 놓았다. 그러면서 다시 중얼거렸다.

　그래라, 여기서 풍찬노숙 하거라.

　그러고 나서 책방을 나오는데 바깥의 따가운 햇발을 얼굴에 받는 순간 돌연히 눈시울이 뜨거워지는 것이 아닌가. 마치 아이를 고아원에라도 맡기고 돌아서는 기분이었다.

　당시는 일상이 전부 그런 식이었다. 나는 사소한 것들에 까닭 없이 긴장해 있었으며, 막연히 무력하고 막연히 슬펐으며, 누구처럼 열여섯 시간까지는 아니지만 가끔 두어 시간 남짓 천장만 바라다보고는 했다.

　그리하여 나는 스스로 명명하기를 '존재론적 슬픔'이라고 했다. 처음 그 표현이 떠오른 건 글 한 줄 못 나간 채 날밤을 새우고 있다가 맞이한 어느 날 새벽이었다.

　마감 날짜를 이미 넘긴 연재 원고가 하나 있었는데 초저녁부터 매달렸어도 도통 글이 되어 주지 않았다. 나는 아무리 가벼운 잡문 하나라도 쓰고자 하는 내용에 먼저 정서를 충분히 일치시켜야만 하는 결벽증을 가지고 있었다. 그건 무슨 직업적 성실성이라기보다는 자아도취에 주로 의존하는 빈곤한 상상력이 원인이었을 터인데, 아무튼 스스로 뻐근한 충일감을 느끼면서가 아니면 나는 어떠한 글도 쓰지 못하는 체질이었다.

　그런데 그날은 도무지 정서의 일치가 오지 않았다. 그러면 애초에 포기하고 뒷날로 넘겼어야 하건만 나는 애면글면 정서의 미로 찾기를 해가며 책상 앞을 떠나지 못했다. 그러다가 새벽 네시를 맞았다.

막상 글쓰기는 포기했지만 그렇다고 잠도 올 것 같지는 않아 나는 가부좌를 틀고 앉아 그 얼마 전에 배우기 시작한 단전호흡에 들어갔다. 긴 네 박자의 들숨과 날숨을 반복해 가며 나는 배꼽 3센티미터 아래의 단전에 기를 모으기 시작했다. 10여 분 지나자 손가락 끝마디에 조금씩 기의 자장이 만들어지기 시작했다. 그때 문밖에서 신문 떨어지는 소리가 들렸다. 나는 잠깐 주저하다가 이내 호흡을 정리하고 일어났다. 그리고 신문을 가지러 밖으로 나갔다.

문밖에 나서는 순간 후욱! 물기 서린 새벽바람이 온몸을 서늘하게 휘감아 왔다. 바람 한줄기에 돌연히 창망해질 수도 있는 것이라면 그때가 그랬다. 어쩐지 내 몸 전부가 바람에 포박당했다는 느낌이었다.

나는 망연한 기분으로 서서 잠깐 바깥 길을 내다보았다. 아직 어슴푸레하여 적막하기만 한 거리에 무언가 차갑고 맑은 기운이 은은하게 흐르고 있었으며, 눈에 보이는 사물들 모두가 마치 태곳적부터 그 자리에 그렇게 있어 온 듯 아득한 깊이를 담고 있었다. 하다못해 쓰레기통 옆 찢긴 신문지에서조차 어떤 무게가 느껴져 왔다. 사물들은 그리하여 저마다 장엄했다.

나는 낡은 흑백 필름 같은 그 새벽 거리를 내다보며 나지막이 중얼거렸다.

「나는 지금 존재론적인 슬픔에 감염돼 있다.」

그러자 왠지 비감해졌다. 무언가 아주 낯설고 신비로운 감흥이 내 안에 퍼져 갔고, 그러자 한순간 내가 다른 존재라도 되어버린 듯한 기분이었다. 나는 그 낯선 정서에 취해 한참이나 멀겋게 서 있었다. 그러다가 거리에 박명의 기운이 번지기 시작할 때에야 신문을 챙겨 들고 방으로 돌아왔다.

나는 불쑥 솟아오른 그 표현 — 존재론적인 슬픔이라는 규정에 만족했다. 그래서 당분간 아무 생각 없이 지내보기로 했다. 일단 그렇게 마음을 먹고 나니 다행스럽게 아무 생각도 나지 않았다.

이를테면 나는 마음을 비우겠다는 작정을 했던 것으로, 그런 작정의 뒤끝이 늘 그러하듯 내 마음은 곧 유소년기의 마을 전곡으로 달려갔다. 결국 내게 전곡이란 그런 순간에 생각나는 장소였던 것이다. 예컨대 〈무진기행〉의 무진과 비슷한 곳이 나의 전곡이었다.

나는 그 새벽이 있은 아침에 바로 전곡행 열차에 올랐다. 서울에서 두 시간 거리였으니 마음만 먹으면 언제라도 쉽게 갈 수 있는 곳이었다.

하기야 마음먹는 것과 실제 움직이는 것은 다르다. 바람이나 한번 쐬고 싶다는 생각이 들면 언제나 가장 먼저 떠오르는 게 전곡이기는 했어도 막상 전곡행 열차에 오르는 것은 3, 4년에 한 번이 고작이었다. 그때만 해도 '비에 젖은 사람들'의 초고를 쓰느라 열흘 정도 머물렀다 돌아온 이후의 첫 행보였다. 그러니까 거의 4년 만의 방문이었다.

전곡은 변한 게 없었다. 마지막으로 다녀간 4년 전과 비교해서는 물론이거니와 서울로 전학 오기 전까지 살던 옛날과 비교해서도 그랬다. 하기야 강산도 변한다는 10년 세월을 두 번이나 넘겼는데 왜 변한 게 없을까만, 적어도 추억의 흔적을 되짚는 데 필요한 만큼의 동네 틀은 그대로 유지하고 있었다. 내가 오랫동안 살았던 서울 변두리의 어느 동네는 대단지 아파트가 들어서면서 동네 모습이 깡그리 변해 버렸다. 어떤 일 때문에 몇 해 만에 그 동네에 들렀을 때, 옛 골목의 흔적 하나라도 만나게 되면 어찌나 가슴이 시려 오던지, 나는 한참이나 우두커니 서서 그 거리에 묻어 있을 내 한 시절을 암암히 떠올려 보고는 했다. 자기가 살던 장소를 잃는다는 것은 추억을 도둑맞는 것과 같다.

그런 점에서라면 전곡은 내 유소년기의 흔적을 고스란히 간직하고 있는 장소였다. 어디를 걸어도 그 거리와 관련된 추억들이 한 무더기씩 떠올라 왔다. 그러니 걸음을 세울 필요도 없이 그저 한가로이 걷기만 하면 내 마음은 어느새 아삼아삼한 추억들로 흥건히 젖게 마련이었다.

사실 전곡에서 내가 하는 일이란 게 늘 그런 식이었다. 시장 근처의 허름한 여인숙에 방을 잡아 놓고는 낮 시간 내내 무슨 성지 순례자처럼 전곡의 곳곳을 샅샅이 돌아다니는 것이고, 어둑해지면 아무 술집에나 들어가 잔뜩 취기를 채워 넣고는 설익은 건달처럼 행인을 쏘아보며 여인숙으로 귀가하는 게 내 전곡 여정의 전부였다.

전곡의 그 첫날도 역시 그랬다.

2박 3일의 일정으로 내려간 나는 전곡에 도착하자마자 묵을 방부터 얻었다. 가방을 던져 놓고는 바로 1리 쪽으로 건너가 옛집과 초등학교 근처를 돌아보았으며, 그다음엔 밭고랑을 타고 한탄강 기슭으로 내려가 잡초 무성한 소로를 어슬렁거렸다. 여름이면 동네 사람들의 가장 만만한 쉼터가 되어 주던 한탄강변은 자갈 채취를 하느라 여기저기 함부로 파헤쳐져 을씨년스럽기만 했다. 한탄강에는 또 언제 세워졌는지 낡은 철제 다리 옆으로 새로운 다리 하나가 당당한 위용으로 뻗어 있었다. 보아하니 옛 다리 쪽으로는 이제 차량 통행이 금지되어 있는 모양이었다.

나는 소로를 빠져나와 다리 밑의 야트막한 둔덕을 타고 올랐다. 세월의 풍진에 녹슬어 있는 옛 다리로 해서 건너편 검문 초소까지 천천히 걸어갔다가 돌아오니 어느덧 해가 이우느라 저녁 하늘 가득히 불그죽죽한 노을이 번지고 있었다. 그러자 불쑥, 예전에도 자주 이런 시각에 다리를 건너 집으로 돌아가곤 했다는 별것도 아닌 기억이 가슴을 온통 저릿하게 만들어 버렸다. 나는 다리 끝 난간에 기대어 영화배우 같은 폼으로 천천히 담배 한 대를 피웠다. 그러고는 여인숙이 있는 시장통으로 발길을 돌렸다.

시장 근처에서 저녁 식사를 마치고는 커피나 한잔 할 생각으로 번화가 쪽으로 나가고 있을 때였다. 예전에 헌병 초소가 있던 삼거리 입구에 커다란 현수막 하나가 잣바듬히 걸려 있었는데, 거기에 쓰인 고딕체의 푸른 글씨가 찌르듯 눈에 와 박혔다.

'전곡초등학교 제1회 동창 모임'

현수막 아랫부분에는 날짜, 시간, 장소에 이어 '제25회 동창 일동'이라고 쓰여 있었다. 뭔가 조금 이상했다. 제1회는 무엇이고 제25회 동창은 무엇이란 말인가. 잠시 후에 나는 그것이 제25회 동창들이 첫번째로 갖는 동창 모임이리라고 추측했다.

제25회라…… 25회면 몇 년도 졸업생들일까 되짚어 보았으나 알 수가 없었다. 나는 자신이 몇 회 동창에 속하는지도 모르는 것이었다. 6학년 때 전학을 갔으므로 이곳에서 졸업을 하지 않았던 탓이기도 하지만, 그 후에도 동기생들과 일절 교류가 없었고 그렇다고 학교의 창립 연도를 기억하는 것도 아니니 당연했다. 나는 별 생각 없이 다시 한 번 현수막을 올려다보았고, 아랫부분의 날짜를 확인하고는 잠깐 묘한 기분이 되었다. 모임 날짜가 바로 내가 내려간 그날이었던 것이다. 게다가 시간을 보니 이미 한창 진행돼 있을 시각이었다.

가까운 곳에 동창들이 모여 있다고 생각하니 공연히 가슴이 설레었다. 내가 내려간 날에 동창 모임이 있다는 것도 무슨 운명까지는 아니더라도 반가운 우연이라는 생각은 들었다. 25회가 대체 몇 살짜리들인지를 모르니 그저 막연한 반가움일 뿐이긴 했다. 아래든 위든 나와 5년 이내의 터울이라면 같은 시기에 교문을 들락거린 추억 정도는 공유하고 있겠지만 그 이상 벌어진다면 실상 동창으로서의 의미는 없을 것이었다.

나는 삼거리를 건너 2층의 어느 다방으로 올라갔다. 커피 맛은 밍밍하기 짝이 없었다. 나는 눅눅히 익어 가는 어둠과 점차 부산스러워지고 있는 삼거리 주변을 물끄러미 내려다보았다. 그러다가 벌떡, 잊고 온 물건이라도 찾으러 가는 사람처럼 황황히 다방을 빠져나왔다. 오늘이 아니면 언제 다시 이곳 동창회 구경 한 번 해보겠느냐는, 그런 갑작스러운 애착과 조바심이 나를 현수막의 장소로 이끌었다.

늘봄회관.

동창회 장소인 갈빗집 앞에는 고기 굽는 냄새와 온갖 들척지근한 술 냄새가 뒤섞여 낭자하게 떠다니고 있었다. 갈빗집에 왜 '회관'이라는 옥호가 붙은 걸까, 궁금할 것 하나도 없는 걸 애써 궁금해하며 나는 잠시 머뭇거렸다. 얼마 후 나는 누구에게 떠밀리듯 다소 어정쩡한 기분인 채로 갈빗집 안으로 한 걸음 들어섰다.

동창회 자리는 한눈에 알아볼 수 있었다. 문가에서 일직선으로 보이는 큰 방에 스무 명 남짓의 사람들이 술병과 요리로 그득한 탁자를 사이에 두고 길게 마주 앉아 있는 게 보였다. 한창 술기가 오른 듯 사람들은 저마다 호기로운 목소리를 띄워 올리며 유쾌하게 건들거리고들 있었다.

나는 방이 바라다보이는 실내 한쪽에 자리를 잡고는 방 안에
있는 사람들을 살펴보았다. 사람들의 나이는 도통 감을 잡을
수가 없었다. 마흔은 넘었다 싶게 제법 지긋해 보이는 사람도
있고 갓 스물이 될까 말까 하게 어려 보이는 사람도 있었다. 나
는 종업원이 가져다 준 메뉴판을 건성으로 바라보면서 그냥 나
가 버릴까 어쩔까로 잠깐 갈등했다. 그러고는 사람을 기다린다
는 말로 일단 시간을 벌어 놓았다.
　나는 보리차로 입을 축이고 나서 별 생각 없이 실내를 쓱 훑
어보았다. 기억자로 돌아간 큰 방과 주방 사이의 좁은 실내에
는 떠들썩한 방 안과는 달리 손님이라고는 나 말고 남자 한 사
람이 더 앉아 있을 뿐이었다. 자연히 내 눈길은 그 사람에게 가
서 멎었다. 그건 무심한 눈길이었고 2,3초에 불과한 짧은 응시
였다. 그런데!
　다음 순간 나는 가슴이 서늘해지고 말았다. 이어서 거의 즉
발적으로 한 소년의 이름을 떠올렸다. 그였다. 내가 세 번이나
글에서 등장시켰던 아이, '민'인지 '철'인지는 확실하지 않지만
아무튼 외자 이름이었던 것만은 분명한 그 아이가 옛날처럼 양
어깨에 그늘을 잔뜩 드리운 채 거기에 앉아 있는 것이 아닌가.
　그랬다, 내가 그를 알아본 것은 그늘 때문이었다. 그늘이라고
밖엔 표현할 수 없는 어떤 적막한 기류, 음울한 무게, 그런 것들
이 그의 굽은 어깨에 켜켜이 괴어 있었다. 하기야 어찌 그늘만
이겠는가, 그의 얼굴이나 몸짓 어디에서든 옛 모습을 한 자락

이라도 읽어 냈으니 대번에 그를 떠올렸을 것인데, 그건 사실 조금 이상한 일이었다. 왜냐하면 나는 그의 옛 얼굴을 전혀 기억하고 있지 못했던 것이다. 그렇다고 얼굴을 보고 나니 뒤늦게 기억났다는 그런 것도 아니었다. 나는 그냥 그가 '그'라고 생각했다. 그것도 막연한 짐작이 아니라 벼락같은 확신으로 그렇게 믿었다. 그의 모습엔 분명 내가 그를 '그'라고 단정할 만한 무언가가 담겨 있었다.

그는, '민'인지 '철'인지 모르지만 외자 이름인 것만은 분명한 그는 나처럼 아무것도 시키지 않은 채 오롯이 앉아 탁자만 내려다보고 있었다. 저 친구도 현수막을 보고 찾아온 것일까, 아니면 우연히 들른 것일까? 그가 아직도 전곡에 사는지 어떤지를 알지 못했으므로 나는 그가 나타난 이유를 전혀 짐작할 수 없었다. 어쨌거나 그를 알아본 순간부터 내 관심은 온통 그에게 집중되었다. 사실 방 안의 동창회에 대해서는 처음 들어섰을 때 이미 흥미를 잃은 상태였다. 왁자하니 흥청거리고 있는 낯선 그들에게서 나는 내 가슴에 새겨진 유년기 추억의 그 어떤 것도 연상해 낼 수 없었다.

어떻게 할까? 모르는 체 지나치려니 아쉬웠고 그렇다고 막상 이름 밝히며 다가서기도 주저되었다. 마주 앉는다 한들 살갑게 안부 물어 가며 추억을 나누기는 쉽지 않을 것인데 그리되면 공연히 서로 어색해지기 십상이었다.

내가 이런저런 생각으로 머뭇거리며 보리차를 반쯤 비웠을 때였다. 그가 자리에서 일어났다. 그리고 이제 시간이 다 되었다는 식의 단호한 동작으로 뚜벅뚜벅 밖으로 걸어 나갔다. 나는 방 안 사람들을 흘낏 한 번 건너다보고는 그를 좇아 식당에서 나왔다. 그는 이미 저 아래 큰길 쪽으로 내려가고 있었다. 옛 전곡극장 자리에 들어선 나이트클럽의 네온사인이 그의 넓적한 등판에 붉고 푸른 빛살을 그었다. 거리엔 사람들이 부쩍 늘어나 있어 초겨울의 이른 밤을 싱숭하니 달구어 가고 있었다.

나는 10여 미터 간격으로 그의 뒤를 따랐다. 어쩌겠다는 작정이 있는 건 아니었고 나로서야 딱히 다른 할 일도 없는 처지였다. 그는 식당에서 나올 때와는 달리 산책이라도 하듯 느릿느릿 걷고 있었다.

그의 뒷모습을 보고 있자니 옛 기억들이 두서없이 떠올라 왔다. 한탄강의 물놀이, 물총 싸움, 메뚜기잡이, 운동회날 아침의 흐드러진 웃음소리, 그런 것들이었다. 딱히 그와 연관된 기억들은 아니지만 적어도 그와 함께 공유한 시간이고 풍경들이었다. 마흔이 가까운 나이에도 선히 잡혀 오는 그 어린 날의 풍경들이 내 가슴을 축축이 적셨다. 아, 마흔!

그리고 나는 어쩐지 내가 쓴 소설 속에 들어와 있다는 느낌이었다. '비에 젖은 사람들.' 내 첫 장편인 그 소설의 무대는 이곳 전곡이었다.

서른 중반의 재야 활동가 기수가 대통령 선거를 앞두고 잠시 귀향하는 것으로 그 소설은 시작된다. 자신이 청춘을 바쳐 온

변혁 운동에 대하여 새삼 실존적으로 성찰해 보기 위해서이다. 왜인가? 그 어떤 열정적인 활동이든 그 바탕에 철학적 사유가 빈곤하다면 본의 아니게 교조주의로 빠질 수도 있기 때문이다. 인간의 존재론적 한계와 가능성을 냉철히 되짚어 보고 그로써 자기 행동의 푯대를 좀 더 분명하게 세우고자 기수는 잠시 고향으로 돌아온다.

기수는 전곡에서 누구를 만나던가. 교활한 사업가 상준, 폭력배의 우두머리가 되어 있는 민, 그의 애인인 다방 마담, 기수와 하룻밤 몸을 섞는 은미라는 창녀. 은미와의 정사는 기수가 삶의 통속성을 새롭게 받아들이는 일종의 의식으로 묘사됐었다.

나는 마침 그 사창가 입구이던 철길 아랫동네를 지나가고 있었다. 소설에 그린 것과는 달리 실제로는 이미 8년 전에 정리돼 지저분한 골목 몇 갈래만 남아 있는 곳이었다. 그가 슈퍼마켓 맞은편의 모퉁이를 돌아서는 게 보였다. 잠시 상념에 잠기느라 처졌던 나는 걸음을 빨리해 얼른 그쪽 골목으로 들어섰다. 그때였다. 으슥한 골목 안에서 누군가 튀어나왔다. 깜짝 놀랄 사이도 없이 나는 팔이 뒤틀리는 통증으로 짧은 신음을 토했다.

「누구냐? 왜 내 뒤를 밟는 거지?」

그였다. 익숙하고 날렵한 동작으로 내 오른팔을 꺾어 잡은 채 그가 날카롭게 묻고 있었다. 조금만 힘을 주면 그대로 팔이 부러질 수도 있는 위험한 상태였다.

「저기…….」

너 누구 맞지? 이런 식으로 말해야 하겠건만, 그러면 그의 의심을 풀어 줄 수 있겠건만 난감하게도 나는 그의 이름을 모르고 있었다. 민이던가? 철이던가? 나는 당혹스러운 표정으로 머뭇거리기만 했다. 그런데 다음 순간 차갑기만 하던 그의 표정이 약간 흔들린 듯했다. 나는 그 순간을 놓치지 않고 빠르게 말했다.

「나, 태균이다. 기억나니?」

그가 내 얼굴을 뚫어지게 바라보았다. 나는 카드놀이에서 자신의 패를 먼저 보여 주고 난 뒤와 같은 초조한 기분이었다. 잠시 후 그의 표정이 스르르 풀어지기 시작했다. 이윽고 그가 내 팔을 놓아주며 한 걸음 물러섰다.

「기억나니?」

내가 재우쳐 물었다. 그는 한참 뒤에야 조용히 입을 열었다.

「……임태균.」

「그래! 기억하는구나. 아까 식당에서 널 보았어.」

「그런데 왜 날 따라오냐?」

차가운 표정은 가셨다지만 그는 여전히 긴장을 늦추지 않고 있었다.

「그냥…… 말을 걸고 싶긴 한데 확실치가 않아서…… 넌 웬일이니, 동창회 소식 듣고 왔던 길이니?」

「내게 동창 따위는 없어.」

그의 표정이 굳어졌다. 나는 머쓱해져서 다시 할 말을 잃었다. 그가 나를 기억하고 있다는 건 일단 반가웠지만 공연히 쓸데없는 짓을 했다는 후회가 더 앞섰다. 그런데도 정작 나는 스스로도 생각지 않던 뜻밖의 말을 던지고 있었다.

「어디 가서 술이나 한잔 하자.」

　그와의 술자리는 그렇게 시작되었다. 잠시 주저하던 그가 응낙의 표시로 고개를 끄덕거리고 자신이 먼저 앞장섰던 것이다.

　우리는 가까운 식당으로 들어가 족발 한 접시와 소주를 시켜 놓고 마주 앉았다. 25년 만의 해후랍시고 마주 앉았지만 딱히 할 말이 없었다. 아무래도 술기운이나 빌려야 할 것 같아 나는 거푸 여러 잔을 들이켰다. 그도 마찬가지로 단숨에 술잔을 털어 놓고는 하여 금세 술 한 병이 바닥났다. 그의 침묵은 나처럼 어색해서라기보다는 몸에 밴 체질로 여겨졌다.

「밥은 안 먹을래?」

　애써 가벼운 미소를 띠며 내가 물었다.

「됐어.」

　나는 소주만 한 병 추가시켰다. 그 두 번째 술병도 곧 비워졌다. 그사이에 우리가 나눈 이야기라곤, 아직도 전곡에 사는지, 결혼은 했는지, 동창 중에 만나고 있는 사람들은 있는지, 고작 그 정도였다. 우리는 마치 이혼 수속을 마치고 마지막으로 자리를 함께한 부부같이 서먹하니 그런 말들을 주고받았다. 다행이라면 조금씩 취기가 오르기 시작했다는 점이었다. 그리고 또

한 가지 소득은 그의 외자 이름이 '민'도 '철'도 아닌 '석'이라는 걸 알았다는 것이다. 내가 어렴풋이 기억하고 있던 '민'은 그의 성이었다. 그는 '민석'이었다.

식당에 들어선 지도 어느새 한 시간 가까이 되어 가고 있었다. 식당에는 내내 우리 두 사람뿐이었다.

「무슨 일 하냐?」

불쑥 석이 물었다. 석은 그렇게 물으면서도 내 얼굴은 보지 않고 있었다.

사실 나로서도 가장 궁금한 것이 그 점이었음에도 애써 자제하고 있던 참이었다. 어쩐지 그런 물음은 피해야 할 것 같았다. 그가 정상적으로 살아가고 있을 것 같지 않다는(정상적인 삶이란 어떤 걸까), 아니면 적어도 남에게 당당히 말할 만한 직업은 아닐 거라는 느낌이 있어서였다.

뭐라고 대답할까 하고 나는 잠깐 망설였다. 언제나 그랬다. 소설가라는 직업은 비정상적인 것도 비밀스러운 것도 아닌데도 왠지 막상 대답하려면 쑥스러워지곤 했다. 초면인 사람이 의례적으로 물어 올 때면 더욱 그러했는데, 그럴 때면 대개 말하기 편한 대로 '프리랜서'라고 두루뭉술하게 넘겨 버리곤 했다.

「소설을 쓰고 있어.」

나는 솔직하게 대답했다. 프리랜서라는 말을 그가 알아들을 것 같지 않아서였다. 그렇다고 '회사원'이라고 적당히 둘러대는 것도 어쩐지 내키지 않았다.

「소설? 작가란 말이냐?」

「응.」

회사원이라고 말할걸. 늘 그랬듯이 머쓱해지고 말아서 나는 금방 후회했다.

「성공했구나.」

빌어먹을! 나는 아무 대꾸 없이 담배를 꺼내 물었다. 조금만 가까운 사이였더라도 나는 대번에, 야유하냐? 하고 되받았을 것이다.

「너는 뭐 하고 지내니?」

어쨌거나 이번엔 내가 물을 차례였다. 석은 밋밋한 웃음을 흘리며 술잔을 들었다. 그것으로 끝이었다. 나는 다시 묻지 않았다. 마침 잔뜩 취한 남자 두 명이 들어와 떠들썩하게 자리를 잡는 통에 우리는 자연스레 침묵으로 돌아갔다.

얼마 후에 뻐꾸기가 울기 시작했다. 벽걸이 시계가 정각 아홉시를 알리며 내는 소리였다. 나는 뻐꾸기가 임무를 끝내고 시계통 안으로 사라질 때까지 계속 지켜보다가 고개를 내렸다. 그는 여전히 무뚝뚝한 얼굴로 탁자만 내려다보고 있었다.

「오늘 말이야…….」

오랜만에 그가 먼저 입을 열었다.

「어떤 자식에게 칼침을 놓을 작정이었지.」

그는 거기에서 일단 말을 끊고 씨익 웃었다. '씨익'이라고 나는 지금 말하고 있는데 그런 표현은 썩 적절한 건 아니다. 그의 웃음은 적당한 자조와 적당한 냉소와 적당한 무심이 섞인, 그러면서 무언가 자기 안의 깊은 것 하나를 억누르고 있는 듯한 모호한 미소였다.

「그게 내 일이거든. 오후부터 놈을 따라다녔어. 그러다가 아까 그 갈빗집까지 간 거지. 알고 보니 동창이더군. 너야 기억 못하겠지만 학교 다닐 때 나하고 한 번 싸운 적도 있는 놈이었지.」

거기에서 다시 말이 끊겼다. 그는 더 말할 생각은 없는 듯했고 나도 애써 캐묻고 싶지는 않았다. 우리는 묵묵히 한 잔씩을 주고받았다.

그런데 얼마 후에 엉뚱한 일 하나가 벌어졌다. 직접 보면서도 믿기지 않는 다소 황당한 일이었다. 내가 화장실에 다녀오다가 잠깐 발을 헛디뎌 옆 탁자의 술을 쏟은 것이 그 발단이었다.

「뭐야, 이거! 에이, 재수 더럽게 없네.」

양복에 술이 쏟아진 사내가 잔뜩 인상 쓰며 거칠게 나왔다.

「죄송합니다. 이거 어떻게 하지요…….」

「어떡하긴 뭘 어떡해! 세탁비 물어내야지.」

「그럴 수도 있는 거지, 뭐. 됐어요, 돌아가세요.」

한 사내는 거칠고 한 사내는 얌전했다. 나는 잠시 어름거리다가 한 번 더 미안하다는 말을 남기고 돌아섰다.

그때였다. 내내 술병만 바라보고 있는 듯하던 석이 천천히 일어나더니 사내들의 탁자로 가서 앉는 것이었다. 그러더니 내게 거칠게 나왔던 사내를 향해 너볏이 웃어 보였다.

「어이구, 이거 많이 젖었군요. 내가 대신 사과하겠소. 저 친
  구 술이 약해 놔서…….」

「사과는 무슨 사과! 옷을 이렇게 버려 놓고 말 한마디로 때우
  겠다는 거요?」

「어디 말 한마디로 되겠습니까. 내가 술 한잔 사지요.」

석이 그렇게 나가자 거칠게 나오던 사내는 뜨악하니 바라보
기만 했다. 그런데 그다음이 가관이었다. 술 한잔 받으라고 말
하면서 석이 자기 구두를 벗어서는 탁자 위에 올려놓는 것이 아
닌가. 그러고는 소주병을 들어 구두 가득 들이붓는 것이었다.

「자, 한잔 쭉 드십시오. 사과의 술입니다.」

사내는 어처구니없어하며 입을 다물지 못했다. 그것도 잠깐,
사내의 얼굴은 곧 험상궂게 일그러졌다.

「지금 뭐 하자는 수작이야?」

「우정을 나누자는 거지요. 자아, 쭈욱 드십시오.」

석은 여전히 빙그레 웃고만 있었다.

「당신 지금 시비 거는 거야?」

사내가 냅다 구두를 집어 던졌다. 구두는 맞은편 벽으로 날
아가 떨어졌고 거기에 담겼던 술이 석의 얼굴과 옷으로 흥건히
흘러내렸다. 석은 개의치 않고 천천히 일어나 다시 구두를 들
고 왔다. 그리고 방금 전처럼 소주병을 들어 가득히 구두에 채
웠다. 그다음이었다. 석이 품에서 무언가를 꺼냈다. 섬뜩하게

날이 세워져 있는 작은 칼이었다. 그는 그 칼을 가지고 구두 안의 술을 휘휘 젓기 시작했는데, 그 동작이나 표정이 어찌나 여유작작하던지 언뜻 살기마저 번득이는 것이었다. 일순 실내 전체에 팽팽한 긴장이 퍼져 나갔다.

「잘 저었으니 식기 전에 드시오.」

극히 자연스러운 목소리로 석이 말했다. 동시에 그의 손에 들려 있던 칼이 쇳소리를 내며 풍차처럼 돌아갔다. 현란한 동작이었다. 도대체 어떤 식으로 돌려 댄 건지 칼은 손가락 사이사이를 날렵하게 지나 엄지부터 새끼손가락까지 순식간에 왕복했다. 사내의 얼굴이 납빛으로 하얗게 질리고 있었다.

「안 마실 거요?」

석의 목소리는 여전히 부드러웠다. 마치 다정한 친구에게 권하기라도 하는 듯한 말투였지만 그 바닥에는 냉혹한 위협이 서슬 푸르게 박혀 있었다. 사색이 된 사내가 머뭇머뭇 구두를 들어 올렸다.

「착하군!」

그렇게 말하며 석이 한 번 더 칼을 돌리고 나자 사내는 황급히 구두를 입술에 대었다. 허겁지겁 몇 모금을 들이켠 사내가 숨을 몰아쉬며 구두를 내려놓았다. 석은 그 구두를 받아 자기도 몇 모금을 마셨다. 그러고는 다시 사내에게 권했고, 사내가 몇 모금을 마시고 나자 석이 다시 받아 마셨다. 그러는 사이에 구두의 술이 모두 비워졌다. 석이 구두를 자기 발에 끼우는 동안 사내는 여전히 사색인 채로 힐끔힐끔 석의 눈치를 살폈다.

「이제 술도 같이 마셨으니 얘기나 나눕시다. 괜찮소?」

사내가 비굴한 표정으로 예, 하고 대답했다. 그 옆의 얌전하던 사내도 어색한 웃음기를 흘리며 고개를 끄덕였다. 참으로 묘한 분위기였다. 석은 나와 마주 앉아 있을 때와는 전혀 다른 사람이 되어 두 사내를 농락하고 있었다. 언뜻 보면 그저 능청스러운 객기로 보이는 석의 태도에는 그러나 치밀하게 계산된 위협이 날을 세우고 있는 것이어서 사내들은 속절없이 그 기세에 눌리고 있었다. 나마저 나설 수 없을 정도로 극히 자연스럽고 노련한 태도였다. 어떻게 공포가 조성되고 어떻게 자연스러운 승복이 만들어지는가를 석은 완벽히 알고 있는 듯했다.

어쨌거나 이제 내가 할 일이라곤 그들의 뒷전에 멀거니 앉아 있는 것뿐이었다. 석은 내게는 눈길 한 번 주지 않고 사내들에게 말하고 있었다.

「여기 전곡이 내 고향이오. 열여섯 살에 소년원에서 나온 뒤에 바로 떴지. 내 하나뿐인 가족인 할머니는 내가 소년원에 있는 동안 돌아가셨소. 여길 떠나서는 안 해본 일이 없어. 어느 날부터 주먹을 쓰기 시작했는데 그 후부턴 사는 게 좀 편해지더군. 근데 어느 날 같이 살던 여자가 돌림빵을 당하고 자살해 버렸어. 경쟁하던 조직의 복수였지. 난 몇 놈을 병신 만들어 버렸고, 그 후론 주로 독고다이로 놀았어. 지금은 무슨 일을 하는 줄 아시오? 사람을 찾는 일이야. 사람을 찾아

내 바지에 오줌 좀 싸게 만들어 주고 나면 누군가 돈을 주지.
참, 당신 지금 오줌 쌌소?」

석은 그렇게 말하고 나서 술 한 잔을 털어 넣었다. 사내는 급히 석의 빈 잔에 술을 따랐다.

「씨발, 오줌 쌌냐고 물었잖아!」

「아니요, 안 쌌습니다.」

사내가 황급히 대답했다.

「당신은?」

얌전한 사내에게 석이 물었다.

「네?」

「오줌 쌌냐구, 자식아!」

「저도…… 저도 안 쌌습니다.」

「그래? 다행이군. 술은 다 마셨소?」

「네, 다 마셨습니다.」

「그럼 그만들 가보시오.」

석의 말이 떨어지자 두 사내가 후닥닥 일어났다. 그들은 석을 향해 꾸벅 고개 숙이고는 부리나케 식당을 빠져나갔다.

석은 잠시 그대로 앉아 있다가 이윽고 처음의 우리 자리로 돌아왔다. 자리로 돌아온 석은 아무 일도 없었다는 듯 조용히 자기 술잔을 비웠다. 무슨 일이 있었지? 나는 마치 잠시 꿈이라도 꾸고 난 기분이었다. 이 자리를 어떤 식으로 마감하고 헤어지면 좋을까, 나는 담배를 꺼내 물며 그런 생각에 잠겼다. 피곤했다. 어서 숙소로 돌아가 따뜻한 물에 목욕이나 하고 푹 자고 싶었다.

그때 석이 고개를 쳐들며 나를 정면으로 바라보았다.

「소설이란 게 뭐냐?」

뜻밖의 물음이었다. 나는 멀뚱하니 석의 얼굴만 바라보았다.

「어떤 걸 쓰는 게 소설이냐구?」

석이 다시 물었다. 그의 눈빛은 아까와는 완전히 달라져 있었다. 사내들을 상대할 때의 능청스러우며 위협적이던 그 눈빛이 아니었다. 표정 또한 무뚝뚝하고 그늘이 서린 처음의 상태로 돌아와 있었다.

「별것 없어. 그저 사람 사는 이야기지, 뭐.」

나는 애써 엷게 웃었다. 그러면서 공연히 민망해했다.

「그래? 그럼 내 이야기도 소설이 되겠구나. 나도 어쨌든 사람이니까.」

「물론이지. 어떤 삶이든 다 소설이 되지.」

'어떤 삶'이란 말이 목에 걸렸다. 막상 말하고 나니 '어떤 삶'이란 그 표현이 석을 빗대는 말로 들렸을지도 모르겠다는 생각이 들어 공연히 께름했다.

「그렇구나……」

석이 희미하게 웃으며 몇 차례 고개를 주억거렸다. 나는 내 잔을 들어 단숨에 비웠다. 빨리 이 자리를 끝내고 싶었다. 자꾸 불편해지고 있었다.

「넌 주로 어떤 걸 썼냐?」

석이 또 물었다. 빌어먹을! 왈칵 짜증이 솟았다. 조금만 가까운 사이였더라도 나는 이렇게 말했을 것이다. 야, 시시한 소설 이야기 그만 하고 우리 다른 재미있는 이야기나 하자, 그렇게.

「뭐 여러 가지 썼어. 다 시시한 이야기들이야.」

나는 그렇게 말하면서 손목시계를 내려다보았다. 석이 알아볼 수 있도록 큰 동작으로 손목을 들어 올렸다. 그런데 석이 또 묻고 있었다.

「시시한 이야길 뭐 하러 쓰냐?」

아아, 뭐 같은 밤이다. 나는 동창회 현수막이 눈에 띈 것을 원망했다. 다시 담배 한 대를 빼어 물며 나는 이 담배를 다 태우기 전에 어떻게든 자리를 끝내자고 다짐했다.

「삶이 결국 시시하다는 그런 뜻이야. 실제 살아 보니 그렇지 않디? 근데…… 이젠 일어서야겠다. 가서 할 일이 있거든.」

나는 다시 손목시계를 내려다보았다. 석은 그런 나를 물끄러미 바라보다가 먼저 몸을 일으켰다. 뒤따라 일어선 내가 주인에게 다가가자 석이 나를 밀치며 술값을 계산했다. 석의 동작이 하도 단호하여 나는 뒤에서 멀뚱히 서 있기만 했다.

우리는 식당 앞에서 바로 헤어졌다. 열시밖에 안 되었지만 거리엔 행인이 현저하게 줄어 파장의 허우룩한 기운이 어둠 속에 켜켜이 드리워져 있었다. 석은 어둠보다 짙은 그늘을 어깨에 덮어쓰고는 총총히 위쪽 길로 올라갔다. 순간 왠지 참을 수 없는 조바심이 가슴을 쳤다. 내가 그 느닷없는 조바심을 추스르느라 우두커니 서 있는 사이에 석은 농협 모퉁이를 돌아 철길이 있는 쪽으로 사라졌다.

나는 문득 선배와의 대화를 떠올리고 있었다. 엄숙이 자신의 약점이라고 말하던 선배 작가, 그가 불쑥 물었었다.

「너, 인간이 왜 육체를 가지고 있는 줄 아니?」

「생뚱한 물음이네요.」

「육체를 가지고서만 배울 수 있는 게 있어서야.」

「그게 뭔데요?」

「고통. 육체를 통해서만 고통은 의미가 되지.」

「……지금, 혹시 저를 질책하는 겁니까?」

「엄숙하고 비장하기만 해서는 고통의 의미를 배우지 못해. 그저 뛰어넘어 버리거든. 그러면 삶도 알지 못하게 되지. 삶도 역시 뛰어넘으니까.」

「그게 왜 잘못이지요?」

「삶은 살아 내는 거지 뛰어넘는 게 아니거든.」

나는 여인숙이 있는 아래쪽으로 돌아섰다. 공연히 가슴이 서늘해지고 있었다.

외박 나온 듯한 군인 몇 명이 비척거리며 걸어오다가 내 어깨를 건드렸다.

「뭘 봐! 불만 있어?」

완전히 맛이 가 있는 군인 하나가 그렇게 소리쳤다.

「야야, 가자, 가자. 미안합니다.」

다른 군인이 꾸벅 고개 숙이고는 동료를 부축해 돌아섰다.

나는 멍청하게 그들을 지켜보았다. 군인들은 곧 시장 어귀의 모퉁이를 돌아 사라졌다. 나는 다시 걷기 시작했다.

여인숙 대문 앞에서 나는 우뚝 걸음을 세웠다. 가로등도 없는 골목의 가장 안쪽이어서 사위는 칠흑처럼 컴컴했다. 아무려나 지금은 은미 같은 창녀 하나쯤 있으면 좋겠다고 나는 잠깐 생각했다. 아주 격렬하고 거친 정사를 한 다섯 시간쯤 치르고 싶었다. 예컨대 나는 무언가 노여워 견딜 수가 없었다. 그리고 내 안에선 여전히 까닭 모를 조바심이 자박자박 끓고 있었다.

나는 골목을 돌아 나와 늘봄회관 쪽으로 향했다. 아직도 동창회가 진행 중일까 생각하며 나는 걷는 속도를 높였다. 거리는 이제 적막할 만큼 휑뎅그렁하니 비어 있었다. 나는 좀 더 빨리 걸었다. 그러다가 거의 갈빗집 앞에 이르렀을 때였다. 예닐곱 명의 사람들이 어수선히 몰려 웅성거리고 있는 것이 보였다. 가까이 다가가 보니 동창회 자리에서 보았던 사람들이었는데, 그 무리 가운데에 한 사내가 옆구리에서 피를 쏟으며 쓰러져 있었다.

밖에 누가 찾아왔다고 해서 나갔었거든. 누가? 알 게 뭐야. 하여간 한참 지나도 돌아오질 않더라고. 그럼 나가 봤어야지? 누가 이럴 줄 알았겠냐. 어디 가서 오바이트라도 하고 있으려니 했지. 도대체 경찰은 오는 거야, 안 오는 거야. 야, 경찰 기다리다 죽겠다. 일단 병원으로 데리고 가자.

사람들은 우왕좌왕 어쩔 줄 몰라 하며 서성거리고만 있었다. 마침내 한 사람이 사내를 들쳐 업었을 때 큰길 쪽에서 사이렌 소리가 들려왔다. 나는 슬그머니 사람들 속에서 빠져나왔다. 내가 막 시장으로 빠지는 사거리에 접어들었을 때 경찰차가 부리나케 달려오는 것이 보였다. 나는 여인숙으로 향하던 발길을 돌려 버스 터미널이 있는 곳으로 걸었다. 그곳 주변엔 늦도록 영업하는 술집들이 많았다.

어느 포장마차에서 나는 소주 두 병을 마시고 억병으로 취했다. 어떻게 여인숙까지 왔는지는 모르지만 방에 들어서자마자 노트북 컴퓨터를 꺼내 무언가를 끼적거렸다는 기억은 어렴풋이 남아 있었다.

다음날 늦은 아침, 지끈거리는 머리로 이불 속에서 빠져나오니 머리맡의 노트북 화면에 이렇게 적혀 있었다.

나는 어떤 것들에 감동받지? 나는 무슨 노래들을 부르지? 나는 술자리에서 무슨 이야기들을 하지?

그날 무슨 일이 있었나

수업을 끝내고 가정 방문일로 종종걸음을 하다가 불현듯, 매우 이상한 슬픔이 몰아쳐 와 가만히 걸음을 멈춘다. 우두커니 서서 눈앞의 작은 삼거리를 바라본다. 사로잡히듯 풍경들이 정지한다. 어수선하게 정차해 있는 몇 대의 승용차, 먼지 덮인 삼색 신호등, 노란색 버스 정류장 표지판, 반쯤 문 열어 놓은 작은 가게들……. 어디서나 볼 수 있는 흔한 풍경 너머로 오후 네시의 말간 초여름 햇살이 잔물결처럼 흔들린다.

무엇이었지? 길게 한 번 심호흡을 한다. 그러자 어떤 표정과 몸짓들이 자동 우산 펼쳐지듯 화라락, 생생한 영상으로 눈앞에 떠오른다. 그렇군, 여기로구나……. 자신이 서 있는 거리를 담담히 확인하고 나자 이번엔 몇 사람의 얼굴이 떠오른다. 모두 스무 살이고, 여자는 나 하나뿐이다. 함께 밤을 지새웠던 어느 무더운 날이 기억난다. 슬픔이 바로 그곳으로부터 날아온 것을 느낀다.

그런데 그날, 무슨 일이 있었나? 자주 만나는 친구 사이에 그날은 모처럼 밤을 새워 어울렸다는 것뿐 특별히 슬픈 일이라곤 없었다. 그런데 슬프다. 다시 또 이렇게 슬프다.

대문을 들어서자 먼저 석철이 운동하고 있는 게 보였다. 여름이었고, 아마 여덟시 어름이었을 것이다. 긴 여름 해가 얼마 전에 서산을 넘어가 사위는 검보랏빛으로 어스름했다.

석철은 기둥에 매어 놓은 자전거 타이어 튜브를 잡아당기며 업어치기 연습을 하고 있었다. 석철은 체육전문대 유도부 1학년생이다. 고등학교 때는 축구 선수였는데 학교의 전국 대회 성적이 시원찮아 특기생 입학이 어렵게 되자 유도로 종목을 바꾸어 진학했다. 석철은 운동에는 만능이었다. 친구들은 모두 그가 언젠가는 국위를 선양한 스포츠 영웅이 되어 텔레비전 화면에 등장하리라 믿고 있었다.

씩, 웃으며 돌아보던 석철의 환한 미소가 기억난다. 애들은? 하고 내가 묻자 석철은 고갯짓으로 방을 가리키고는 곧 튜브 훈련으로 돌아갔다. 나는 마당에 선 채로 한참 동안 석철이 운동하는 모습을 지켜보았다. 그의 근육질 상체가 온통 땀으로 번질거렸다. 어얏! 어얏! 연방 매서운 기합을 뿌리며 연습에 몰두하고 있는 석철에게서 스무 살 남자의 푸릇하고 억센 기운이 느껴졌다.

광호와 진수는 먼저 와 있었다. 무슨 일로 모였을까. 기억나지 않는다. 우리 넷은 자주 그 집에 모이고는 했다. 어른들이 없는 집이라 편해서였다. 그 집은 원래 석철의 둘째 형이 신혼집으로 장만해 둔 것이었는데, 결혼을 한 달 앞두고 갑자기 해외로 발령 나는 바람에 팔려고 내놓은 상태였다. 석철은 그 집을 자기가 1년만 쓰겠다고 부모에게 졸랐다. 학교가 가깝고 조용히 운동에 전념할 수 있다는 말에 그의 부모는 딱 1년만이라는 조건을 붙이며 허락해 주었다. 방이 두 개에 입식 부엌이 딸린 거실이 있고 게다가 넓은 마당까지 있는 그 집은 얼마 지나지 않아 우리의 단골 모임 장소가 되었다. 그날의 만남도 무슨 특별한 이유는 없었을 것이다. 밤을 새우겠다는 작정도 미리 있었던 것 같지는 않다.

광호는 안방에서 기타를 치고 있었다. 광호는 상대의 목소리 키에 맞추어 즉석에서 코드를 바꿔 반주할 수 있을 정도의 실력이 있었다. 그는 또 여럿이 화음을 맞추어 노래 부르는 것을 꽤나 좋아했다. 〈물새의 노래〉, 〈초원의 빛〉, 〈바닷가의 추억〉 같은 노래를 우리에게 시켜 놓고는 자기는 화음으로 따라붙으며 멋을 부렸다.

광호는 늘 쾌활했다. 합창이 아니고 혼자 노래할 때면 대개 빠르고 경쾌한 곡을 골라서는 온몸을 요란스레 흔들어 댔다. 가끔은 한껏 분위기를 잡아 〈어제 내린 비〉라는 노래를 부르기도 했다. 아! 그 노래는 얼마나 그윽했던가. 그 노래를 광호 이상으로 애절하게 부르는 사람을 본 적이 없다.

마침 잘 왔어. 화음 한번 맞추자.

광호가 특유의 해낙낙한 눈웃음으로 나를 맞았다.

나중에 다 같이해. 진수는?

침대방에 있을걸.

침대가 있는 건넌방을 우리는 침대방이라 불렀다. 네 명 누구의 집에도 침대 같은 건 없었다. 침대는 부잣집이 나오는 텔레비전 드라마에서나 가끔 볼 수 있는 물건이었다. 진수는 침대에 다리를 뻗고 누워 시집을 읽고 있었다. 릴케였다.

하이네는 끝났니? 하고 내가 물었다.

왔어? 진수가 희미하게 웃으며 몸을 일으켰다. 시집을 덮어 이불 아래에 감추는 것을 보니 약간 쑥스러운 모양이었다.

진수는 시인 지망생이었다. 고등학교 때 전국청소년백일장에서 차하로 입상한 경력을 가지고 있었다. 글을 쓰는 사람은 다 그런 건지 몹시 내성적이고 늘 우수 어린 표정이었다. 나는 잠깐 멀뚱하니 진수를 바라보다가 곧 방에서 나왔다. 어색했다. 이성 간이라지만 서로 말 놓고 지내는 오랜 친구 사이니 단둘이 방 안에 있다 한들 쑥스러울 건 하나도 없었다. 문제는 침대였다. 그 익숙하지 않은, 그리고 용도가 너무나 적나라해 뵈는 침대라는 물건 위에 남자와 단둘이 앉아 있는 게 조금 어색했다.

그런데 그날, 그 어색함은 무슨 징조였을까, 나중에 진수와 나는 그 침대 위에서 서로 생전 처음인 일을 치른다. 그 일인가, 그것이 이 돌연하게 날아온 이상한 슬픔의 근원지인가? 아니다. 한동안 혼란스러웠지만 그 일은 오래잖아 담담히 잊혀졌다. 게다가 감정으로 말하면 그 일은 사실 슬프다기보다는 감미로움에 가까운 기억으로 남아 있다. 즉흥적인 감정의 과잉에서 생겨난 일이었지만, 어쨌거나 그건 내 스무 살의 밋밋한 날들 중에서 가장 애틋한 그림으로 남아 있는 것이다.

다시 한 번 작은 삼거리까지를 찬찬히 쓸어 본다. 그리고 몸을 돌려 방금 지나쳐 온 태능 입구 사거리와 그 건너편의 잡풀 우거진 철길도 바라본다. 반 아이의 가정 방문길이라는 것도 잠시 잊고, 나는 벼락처럼 떨어진 이상한 슬픔 속에서, 거리 켜켜이 배어 있는 내 스무 살의 흔적을 더듬는다. 그날, 우리들, 무슨 일이 있었나?

석철이 운동을 마치자 모두 안방에 모였다. 산만한 잡담이 시작되었다. 중학생 때부터 한동네에서 죽 알고 지내 왔기에 우리 사이엔 어떤 화제도 막힘이 없었다. 서로의 성격이나 환경은 물론이고 눈빛만으로도 상대의 기분을 읽을 수 있었다. 하지만 깊은 속내 전부를 다 알고 있었는지는 알 수 없다. 비밀이 많을 나이였고, 비밀을 갖고 싶은 나이였다.

사록사록 짙어 가는 어둠과 방 안의 달뜬 열기를 기억한다. 열어 놓은 창으로 간간이 시원한 밤바람이 밀려들었고, 별들은 금방이라도 쏟아져 내릴 듯 가까운 하늘에서 무수히 반짝이고 있었다. 집에 돌아갈 시간을 재지 않아도 되었으므로 우리는 여유로웠다. 이야기는 무엇이든 다 유쾌했고, 우리는 세상에서 가장 행복한 날에 서 있는 것도 같았다.

슬슬 배도 좀 채우자.

기타를 내려놓으며 광호가 크게 기지개를 켠다. 화음을 맞추어 가며 내리 일곱 곡을 합창하고 난 후다. 시간을 보니 열시가 가까웠다. 이것저것 과자와 빵을 집어 먹긴 했지만 두어 시간을 계속 잡담과 합창으로 힘을 뺐으니 당연히 출출할 시간이었다. 일행 중 유일하게 여자인 내가 먼저 일어나 부엌으로 나갔다. 석철이 따라 나오기에 쌀과 반찬 있는 곳만 물어보고는 혼자 저녁 준비를 했다.

나는 문득 자신이 철부지 세 동생을 거느리고 있는 소녀 가장인 듯한 느낌이 든다. 바로 다음엔 엉뚱하게도 늙은 미혼모인 듯한 기분도 든다. 어느 쪽이든 풍파 많은 여자의 신산한 처지이겠건만 정작 내 기분은 그렇게 나쁘지 않았다. 오히려 즐거웠다. 지친 모습으로 허기 타령을 하고 있는 남자들을 위해 야식을 준비하는 일은 제법 달콤한 데가 있었다.

설거지는 남자 아이들에게 넘겼다. 김치와 찌개 하나로 게 눈 감추듯 밥 한 그릇씩을 비우고 난 다음, 셋은 갑자기 탁구 이야기를 꺼냈다. 탁구를 쳐서 지는 사람이 설거지를 맡자는 것이었다. 남자들은 나의 반대 발언을 간단히 물리치고는 우르르 밖으로 나가 신발을 꿰기 시작했다. 평소에도 탁구 이야기만 나오면 서로 자기가 제일 잘 친다고 열을 올리는 아이들이었다. 하는 수 없이 타박타박 남자 아이들의 뒤를 따라갔다. 셋이서 삼판양승의 리그전을 치른다고 하니 도합 아홉 판이다. 네 판 정도 보고 나니 심심하고 지겨웠다. 나는 집에 먼저 가 있겠다고 말하고는 탁구장을 빠져나왔다. 설거지해 놓지 마! 내 등에 대고 광호가 소리쳤다.

탁구장에서 돌아오던 밤길을 기억한다. 긴 골목의 묵직한 어둠과 그 골목 끝 전신주에 매달려 있던 침침한 외등, 어느 집 들창에선가 새어 나오던 나지막한 두런거림, 큰길에 쌔앵 지나가는 자동차 소리들, 무심히 올려다본 밤하늘의 심원한 넓이가 주던 어떤 경이로움, 적당히 감미로우면서 한편 이상하게 공허롭던 스무 살 그때의 기분이 물결처럼 가슴에 스며든다. 꼭 10년 전의 일이다. 그중 한 사람은 이미 이 세상 사람이 아니고, 남아 있는 우리들 역시 꽃 같은 나이는 훌쩍 넘겼다. 꽃이라……. 그때 우리는 꽃이었던가?

집으로 돌아와 설거지를 하기 시작했다. 게임이 끝나고 돌아오면 자정이 가까울 터인데 그 시각에 설거지로 번잡하게 만들고 싶지 않았다. 그런데 그릇을 반도 치우지 못했을 때 진수가 혼자 돌아왔다. 내 이럴 줄 알았지, 하면서 진수는 팔을 걷어붙였다.

혼자 왔어?

응, 내가 설거지 맡겠다고 했어. 걔네들은 이왕 시작한 게임이니까 승자를 가리고 오겠다더라.

진수가 도와주어 금방 설거지를 마쳤다. 진수와 나는 안방으로 들어가 마주 앉았다. 방 안은 몹시 어수선했다. 우리는 건성건성 방을 정리한다. 그리고 동네 다른 친구들에 대하여 이런저런 이야기를 나눈다. 대입 준비에 관한 이야기도 나누었던 것 같다. 진수와 나는 똑같이 재수 중이었다. 석철은 체육전문대 학생이고, 공고를 나온 광호는 기계 설비 회사의 근로자였는데, 진수와 나만 아직 고등학교 교과서에서 벗어나지 못한 채 우울한 재수 생활을 하고 있었다.

재수 이야기가 끝나고는 무슨 말을 더 했을까. 아무튼 마지막은 진수의 고등학교 시절 문예반 이야기였다.

「전국 백일장에서 입선한 지 얼마 후에 문예반 애들이 찾아왔더라. 난 그때까진 문예반에 별 관심이 없었어. 글은 혼자 쓰는 거라고 생각하고 있었거든. 그리고 사실은 약간 반감도 있었어. 당시 우리 학교 문예반 애들은 대개 집안이 윤택한데다가 성적도 하나같이 상위권들이었어. 그냥 글 쓰는 서클이라기보다는 뭔가 상류층 아이들의 귀족 모임 같은 분위기를 갖고 있었지. 그런데 그 애들이 날 찾아온 거야. 문예반 가입 권유를 받는 순간, 이상하지, 그동안의 반감이 씻은 듯이 사라지는 거야. 오히려 그 애들에게 간택되었다는 들뜬 마음마저 생기더라. 그렇게 해서 문예반 활동을 시작했어. 처음엔 그들과 어울리는 게 즐거웠어. 걔네들은 늘 여유로웠고 다른 학생들과 구분되는 자기들만의 멋과 품격 같은 걸 갖고 있었어. 자부심들도 상당했지. 난 글재주 하나만으로 그 그룹에 끼이게 된 것을 행운으로 생각했었지. 그런데 몇 달 지나고 나니까 회의가 생기더라. 그 애들은 글을 쓴다는 걸 멋으로만 생각하는 거야. 자기들의 품위를 높여 줄 장식품 정도로 여기는 거지. 온갖 현학적인 사유와 재기발랄한 풍자로 뭔가 그럴싸한 글은 만들어 내는데 도무지 거기에 자기의 진정한 마음은 한 올도 들어가 있질 않아. 남의 글을 읽으면서도 그 작가의 내면에 대해서는 관심이 없어. 그저 수려하고 감각적인 미문에만 점수를 주고 박수를 쳐. 오래 몸담고 있으면 안 되겠다는 위기의식이 느껴지더라. 그러면서 차츰 내 허영심에도 눈을 뜨게 됐어. 문예반 가입 권유를 받았을 때 당당히 거절하지 못한 게 부끄럽더라고. 사람이 비굴해지는 건 순식간이야. 가진 게 없을수록 유혹에 약하지. 아무튼 그래서 그만뒀어. 내가 가진 게 저들보다 낫다는 걸 뒤늦게나마 깨우친 거지.」

그러고 나서 얼마 후였다. 진수의 솔직한 고백이 약간 숙연한 분위기를 만들어 서로 말없이 얼굴만 바라보고 있었는데, 씩 웃으며 진수가 농담처럼 말했다. 너하고 키스 한 번 하고 싶다. 금세 얼굴이 붉어지는 걸 보아 농담만은 아니었다. 잠시 후에, 똑같이 씩 웃어 주며 내가 말했다. 해봐. 그때 아이들이 돌아왔다. 대문 밖에서부터 노래를 불러 젖히면서 광호와 석철이 요란스럽게 안방으로 진군해 들어왔다. 두 사람 모두 양손에 술과 안줏감을 잔뜩 들고 있었다. 짜잔, 이제부터 본격적으로 파티 시작이다! 광호가 호기롭게 외쳤다.

그다음부터는 소란의 연속이었다. 막걸리 세 병과 소주 다섯 병이 다 떨어질 때까지 우리 넷은 잠시도 쉬지 않고 온갖 이야기로 수다를 떨었다. 취기가 오를수록 말은 많아지고 그러면서도 한 가지 이야기를 지속적으로 하기는 힘든 법이어서 우리의 대화는 끊임없이 새로운 가지를 치면서 무한하게 뻗어 나갔다. 모두 열에 들떠 있었다. 밤을 꼬박 새워도 이야기는 끝날 것 같지 않았다.

어느 순간 술자리는 갑자기 시들해지기 시작했다. 모두들 지쳐 있었다. 무엇보다 술이 바닥나 있었다. 24시간 편의점 같은 게 없는 시절이었으니 그 시간에 술을 구할 데라곤 없었다. 그대로 자리를 파장하기는 아쉬워 우리는 적당히 널브러진 자세로 서로 누군가 분위기를 북돋워 주기만을 기다렸다. 그러나 한번 가라앉은 열기는 좀처럼 다시 살아나지 않았다. 광호가 내 눈치를 살피며 조심스레 진한 음담패설 하나를 꺼냈지만 아무도 웃지 않았다. 그런 시시한 재롱에 웃을 만한 기력들이 없었다.

〈어제 내린 비〉나 한번 불러라, 하고 그때 석철이 말한다. 그래, 지금 딱 어울리겠다, 하고 진수도 거든다. 석철과 진수의 표정이 뜻밖에도 매우 간절했다. 너의 노래에 마지막으로 기대를 건다는, 이 밤을 이대로 끝내지 않도록 해달라는 간절한 소망이 둘의 얼굴에 실려 있었다. 둘의 마음을 충분히 읽은 것일까, 광호가 제법 진지하게 포즈를 취하며 기타를 가슴에 안았다. 나도 갑자기 설레었다. 무언가 은은하고 깊은 게 필요했다. 광호의 노래가 어쩌면 그것을 이끌어 낼 수도 있을 것 같았다.

광호가 노래를 시작했다.

조그만 길가 꽃잎이 우산 없이 비를 맞더니
지난밤 깊은 꿈속에 활짝 피었네…….

첫 소절을 듣는 순간에 벌써 나는 울렁거린다. 광호가 그 노래를 기가 막히게 잘 부른다는 것은 알고 있었지만, 그때 광호의 노래는 정말 기가 막혔다. 오랜 대화로 적당히 허스키해진 목소리로 광호는 노래 한 마디마다 깊은 감정을 실어 사무치게 소절을 이어 나갔다.

우리는 모두 숨을 죽였다. 광호는 노래가 아니라 그림을 그리고 있는 듯했다. 우리 마음의 어떤 물감들이 소리 없이 번지고, 바람이, 나무가, 강물이 가득 채워지고, 이내 그 모든 게 나붓나붓 떠밀려 가고, 깊은 밤이 더욱 고요해진다. 우리는 사뭇 경건해졌다. 그것이 진정한 슬픔의 바닥으로부터 끌어올려진 노래라는 걸 우리 모두가 느꼈다. 팔 하나 움직이는 것조차 그래서 조심스러웠다. 어느 누구도 손가락 하나 까딱하지 않았다.

그렇게 광호의 노래가 끝났다. 광호는 어깨를 으쓱하고는 조용히 기타를 내려놓았다. 너스레와 유머 감각이 뛰어난 광호도 그 순간엔 스스로 감동해 있는 듯했다.

한동안 침묵이 흘렀다. 몇 시나 됐냐, 하고 누군가 물었다. 아무도 대답하지 않았다. 그때 진수가 천천히 일어났다. 진수는 자기 시를 외우기 시작했다. 처음엔 고즈넉했으나 차츰 진수의 목소리는 웅변처럼 쩌렁쩌렁해졌다. 이상한 선동의 열기가 그 목소리에 실려 있었다. 시의 내용도 그러했다.

그대, 이제 불꽃이 되어라
허약한 변명 뒤에서 걸어 나와
그대, 오늘 불꽃같은 눈으로 신화 앞에 담대히 서라
인간은 초극하지 않으면 안 될 그 무엇
그대, 이제 소리치며 일어나라
바람이 들려주는 신화에 귀 기울여라
……

감정의 과장과 치기가 넘쳐나는 시였다. 그러나 적어도 그 시간, 진수의 선동적인 목소리를 타고 퍼지는 '불꽃', '신화', '초극' 같은 비장한 단어들은 우리를 열기에 휩싸이게 하기에 충분했다. 광호의 노래가 지나치게 애잔하여 우리를 다만 숙연한 감동에만 머물게 했다면, 진수의 시 낭송은 비로소 우리에게 필요한 어떤 꿈틀거림을 가져다 주었다. 우리는 조금씩 기력을 되찾아 흐트러져 있던 자세를 고쳐 잡았다. 눈빛들이 다시 반짝거리기 시작했다.

술 사러 가자! 광호가 크게 외쳤다. 석철이 기다렸다는 듯 벌떡 일어났고, 진수도 희미하게 웃으며 몸을 일으켰다. 아줌마, 찌개 국물이나 좀 따끈하게 데워 놔. 광호가 너스레를 떨며 아이들을 몰고 밖으로 나갔다. 그렇게 나간 지 얼마 되지도 않아 아이들은 승전군의 표정으로 양손에 술병을 가득 들고 돌아왔다. 어때, 우리 실력 봤어? 세 사람 모두 우쭐거리며 스스로 대견스러워했다. 응, 역시 남자들이야. 나는 아낌없이 칭찬해 주었다.

술잔이 돌자 아까까지의 무기력한 모습은 씻은 듯이 사라졌다. 그러나 이번의 활기는 전과는 조금 달랐다. 무작정 잔을 주고받으며 마구 떠들어 대던 자리가 어느덧 진중한 고백의 분위기로 바뀌어 있었다.

네 야망 좀 들어보자. 넌 언제쯤 국가 대표가 될 거냐?

광호가 의젓한 목소리로 석철에게 묻는다. 세 시간의 질탕한 이야기 마당에서도 한 번도 화제에 오르지 않던 이야기였다. 그런 이야기는 썰렁하기 쉬운 법이다. 아주 친한 사이에서는 흔히 정작 중요한 문제일수록 건성으로 묻고 답하게 된다. 하지만 그날은 묻는 사람이나 대답하는 사람이나 다 진지했다. 무언가가 우리를 조심스럽게 했다.

나는 말이야, 하고 석철이 입을 연다. 담담한 말투였지만 어딘지 쓸쓸해 보였다. 석철은 잠시 말을 끊고 우리 하나하나의 얼굴을 찬찬히 쓸어 보더니 이윽고 처음보다 좀 더 가라앉은 목소리로 '나는 말이야'를 되풀이했다.

「나는 말이야…… 솔직히 대표 선수는 자신 없어. 국가 대표 아무나 하는 거 아니야. 너희들은 내가 대단한 운동 선수라고 생각하는 모양인데, 그렇지 않아, 나 정도의 실력 갖추고 있는 아이들은 수두룩해. 국가 대표 될 정도의 아이들은 고등학교 때 벌써 두각을 나타내는 법이야. 그런데 난 어땠냐? 전국체전 같은 데서라도 한 번 입상한 적 있냐? 솔직히 대학 다니기 전에는 나 스스로도 어느 정도는 자부심을 가지고 있었어. 그런데 역시 아니더라. 날고 뛰는 애들 수없이 많아. 내 야망이 뭐냐고? 내 꿈은 졸업 후에 돈 좀 모아지면 유도 도장이나 하나 차리는 거야. 그게 돈만 있다고 되는 건 아니고 경력도 어느 정도는 쌓아야 하는데, 경력이야 뭐 어찌어찌 관장 노릇 할 정도는 쌓을 수 있겠지. 아무튼 내 꿈은 유도장 관장이야. 그렇게만 되면 뭐 남에게 아쉬운 소리 안 하면서 그럭저럭 살아갈 수 있을 거라 생각해.」

석철의 말이 끝나자 아무도 입을 열지 않았다. 모두 침울한 기색이었다. 나 역시 마찬가지였다. 왠지 마음이 아팠다. 유도장 관장이 시시한 직업이라곤 할 수 없지만, 스무 살짜리의 꿈으로는 어쩐지 빈약하게 느껴지는 것이 사실이었다. 더욱이 우

120

리 모두는 석철이 국가 대표로 명성을 날리게 되리라는 걸 굳게 믿어 오지 않았던가. 그 창창한 미래, 화려한 등극……. 석철은 초극을 포기하고 있다, 불꽃이 되기를, 신화가 되기를 자신 없어하고 있다. 이 바보 같은 자식!

분위기가 너무 가라앉았다고 생각했는지 석철이 히죽 웃으며 느닷없이 박수를 쳤다.

「미안하다야, 내가 맥빠지는 이야기를 해서 너희들 기운마저 뺏었나 보다. 꼭 국가 대표 해야 되는 거냐. 그런 거 다른 놈들 많이 하라고 그래. 어쨌거나 완타치로 붙으면 나 누구한테도 안 진다. 난 만능이잖아. 유도, 태권도, 권투, 내가 못 하는 것 있냐? 난 이대로 좋아. 이미 내 나름대로 장래 계획을 착실히 세우고 있다구. 알겠냐? 야야, 다음엔 광호 너, 네 계획이나 좀 들어 보자.」

내 계획? 간단해, 하고 기다렸다는 듯 광호가 말을 받았다.

「난 우선 돈을 많이 벌 거다. 왕창 벌 거다. 당장은 아무 계획이 없지만 자신 있어. 조만간의 계획으로는 우선 직장을 좀 옮길 생각이야. 방산업체로 옮겨서 특례보충역으로 빠져야 되겠어. 돈 벌 시간도 부족한데 군에 가서 삼 년이나 썩어서야 되겠냐. 요즘 알아보고 있으니까 직장 옮기는 일은 아마 곧 결정될 거야. 아무튼, 난 돈을 많이 벌 거다. 그래서 아주 폼나게 살고 싶어. 쓸데없이 허세 부리고 사치하자는 게 아니라, 진짜 멋있게 사는 거, 그런 거 있잖아. 이 사회에서는 돈 없으면 구질구질해질 수밖에 없어. 난 결코 남에게 신세 지거나 비굴하게 허리 꺾으며 살 생각 추호도 없다. 그래서 돈 벌겠다는 거야. 쓸 때 화끈하게 쓰면서 정말 멋있게 살고 싶다. 그게 내 꿈이야.」

약간 허랑한 말이긴 했지만 광호의 힘찬 대답은 우리의 기분을 얼마간 밝게 해주었다. 우리는 열렬한 박수로 광호의 말에 화답해 주었다. 광호는 벌쭉 웃으며 두 팔을 번쩍 들어 올리는 것으로 우리의 박수에 답했다. 그가 스물일곱의 빛나는 청춘에 생을 끝내게 될 것을 그때는 아무도 알지 못했다. 어찌 알겠는가.

어느 날 종례를 끝내고 교무실로 내려왔더니 책상 위에 전화 메모가 있었다. '즉시 전화요, 석철.' 석철은 군에서 제대한 후 2년 가까이 실업자로 빈둥거리고 있었다. 친구들도 만나고 싶지 않다며 집에만 틀어박혀 있어 그의 얼굴을 본 지도 몇 달이 지나 있었다.

너, 아직 모르지? 전화가 연결되자마자 석철이 황황히 물었다. 뭘? 석철은 깊은 한숨에 이어 비감한 목소리로 내 이름을 두어 번이나 더 부른 다음에야 광호의 죽음을 전해 주었다. 수색 작전에 투입되었다가 무장 탈영병의 총에 맞아 죽었다는 소식이었다.

그날 밤 셋이 모인 술자리에서 석철은 수없이 '세상에……' 라는 말을 되풀이했다. 광호의 죽음 자체보다 탈영병의 총에 맞았다는 사실이 석철은 더 기가 막힌 듯했다. 세상에, 그런 어이없는 죽음이 다 있냐. 이 세상에 탈영병의 총에 맞아 죽는 사람이 몇이나 되겠냐. 재수가 없어도 그렇게 없냐, 이건 바나나 껍질에 미끄러져 죽는 것보다도 확률이 낮은 죽음 아니냐, 이런 개죽음이 어딨냐!

광호는 방산업체로 직장을 옮기지 못했다. 당연히 특례보충역도 되지 못했다. 제대를 몇 달 앞두고 광호는 느닷없이 장기 복무를 지원하여 하사관이 되었다. 입대 전 2년간의 경험으로 보아 사회에 나와 봐야 별 뾰족한 수가 없으리라는 거였다. 스물일곱의 나이에 그는 대한민국 육군 중사가 된다. 장교 시험을 치를 거라고 편지를 보내오기도 하고, 느닷없이 서울에 나타나 친구들을 소집해 놓고는 술자리도 파하기 전에 부랴부랴 귀대하기도 한다. 그는 어느 맑은 날 아침 실탄을 지급받고 야산을 오른다. 일 계급 특진은 내 거야, 앞에서 얼쩡거리지 마. 부하들을 제치며 휙휙 산을 오른다. 부스럭 소리가 들리고, 채 눈도 돌리기 전에 옆구리에 총알이 박힌다. 탈영병의 총에 맞아 죽는다는 게 말이 되냐. 석철은 미친 듯이 술을 퍼마셨다.

우리 문학도의 꿈은 물론 시인이겠지? 광호가 이번엔 진수를 지목했다. 진수는 희미하게 웃는 것으로 긍정을 표시했다. 얼마간 계면스러워하는 표정이었으나 뒤이은 목소리만은 은은한 결의 같은 것이 짙게 묻어 있었다.

「그래. 난 시를 쓸 거야. 감정의 사치로서의 시가 아니라, 정

그날 무슨 일이 있었나 123

말 사람들의 영혼을 건드릴 수 있는 그런 시를 쓸 거다. 그래, 내 꿈은 시인이야. 단 몇 사람이라도 내 시를 읽고 무엇을 느낄 수 있다면 난 그것으로 족해. 난 그런 시인이 되고 싶다.」

진수의 말이 끝나자 아이들의 시선이 마지막인 나에게 모아졌다. 나는 어떤 꿈을 이야기했을까. 정작 내가 했던 말은 어렴풋하다. 내 안의 그 많던 장밋빛 꿈들 중에 어떤 미래를 그려보였는지 잘 기억나지 않는다. 교사직에 대한 동경은 당시엔 그리 크지 않았다. 아무튼 이야기가 끝나고 난 뒤의 우레 같은 박수만은 기억한다. 들뜬 환성과 광호의 팡파레 연주가 뒤를 이었다. 연주를 끝내고 난 광호가 연설이라도 하듯 소리 높여 말했다.

「난 우리들 모두 나중에 삐까번쩍 성공할 거라 믿는다. 야, 솔직히 우리들 크게 잘난 건 없지만 어디 우리만큼 착하고 건실한 놈들 있냐. 우리 같은 애들이 성공 못하면 이 세상이 개판인 거지. 자, 우리의 빛나는 미래를 위해!」

쨍! 모두 술잔을 높이 들었다. 이어서 걸쭉하고 소란한 술자리가 다시 시작되었다. 아직 세상은 두터운 어둠에 묻혀 있었다. 끝날 것 같지 않은 밤이었다. 나는 수시로 들락거리며 찌개를 덥히거나 라면을 끓여 바쳤고, 진수는 두어 차례 더 비장한 목소리로 시를 낭송했다. 광호와 석철은 팔씨름을 하다가 화병 하나를 깨뜨렸다. 광호의 탭 댄스 시범이 있었고, 석철의 호신술 공개 시연이 있었다. 이얏호! 느닷없이 아이들 중 하나가 그렇게 소리 지르곤 했다. 나도 술에 취해 갔다. 어느 순간 몸이 허공으로 붕 날아올랐다. 회전목마를 탄 것처럼 아이들의 모습이 빙글빙글 돌아가더니 갑자기 아무것도 보이지 않았다.

침대 머리맡의 전화기가 요란스레 울린다. 남편이 깰까 봐 얼른 수화기를 집어 들며 반사적으로 벽시계를 올려다본다. 두 시가 넘어가고 있다. 전화를 건 사람은 뜻밖에도 진수다.

자고 있었니? 하고 진수가 조심스레 묻는다. 으응, 괜찮아. 술 마셨구나? 수화기 저쪽에서 진수가 클클거리며 낮게 웃는다. 나는 공연히 남편의 얼굴을 한 번 바라본다. 그냥 했어, 하고 진수가 다시 조심스럽게 말한다. 그냥이어야지, 이 시간에 용건 있어 봐야 누구 죽었다는 소식밖에 더 있겠니. 그렇게 말하고 나자 문득 광호의 얼굴이 떠오른다. 석철이는 자주 찾아가니? 광호는 이미 죽었으므로 나는 석철의 안부를 묻는다. 너도 잘 안 가나 보지? 하고 진수가 되묻는다. 응, 작년 가을에 너하고 함께 면회 간 게 마지막이야.

석철은 서른 중반이 되어 결국 유도장을 차렸다. 빚까지 얻어 시작한 일이었는데 수련생이 생각만큼 와주질 않아 늘 허덕거렸다. 그런데 거기에 건물주가 갑자기 바뀌는 일까지 생겼고, 등기를 제대로 해놓지 않았던 석철은 전세금을 몽땅 떼일 처지에 놓였다. 석철은 전 건물주를 찾아가 시비를 벌이다 그를 두들겨 팼다. 폭행죄로 구속되게 되었는데도 석철은 합의를 하지 않았다. 합의할 마음도 돈도 없다는 거였다.

몸으로 때운다고 들어가 있는 게 벌써 1년이 다 되어 간다. 나올 때 다 되었다는 얘기만 얼마 전에 걔네 형한테 들었어, 하고 진수가 말한다. 그랬구나. 나는 시계를 보며 고개를 끄덕거린다. 온몸에 땀이 번질거리며 자전거 튜브를 잡아당기던 석철의 모습이 떠오른다. 곧이어, 이상한 슬픔에 사로잡힌 채 우두커니 서 있던 작은 삼거리도 떠오른다. 햇살이 말갛던 여름날 오후였다. 일주일째 학교에 나오지 않는 반 아이를 찾아가던 길이었다.

언젠가 상담 시간에 그 아이가 말했다. 선생님은 우리 마음 몰라요! 우리라니, 아이는 누구를 대표하여 우리라 말했을까. 정학 처분을 두 번이나 받은 열다섯 살짜리 소년이 그처럼 당당한 것에 나는 조금 놀랐다. 하기야 아무도 '우리'에 대해서는 모른다. '우리'는 언제나 이방인의 이름이다. 그 이방인 아이를 찾아가던 길이었다. 그런데 갑자기 밀어닥친 이상한 슬픔이 삼거리에서 나를 묶었다. 가정 방문을 포기하고 허청하니 돌아서서 집으로 가는 버스를 기다리고 있을 때, 옆 전파사에서 크게 들려오던 신형원의 노래를 기억한다. 당시에 한창 뜨고 있던 〈개똥벌레〉라는 노래였다.

나는 공연히 목울대가 뻑뻑해져 와 마른침을 한 번 삼키고는 진수에게 묻는다. 요즘은 어떻게 지내? 나야 늘 그렇지⋯⋯. 진수가 다시 희미하게 웃는다. 전화 목소리만으로도 그 허우룩

한 웃음이 느껴진다. 스물아홉에 정식으로 등단한 이후 마흔 살 되도록 자기 시집 하나 없는 무명 시인의 웃음이다. 영혼을 건드릴 수 있는 시를 쓰고 싶다던 말을 나는 또 불현듯 기억해 낸다. 진수야…… 하고 내가 무슨 말인가 하려 하자 진수가 말머리를 자르며 먼저 빠르게 말한다.

너, 나하고 잔 거 기억나냐? 우리 그날 이후로 그 얘긴 한 번도 안 했지? 사실 뭐, 어떻게 하다 보니 그렇게 된 것뿐이지 우리가 서로 특별히 좋아했던 것도 아니니까. 그건 그냥 악수 한 번 한 것하고 똑같은 일이지. 어쨌든 말이야, 난 가끔 그날을 생각한다, 뭐 이상하게 듣지는 말구, 새삼스러운 일 들춰낸다고 기분 나쁜 거 아니지? 가끔 그 시절이 생각나. 참 좋았어. 〈어제 내린 비〉, 기억하니? 광호 그 자식, 그 노래 하나만큼은 소름 끼치게 잘 불렀는데……. 여기 인사동이야, 너 나올 수 없지? 그래, 그냥 했어……. 뒤에서 누가 기다리는구나, 공중전화야, 기다리라지 뭐, 나도 좀 뻔뻔해지고 싶어, 우리 벌써 마흔이구나, 육십도 아마 금방 될 거야, 산다는 게 뭘까, 우리 제대로 살고 있는 거냐? 제기랄, 되게 보채네. 어떤 여잔지 완전히 맛이 갔는데, 여길 아마 공중전화가 아니라 화장실로 아는가 봐. 끊을게, 잘 자.

전화가 갑자기 끊어진다. 밤새도록 그치지 않을 것 같더니 우우웅, 차가운 단절음만 남기고 진수가 증발한다.

눈을 떠보니 침대방이었다. 술이 깨느라 타는 듯 목이 말랐지만 움직이고 싶지 않았다. 몇 시쯤 되었을까. 아이들도 모두 잠이 들었는지 안방에서는 아무 소리도 들리지 않았다. 한동안 가만히 누워 있었다. 아무래도 물을 좀 마셔야 될 것 같아 일어날까 말까 망설이고 있는데, 바람에 미끄러지듯 소리 없이 문이 열렸다. 진수였다. 자는 척 눈을 감고 있으니 진수가 조용히 걸어와 내 머리맡에 서는 게 느껴졌다. 나지막하게 오르내리는 그의 숨소리가 들렸다.

날 밝았니? 하고 나는 눈을 감은 채 물었다. 당황하는 기척이 잠깐 느껴지더니 이윽고 '으응, 아직' 하는 낮은 대답이 들렸다. 조금 풀이 죽은 듯한 목소리였다. 아까 못한 키스하려고? 하고 내가 말했다. 여전히 눈을 감은 채였다. 해도 되니? 부끄러움과 조바심이 반반 섞인 목소리로 진수가 물었다. 애들은? 내가 물었다. 뭔가 생각하는 듯 잠시 뜸을 들이더니 이윽고 진수가 대답했다. 깊이 잠들었어. 나는 눈을 뜨고 비로소 진수의 얼굴을 올려다보았다. 진수가 와락 나를 껴안았다. 새벽 두부 장수의 쇠종 소리가 바로 옆 담장을 지나가고 있었다.

진수가 빠져나가고 나서 다시 깜박 잠이 들었다. 광호의 기타 소리를 듣고 눈을 떴을 때는 날이 완전히 밝아 있었다. 나는 상체를 일으켜 잠깐 내 발가벗은 몸을 내려다보았다. 그러다가 화라락, 문득 스치는 생각에 이불을 걷어 내렸다. 침대 한가운데에 혈흔이 보였다. 반사적으로 눈이 감겼다. 생리 중이라고 하지, 뭐. 나는 곧 눈을 뜨고는 주섬주섬 옷을 챙겨 입었다.

침대방에서 나오자 주방 한쪽에 서 있던 진수가 돌아보았다.

뭐 하니?

응, 라면 좀 끓이느라고…….

진수는 겸연쩍게 대답하고 얼른 고개를 돌렸다. 안방으로 건너가 보았다.

짜식, 술 좀 깼냐?

광호가 서글하니 웃었다.

응, 괜찮아.

마당으로 나갔다. 햇살이 눈부셨다. 석철은 기둥에 매달아놓은 자전거 튜브를 잡아당기고 있었다. 엇샤, 엇샤! 힘찬 기합 소리가 아침 햇살처럼 싱그럽게 퍼져 나가고 있었다. 나와 눈이 마주치자 석철은 튜브를 놓고 길게 심호흡했다. 나는 고개를 끄덕이며 엄지손가락을 들어 보였다. 석철이 어깨를 으쓱했다. 라면 다 끓었어! 하고 그때 진수가 소리쳤다. 우르르 모두 주방으로 몰려갔다. 나는 마당에서 혼자 담배를 피웠다. 내가 담배를 배웠다는 것은 아무도 알지 못했다.

알뜰히 담배 한 개비를 다 피우고 집 안으로 들어갔다. 삐그덕, 낡은 문짝들은 저 혼자 덜컹거리고, 푸른 안개가 발밑에 깔렸다. 냄비 뚜껑, 오래된 신문지, 유리 조각 같은 것들이 거실 바닥에 함부로 뒹굴고 있었다. 나는 주방을 지나 안방으로 들어갔다. 깨진 창문으로 찬바람이 밀려 들어왔다.

벽에 기댄 기타가 말했다.

내가 광호 같으니?

방에서 나왔다. 주방 싱크대 위에서 냄비가 말했다.

내가 진수 같으니?

다시 마당으로 나왔다. 기둥에 매인 자전거 튜브가 말했다.

내가 석철이 같으니?

마당에 쪼그려 앉아 잠깐 울었다. 눈을 뜰 수 없었다. 내 나이를 생각해 보았는데, 아무리 해도 생각나지 않았다.

무서운 밤

어두운 밤길을 걷고 있었다. 새벽 세시. 거리는 쓸쓸하고 고요했다. 건물들은 비석처럼 우울하게 서 있고, 모퉁이 하나를 돌아설 때마다 돌연히 찬바람이 얼굴을 급습했다. 두 시간째 걷고 있는 중이었다. 그런 시각에 도심에서 어슬렁거리는 게 우리는 처음이었다.

가로등의 습기 찬 불빛이 생각난다. 그 아래를 지날 때마다 문득 노래가 부르고 싶었던 것을 기억한다. 몇 번은 흥얼거렸을 것이다. 무언가가 계속 우리를 따라다니고 있었다는 느낌이었다. 한 번도 뒤돌아보지는 않았다. 아무 소리도 듣지 못했다. 불빛 아래, 거미줄처럼 앙상한 나뭇가지들이 가랑가랑 흔들리고, 낙엽 몇 장이 후르르 발밑을 구르던 소리를, 지금은 듣는다. 가까운 골목 어디에선가 불쑥 솟구치곤 하던 웃음소리들, 바람에 섞여 오는 담배 냄새, 샴푸 냄새, 그리고 낮은 흐느낌…….

그런 거 아니겠어? 하고 사거리 횡단보도 앞에서 친구가 말했다. 한참 동안 서로 말없이 걷고 난 뒤여서 나는 우리가 아까 무슨 말을 나누고 있었는지 생각해 보아야 했다. 잘 생각이 나지 않았다. ……그래, 하고 나는 그냥 고개를 끄덕여 주었다. 어차피 말버릇에 불과하니까. 그 밤에 우리는 한 스무 번쯤 '그런 거 아니겠어?'라고 말하고 있었다. 그렇게 말할 때의 달관한 듯한 표정, 씁쓸한 체념과 냉소가 적당히 버무려진 목소리를 우리는 어쩌면 즐기고 있었다.

횡단보도를 다 건넜을 때 자동차 한 대가 횡 달려가고, 나와 친구는 동시에 걸음을 멈춘다. 꼭 영원의 저편 같은 시커먼 어둠. 자동차는 어느새 점 하나로 변해 어둠 속으로 사라진다. 어디로 가는 차였을까? 우리는 그런 표정으로 서로 얼굴을 바라본다. 그렇게, 불현듯 알지도 못하는 사람의 목적지가 궁금해지곤 했다. 빠르게 달려갈 데가 있다는 건…… 무언가 다른 삶이다. 바로 그럴 때 우리는 또 말하는 것이다. 그런 거 아니겠어?

그 두 시간 전에는 종각 지하철 통풍구 위에 서 있었다. 거기에서 우리는 아스팔트만 고양이 눈처럼 반짝이고 있는 텅 빈 사거리를 내려다보았다. 서른세 번의 신년맞이 타종이 함성과 함께 막 끝나고, 우리는 우두커니 선 채로 잠시 멍청해져 있었다. 멀미와도 같은 엷은 현기증이었다. 송곳 하나 꽂을 자리 있을까 싶게 빽빽하던 인파는 마지막 타종의 여운이 가라앉기도 전에 순식간에 흩어졌다. 마치 스펀지에 빨려 들어가는 물처럼 사람들은 건물들 사이 어두운 뒷골목으로 쭉쭉 단숨에 사라져 갔다. 그리고 어느 순간, 종각 주변은 마술처럼 휑뎅그렁해졌다.

친구가 그때 말했다.

「세상에 우리 둘만 남은 것 같아.」

그런 날이 오기를 우리는 늘 기다리는 것이다. 혼자는 조금 무섭고, 둘이라면 지구가 전부 텅 비어 있다 한들 무슨 상관이겠는가. 빈집 아무 곳에나 들어가 냉장고를 뒤져 맥주를 마시고, 소파에 누워 수음을 하고, 무너진 담장에 기대어 가끔 외로운 척하다가, 거리 끝에서 끝까지 차도 한복판을 종단하며 오줌을 갈겨 댄다.

사라진 사람들은 모두 골목 안에 있었다. 비틀거리며 우우 몰려다니는 청년들과 땅바닥의 역겨운 토사물을 조심스럽게 피해 가며 우리는 무교동 낙지 골목의 어느 술집으로 들어가 우선 소주를 마시기 시작했다. 평소보다 두 배쯤 비싼 가격이었다. 실내는 난민 수용소처럼 시끄러웠다. 빠르고 격한 음악이 계속 실내를 흔들어 댔고, 테이블 곳곳에서는 고함과 환성과 경쾌한 비명이 수시로 튀어 올랐다. 낮은 천장에는 자욱한 담배 연기가 구름처럼 떠다니고 있었다.

「이곳에 쾅, 폭탄이 떨어지면…….」

우리는 시시한 이야기를 나누면서 가끔 히죽히죽 웃었다. 친구는 대륙 간 탄도 유도탄에 대하여 이야기했다. 친구는 이 세계의 모든 무기에 대하여 적어도 내가 보기엔 모르는 게 없는 녀석이었다. 특별히 그런 쪽의 잡지를 구독한다거나 하는 것 같지는 않았다. 핵탄두를 장비하고 초음속으로 태평양을 질러 날아가는 미사일의 장엄한 모습을 친구는 방금 보고 온 사람처럼 열을 올려 설명하였다.

그럴 때, 나는 고개를 크게 주억거려 장단을 맞추어 주면서 그의 눈을 바라본다. 그의 눈빛은 용맹한 전사처럼 빛나고, 표정은 거의 황홀경이다. 그는 마치 날아가는 핵탄두 위에 올라 앉아 결연히 '앞으로!'를 외치고 있는 사람 같다. 어쩔 수 없이 나는 슬퍼지고, 친구에게 꼭 그런 날, 어디론가 힘차게 진격하는 날이 오기를 바라는 마음이 된다. 행복하라, 친구여!

사거리를 조금 지나자 기다란 담장을 낀 언덕길이었다. 담장은 높고 견고했다. 담장 위쪽에는 바짝 마른 담쟁이덩굴이 오래된 벽화처럼 세월의 깊은 그늘을 드리운 채 촘촘히 달라붙어 있었다. 외국 대사관이거나 외국 종교 단체거나 외인 학교였으리라. 외부와 영토를 구분 짓고 싶어하는 무뚝뚝한 권위와 보호 본능이 담장 전체에 물씬 서려 있었다. 담장 안에는 아마 넓은 잔디와 예쁘게 조성된 연못 같은 것도 있었으리라. 수초가 웃자라 있고, 살이 통통하게 오른 금빛 잉어 몇 마리가 그 안에서 유유히 헤엄친다. 포박당하는 일 없이 제명대로 살다 죽을 고기들이다.

그 언덕길 중간쯤에서 담배를 꺼내 물고 우리는 서름하니 마주 보았다. 할 말은 이미 낙지 골목 술집에서 다 떨어져 있었다. 하기야 왜 할 말이 없겠는가. 친구는 전략 무기에 대하여 아직 공개되지 않은 수많은 정보를 가지고 있었고, 나는 얼마 전에 끝낸 내 연애에 대하여 몇 마디쯤 더 할 말이 남아 있었다. 사람이란 말이야…… 하면서 친구가 무슨 이야기든 시작해 준다면, 나는 그 화제를 친구가 알아채지 못하게 남자와 여자 사이의 관계 문제로 자연스럽게 이동시킨 다음, 그 얼마 전의 연애에서 내가 겪은 모멸과 어처구니없는 오해 등을 털어놓을 수 있을 터였다.

달빛이 있었던가. 달빛은 몰라도 여기저기 가로등과 가게 불빛들이 적지 않았는데, 왠지 우리는 거리가 아니라 시커먼 바다 밑을 떠다니고 있는 기분이었다. 탐조등 같은 긴 불빛을 그으며 자동차 한 대가 지나갔다. 철썩, 높은 담장 안쪽에서 금빛 잉어의 물 차는 소리가 들린 듯했다. 우리는 담배를 끄고 언덕길을 내려갔다. 친구는 길을 다 내려가기까지 서너 차례나 뒤를 돌아다보았다.

「그땐 정말 이상한 기분이었어.」

몇 달 후에 친구는 그 언덕에 대하여 이야기한다. 그런 시각 그런 자리에 예전에도 서 있어 본 듯했다는 것이다. 이른바 기시감이다. 기시감에는 대개 어떤 정서도 함께 따라붙는 법이다. 왠지 슬프다거나, 왠지 무섭다거나, 왠지 초조했다는. 아니면 매우 구체적으로 어떤 정황의 분위기가 잡혀 오기도 한다.

이곳에서 누군가를 하염없이 기다린 것 같다거나, 이곳에서 누구와 싸움을 한 듯하다거나, 이곳에서 여러 사람들에게 둘러싸여 무언가 자백을 강요받은 듯하다거나.

「그때의 기시감은 어떤 거였는데?」

나는 친구에게 물어보았다.

「모르겠어. 그냥 그때처럼 가만히 서 있었던 것 같아. 역시 담배 하나쯤은 물고 있었을지 모르지. 그리고…… 에이, 술이나 마시자구.」

아슴하니 말을 꺼낼 때와는 달리 친구는 곧 심드렁해졌다. 친구는 주방으로 가 마지막 소주병을 들고 왔다. 그날은 초저녁부터 술을 마시고 있었다. 친구가 당시 근무하던 모델 하우스의 넓은 거실이었다. 거실 맞은편의 우아한 격자창으로 도심의 먼 불빛들이 암암히 얼비치고 있었다. 친구는 신년 초에 그곳에 취직해 두 달째 근무하고 있었다. 신축 아파트나 빌라 등의 분양을 책임져 주는 회사였는데, 보수나 장래성은 기대할 게 없었지만 모델 하우스에서 잠자리를 해결할 수 있다는 것에 친구는 만족하고 있었다. 지쳤어, 올 일 년은 그냥 이곳에서 버틸 거야, 하고 친구는 말했다.

「기시감은 말이야……」

나는 기시감에 대하여 좀 더 이야기를 하고 싶었다.

「전생의 기억일 수 있다고 하더라. 태어나서 첫울음을 우는 순간 전생의 기억은 싹 잊히는데, 현생에서 비슷한 상황을 겪을 때면 문득 되살아나기도 한다는 거야.」

무엇인가 중요한 이야깃거리가 있었는데 거기까지 말하고 나자 갑자기 생각이 나지 않았다. 뭐 생각나는 것 없어? 하고 나는 친구에게 물었다. 없어, 하고 친구는 여전히 심드렁해했다. 기시감에 대한 대화는 그래서 더 이어지지 않았다.

언덕길을 내려와 얼마 동안은 친구의 무기 이야기를 다시 듣는다. 레이더에 전혀 잡히지 않는 미 첩보기에 대해서였다. 친구는 그 첩보기의 제작 기술이 미 공군이 비밀리에 보관하고 있는 유에프오로부터 얻어 낸 것이라고 했다. 유에프오가 보관돼 있다는 사막의 비밀 기지에 대하여 친구는 침투 특공대에게 브리핑이라도 하듯 매우 상세히 설명해 주었다. 이어서 사람의 뇌파에만 영향을 주어 대여섯 시간 동안 마비 상태에 이르게 한다는 비살상 신경 무기로 대화가 이어졌다. 대화는 아니다. 형형한 눈빛이 되어 친구는 혼자서만 열심히 이야기를 펼치고, 나는 묵묵히 고개 끄덕여 주다가 친구 모르게 가끔 그의 옆얼굴을 우뚜러니 바라보았다.

그러다가 육교에 이르렀다. 먼저 육교에 올랐는지, 연인들을 보았기 때문에 육교에 올랐던 건지는 기억나지 않는다. 육교 위에서 우리는 길 건너 전신주 옆의 두 남녀가 심하게 드잡이하고 있는 광경을 물끄러미 내려다보았다. 처음엔 두 사람이 연인인지 서로 모르는 사이인지 감이 잡히지 않았다. 친구는 틀림없이 모르는 사이라고 주장하였다. 내가 보기엔 밤늦은 시각 그런 으슥한 거리에서 여자가 모르는 남자를 상대로 그처럼 대범하게 맞설 수 있을 것으로는 생각되지 않았다. 친구는 자기주장을 꺾지 않았다.

「아니야, 치한에게 당하고 있는 거야. 모른 체 지나가는 건 비겁한 짓이라구.」

친구에겐 남녀의 관계가 중요한 게 아니었다. 남자를 패주고 싶다는 욕망으로 친구의 온몸이 팽팽해져 가는 걸 나는 느낄 수 있었다. 하기야 나도 마찬가지였다. 두 남녀가 모르는 사이기를 은근히 바라고 있었던 것 같다. 우리 쪽은 남자만 둘이다. 게다가 친구는 고교 시절부터 주먹으로 이름을 날리던 아이 아닌가. 겁낼 건 하나도 없었다. 거리는 매우 적막했다. 우우웅, 화살 같은 소리를 내지르며 바람 한줄기가 몰려가고, 드문드문 몇 개의 가로등 말고 근처에 불빛이라곤 없었다. 참으로 고요한 밤이었다.

얼마 후, 여자가 휙 돌아서더니 아래쪽으로 내려가기 시작했고 남자가 성큼성큼 그 뒤를 쫓아가는 것이 보였다. 가자! 하고 친구가 외쳤다. 친구와 나는 단숨에 육교를 뛰어 내려갔다. 남자는 여자의 반보 뒤에서 우리에게 덜미가 잡혔다. 남자가 차가운 보도블록 위에 개구리처럼 널브러진 것은 한순간이었다. 우리가 허리를 세우며 여자 쪽을 바라보자 여자가 공포에 질린 얼굴로 두어 걸음 물러섰다. 우리는 부드러운 미소를 지어 보였다. 순간 여자가 재빠르게 핸드백을 뒤지더니 손지갑에서 지폐 몇십 장을 꺼내 앞으로 쭉 내밀었다.

「살려 주세요! 이게 다예요. 제발, 살려 주세요!」

어라! 하는 표정으로 친구가 나를 돌아다보았다. 친구는 얼마 동안 나무처럼 가만히 서 있다가 갑자기 여자의 손에서 지폐를 홱 낚아챘다. 그러고는 우벅주벅 아래쪽으로 걸어 내려갔다. 나도 바로 뒤를 따라갔다. 얼마쯤 걷다가 돌아다보니 여자가 남자 위에 엎드려 미친 듯이 울어 대고 있었다.

우리는 큰 사거리를 세 개쯤 지나 술집이 즐비한 어느 골목의 해장국집으로 들어갔다. 해장국이 나오기 전에 소주 한 병을 비우고, 해장국을 먹으며 또 소주 한 병을 비운다. 마지막 잔을 비우고 나서 친구가 말한다. 친구는, 오래 감추어 온 중요한 비밀을 이제야 드디어 털어놓는다는 식의 약간 비장하면서도 어딘지 주저하는 듯한 표정을 보였다. 사실 그런 표정은 어울리지 않았다. 그냥 평범한 이야기였던 것이다.

「나, 옛날에 삼사관학교 시험 쳤던 것 기억나지?」

「응.」

나는 일부러 매우 권태로워하는 기색으로 대답했다. 왠지 그러고 싶었다.

「그때 왜 떨어졌는지 아니?」

「왜데?」

「면접에서 좆나게 떨었거든.」

「……」

「필기시험에 신체검사, 체력검사까지 다 통과하고 마지막으로 면접을 치르게 되었는데 면접 보는 날 안내 장교가 말하더라고, 면접관 앞에 부동자세로 서 있을 때에 양 무릎이 딱 붙어야 유리하다는 거야. 무릎이 헤벌레 벌어져 있는 건 군인의 자세가 아니라는 거지. 장교는 아무나 되는 게 아니다, 폼이 없으면 장교도 없다, 그 장교가 무슨 선언처럼 겁을 주더라. 면접장에 들어갔더니 대령 하나하고 몇 명의 장교가 엄숙하게 앉아 있었어. 나는 절도 있게 부동자세를 취하면서 양 무릎을 착 갖다 붙였지. 한데 무릎이 붙질 않는 거야. 아무리 힘을 써도 붙지를 않아. 아차, 이게 자세의 문제가 아니고 신체 골격상의 문제로구나 하는 생각이 들었어. 나는 좀더 힘을 팍 줘서 양 무릎을 안쪽으로 끌어당겼지. 그랬더니 조금 있자 다리에 경련이 오기 시작하는 거야. 처음엔 바람 맞은 창호지처럼 미세하게 파들거리더니 차츰 다리 전체가 후들후들 걷잡을 수 없이 흔들리더라고. 내 다리 같지가 않았어. 내 마음은 큰 두려움 없이 단정히 서 있는데 다리만 무슨 착암기 흔들리듯 요동을 쳐대는 거야. 순간적으로 당황스럽고 차츰 마음도 긴장이 되기 시작하는데, 그러고 나니 다리가 더욱 거세게 흔들리는 거야. 마치 요상한 춤이라도 추고 있는 것만 같았어. 등에서는 서서히 식은땀이 흐르고, 면접관들은 어처구니없어하며 멀뚱히 바라보고 있고, 아아! 정말 무참한 기분이었어. 면접을 어떻게 끝냈는지 기억도 안 나.

면접장에서 나오니 그제야 다리가 진정되더라구. 꼭 무언가에 희롱당한 기분이었어. 다리에 잠깐 귀신이 붙었다 떨어진 것만 같더라니까.」

「그랬구나.」

「기분 정말 더럽더라. 대체 왜 그렇게 다리가 떨렸을까? 공무원 시험도 떨어졌지, 내 이력 가지고 안정된 평생 직장 잡을 수 있는 유일한 기회였는데 말이야, 빌어먹을.」

「……」

얼근히 취기가 오르고 있었다. 옆자리에는 아까부터 40대 초반의 남자 두 명이 씩씩거리며 다투고 있었다. 어떻게 네 입장만 생각하냐, 나는 뭐 감정도 없냐? 하, 정말 미치겠네, 그럼 형이 잘했다는 거요? 잘했지, 그 상황에서 가만있을 놈이 세상천지에 어딨냐, 씨발, 다들 나만큼만 하라고 해. 정말 끝까지 이럴 거요, 사람들 다 모아 놓고 정식으로 한번 따져 볼래요? 따져, 따져 보자구. 우와, 미치고 팔짝 뛰겠네. 미치는 건 나야, 자식아.

「너 하는 일은 어떠냐?」

친구가 물었다.

「그렇지, 뭐.」

「사장이 친척이라고 했지?」

「응.」

한 달 전부터 나는 친척 아저씨네 회사에 다니고 있었다. 제

무서운 밤 143

대하고 나서 1년이 넘도록 직장 한 번 가져 보지 못하고 빈둥
거리기만 하자, 보다 못한 아버지가 이리저리 아쉬운 말을 넣
고 다니던 끝에 어찌어찌 연결된 곳이었다. 친척이라지만 그전
까지는 한 번도 본 적이 없고 아버지도 8년 전 할머니 제사 때
본 게 마지막이라는 먼 친척이었다.

「관리 업무라고 했니?」

「응.」

「넥타이 매고 다니냐?」

「넥타이? 맬 때도 있고…… 말이 그럴듯해 관리 업무지 기
초적인 산술 능력만 있으면 아무나 할 수 있는 일이야. 세계
곳곳에서 여러 가지 물건을 수입해다 파는 조그만 무역상인
데, 나는 그저 들락날락하는 물건들 관리하면서 수량 체크나
하는 게 전부야. 일종의 창고지기지.」

「어떤 물건들이야?」

「하늘을 날아다니는 신발, 투명 인간으로 만들어 주는 모자,
하루에 한 번씩 들여다보면 젊어지는 거울…… 그런 것들
이야.」

「잘 팔려?」

「그럭저럭.」

「뭐가 젤 많이 나가?」

「투명 모자.」

「투명 인간 되고 싶은 사람이 많은가 보지?」

「그런가 봐.」

「월급은 잘 나오니?」

「그렇지, 뭐.」

실내는 조금씩 더 소란스러워져 갔다. 나가는 사람보다 들어오는 사람이 많아지고 있었다. 망년 밤의 긴 술자리도 슬슬 파장이 되어 가는 모양이었다.

「나도 새 직장 구했어. 신년 연휴 끝나는 대로 나가게 될 거야.」

친구가 말했다.

「잘됐구나. 오래 있을 만한 데야?」

마지막 소주잔을 비우면서 내가 물었다.

「주택 분양을 전문으로 맡아 하는 회사야. 장래성은 없지만 모델 하우스에서 먹고 자고 할 수 있는 게 마음에 들더라고. 면접도 모델 하우스에 가서 봤는데, 내 평생 아마 그런 집에서 살아 볼 일 없을 거다. 밤이면 그 좋은 집이 다 내 차지가 되는 거지. 너도 가끔 놀러 와라, 샹들리에 조명에다 최고급 모노륨이 깔린 거실에서 국산 양주라도 한 병씩 까자구.」

네다섯 번쯤 친구의 모델 하우스에 갔다. 매번 다른 곳이었지만 어디나 다 넓고 깨끗했다. 모델 하우스인데도 전기가 들어오는 데다 웬만한 집기들은 다 갖추고 있어 숙식하는 데에 아무 문제가 없었다. 화장실이 두 개씩이나 있는 집이 있다는 걸 그때 처음 알았다. 그 넓고 화려한 공간을 단둘이 마음껏 소유할 수 있다는 건 제법 기분 좋은 일이었다.

하지만 너무 기분 내다가 결국 불상사가 생기고 말았다. 3월 초순인가, 눈이 펑펑 쏟아지는 날이었다. 꽃샘추위의 끝물에 생각지도 않게 함박눈을 보게 되니 기분이 몹시 들썽거렸다. 취한 눈으로 침대에 누워 주홍색 커튼 사이로 바라본 한밤의 눈발은 정말 얼마나 황홀하던지. 이미 술이 과했는데도 우리는 밖으로 나가 소주 몇 병을 더 사들고 왔다. 두 사람만의 은밀한 별장에 놀러 오기라도 한 듯 우리는 그 밤에 참으로 여유로웠다.

창문을 열면 커튼이 깃발처럼 펄럭거리고 눈송이들이 꽃잎처럼 날아들었다. 거실은 붉은색의 무드 조명등으로 은은하게 달아올랐다. 세상이 온통 하앴다. 우리는 소주를 사이다처럼 마셨다. 아름다운 밤이었다. 다만 몇 가지 실수가 있었다. 수도 설치가 돼 있지 않아 화장실은 사용하면 안 되었는데 우리는 두 개의 화장실 모두에다가 굵은 똥 다발과 토사물을 잔뜩 쏟아 놓았다. 침대 여러 곳에 담뱃불 자국을 남겼고, 주방과 거실 사이의 큰 통유리창을 깨버리고 말았다. 무엇보다, 다음날 아침 출근한 직원들이 거실 바닥에 소주병들과 함께 널브러져 있는 우리를 발견했다는 것이 가장 치명적이었다. 친구는 그날로 해고당했고, 그해 내내 다른 직장을 구하지 못했다.

취기가 머리끝까지 올라오고 있었다. 씩씩거리던 40대 남자들 자리는 어느새 비어 있었다. 출입구 쪽에 가죽잠바를 입은 청년이 옆 테이블 여자들에게 농을 던지고 있었다. 가죽잠바

일행은 기대에 찬 표정으로 히죽히죽 웃었다. 여자들은 대꾸 없이 해장국만 열심히 퍼먹고 있었다.

친구와 나는 서로 멀거니 바라보면서 한동안 아무 말 하지 않았다. 얼마 후 친구가 갑자기 버럭 소리를 질렀다. 아아, 지랄 같은 밤이다!

우리는 해장국집을 나와 다시 추운 거리로 나섰다. 밤길은 여전히 쓸쓸하고 음울했다. 아니, 우리가 그런 길만 골라 다니고 있었다. 술집들이 없는 거리는 깊은 새벽의 아득한 무게를 고스란히 끌어안고 있었다. 그런 거리는 말하자면 블랙홀처럼 무한히 깊어 보여서, 누군가 만약 그 거리에서 죽어 버린다 할지라도 아무도 시신을 발견하지는 못한다. 살아남은 사람은 거리의 어느 곳에선가 다시 퀭한 눈으로 아침을 맞을 것이지만, 죽어 버린 사람은 어둠의 무구한 입자와 함께 어느 다른 차원으로 증발한다. 새벽 거리의 속절없는 가벼움이여.

우리는 과장되게 몸을 흔들며 비척거렸다. 서로 클클클 웃고 간지럼을 태워 가며 거리를 휘저었다. 우리보다 술이 덜 취한 사람들은 옆으로 비켜서 주었고 우리보다 많이 취한 사람들은 씨발, 하면서 어깨를 부딪쳐 왔다. 서너 번 싸움이 벌어질 뻔했다. 우리는 기다렸다는 듯 다라지게 맞서다가도 상대가 끝내 물러서지 않으면 슬그머니 피해 버렸다. 어설픈 시비에 자꾸 휘말리기엔 조금 피로했다. 술기운은 거리 한 모퉁이를 꺾을 때마다 펌프 물처럼 오르락내리락했다.

「우린 앞으로 무엇이 될까?」

친구가 불쑥 물었다. 그때까지 우리는 희망이나 열망 따위에 대해 이야기를 나눈 적이 없었다. 세상에 대해 원한을 품지 않으려면 미래에 대해서는 아무 말 하지 않는 것이 좋다. 때가 되면 우리는 무언가가 돼 있을 것이었다. 결국엔 다 살아남는 법이다. 스물여섯 살짜리 창창한 사내놈들이 그냥 사라지지는 않는다. 그러니 주의할 것은, 원한을 품지 않는 일이다. 일단 적개심을 키우게 되면 그때는 참을 수 없는 모멸들이 시작된다.

「몰라. 악당은 안 되겠지. 우린 최소한 착하니까.」

내가 말했다.

「착한 악당들도 있어.」

친구는 반론이라도 던지듯 갑자기 목소리를 높였다. 물론 반론은 아니었다. 한 사람이 뭔가 단정적으로 말하게 되면, 다른 사람은 그게 그냥 신이 나는 것이다. 반론은 아니다.

「착한 악당은 천국에 갈까, 지옥에 갈까?」

「악당이 천국에 갈 순 없겠지⋯⋯.」

친구는 조금 자신 없는 목소리로 대답했다. 나는 단호하게 고개를 저었다.

「착한 게 언제나 우선이야. 착하면, 그가 악당이든 무엇이든 그는 좋은 사람이라구. 착하지 않으면 정의도 진실도 용기도 다 필요 없어. 다 거짓이라구. 언제나 착한 게 우선이라구.」

친구는 아무 대꾸 없이 내 얼굴만 바라보았다. 한동안 둘 다

입을 닫았다. 많이 추웠다. 눈이 올 듯 건조한 날씨였지만 아직
은 바람만 살차게 매웠다. 한참 만에 친구가 혼잣말처럼 힘없
이 물었다.

「우리 착한 거 맞지?」

「그럼.」

「근데 우린 왜 되는 일이 없지?」

나는 담배를 꺼냈다. 그런 거 아니겠어?라고 대답하면 될 것
이었다. 그러면 친구는 알아먹었다는 듯 고개를 주억거리고, 우
리는 세상 다 달관한 표정으로 흐물흐물 웃게 될 것이었다. 그
런데 이번엔 그러기가 싫었다. 무언가가 확 고개를 쳐들었다.

「말세니까. 개 같은 세상이잖아. 말세에는 착한 사람들이 힘
  을 못 쓴다 했어. 성경에도 나와 있다구. 이천 년 전에 벌써
  예언됐다는 거 아니냐. 말세야, 정말 말세야.」

가로등도 없는 어둑한 길이 한참 계속되었다. 나는 좀처럼
연애에 대한 이야기를 꺼내지 못하고 있었다. 그건 꼭 친구를
상대로 토로해야 할 말은 아니었다. 다만 마음이 영 어수선해
서 무슨 말이든 마구 지껄이고 싶었다.

여자가 왜 갑자기 나를 경멸하기 시작했을까? 무언가 오해
가 있다는 건 분명하다. 헤어진 아픔보다 나는 그 오해를 해명
할 기회가 막힌 것이 억울하고 안타까웠다. 사실은, 아니 어쩌
면, 정말로 내가 무슨 잘못을 했는지도 모른다. 나는 그 잘못을
인정하지 않은 채 봉합하려 하고, 그래서 있지도 않은 오해를

가정하면서 안타까워하고 있다⋯⋯라고 나는 생각해 보았다. 기억은 얼마나 쉽게 왜곡되는가. 내가 끝내 잘못을 인정하지 않는 한, 나중엔 오해만 생생하게 남아 나는 스물여섯 살의 내 연애를 적당히 감미로워하며 안타깝게 추억할 수 있는 것이다. 죄책감도 수치스러움도 없이. 그러나 당시엔 오해 때문에 미칠 것 같았다.

　나중에 우연히 여자를 만났을 때, 여자는 우리 사이에 오해 따위는 없었노라고 딱 잘라 말했다. 7년 후였다. 넌 그때 비겁했어, 정말 기억 안 나는 거야? 그러자 신기하게도 나는 바로 기억해 낸다. 여자와 세 번째 잤던 그날을. 담배를 물고 물끄러미 천장을 올려다보고 있을 때 여자가, 나 사랑해? 하고 물었던 것이다. 모르겠어⋯⋯ 하고 그때 나는 말을 흐렸다. 그것이 우리 연애의 마지막이었다. 여자는 한참 동안 어처구니없어하는 표정으로 내 얼굴을 바라보더니, 이 나쁜 새끼! 하고는 훌쩍 옷을 입고 나가 버렸다. 그것이 끝이었다.

　나는 그 비겁한 회피를 7년 후에야 문득 기억해 낸 것이다. 동시에 다른 것도 기억해 낸다. '모르겠어'라고 말하기 직전의 짧은 갈등과, 그것을 입으로 발음하던 순간의 비통한 자학의 심정과, 이윽고 말하고 난 뒤의 이상한 쾌감을. 그랬다. 나는 여자의 물음을 듣는 순간, 돌연히(오래전부터 준비해 온 것을 깜빡 잊었다가 결정적인 순간에 다시 생각해 내듯 그렇게 돌연히) 비열해지고 싶었다. 비열해지고, 경멸받고, 그리하여 상처받고

싶었다.

연애의 상처는 어쨌거나 견딜 수 있는 법이다. 비열한 인간이 되고 싶을 때는 더욱 그렇다. 하지만 그때 나는 불쑥 떠오른 그 생생한 기억을 여자에게 말하지는 않는다. 그건 설득력 있는 변명이 아니었고, 설혹 여자가 그 변명을 곧이곧대로 이해한다 할지라도 여자에게 새삼 위로될 일은 이제는 없었으므로.

연애보다 내게는 삶이 더 무거웠다. 나는 우선 살아남아야 했다. 여자는 말하자면 희생타였다. 하지만 그래서 어떻다는 건가. 나는 그녀를 버렸다. 그것만이 여자가 받아들일 수 있는 명백한 진실이었다. 7년 후 그날, 여자가 담배 피우는 모습에서는 왠지 들큰한 타락의 냄새가 났다. 나는 그 타락의 냄새가 내게 버림받은 7년 전 그때에 시작된 거라는 걸 대번에 느낄 수 있었다. 그러니 나는 더욱 아무 말도 할 수 없었다. 그 8년 후에 또 여자를 만난다. 여자에게는 이제 타락의 냄새 따위는 없었다. 마흔 살쯤 되면 하기야 아무도 타락 같은 것은 하지 않는다.

내가 저만치 보이는 다방 간판 하나를 손으로 가리키자 친구는 고개를 끄덕였다. 거기에서 오늘 밤의 산책을 마무리하자는 것에 우리는 묵시적으로 동의했다. 다방 안에 들어서자마자 온몸이 나른하게 풀렸다. 훈훈한 온기로 정신은 좀 더 몽롱해지는 듯했고 두 다리도 비로소 천근만근 무거워졌다.

다방은 반쯤 손님이 차 있어 그다지 한적한 상태가 아닌데도 실내 전체가 묘지처럼 적막하다는 느낌이었다. 사람들은 하나

같이 깊게 가라앉아 있었다. 나지막한 한숨 소리와 찻잔 부딪치는 소리만 이따금 들려올 뿐 작게 속닥이는 사람들도 거의 없었다. 모두 긴 여행에서 돌아와 이제 막 깊은 휴식에 들어간 모습들이었다. 종업원도 졸음에 겨운 눈으로 유령처럼 소리 없이 걸어다니고 있었다. 사람들의 지친 모습이 마음을 편안하게 했다. 한편 무언가 매우 낯설다는 느낌이었다.

얼마 후에 우리 뒤의 창가 쪽에서 작은 흐느낌이 들려왔다. 처음엔 그저 음악 소리인가 했다. 실내엔 쇼팽의 야상곡이 흐르고 있었다. 친구와 나는 음악은 잘 알지 못했다. 피아노 선율이 구슬픈 날의 빗소리처럼 가슴에 툭툭 떨어져 내리는 것이어서 종업원에게 물어보았더니 쇼팽의 야상곡이라고 알려 주었다. 야상곡이라는 단어가 나는 마음에 들었다. 그 단어를 듣는 순간 나는 무슨 까닭인지 드라큘라 백작의 고성을 떠올렸다. 백작의 성에 비가 내린다. 백작이 어두운 창가에 붙어 누군가를 기다린다.

흐느낌이 몇 번 계속된 다음에야 우리는 그것이 누가 우는 소리라는 걸 알아차렸다. 뒤를 돌아다보니 창가 쪽 가장 구석진 자리에 까만 털 코트를 입은 여자가 혼자 앉아 있었다. 여자는 고개를 숙이지도, 손으로 얼굴을 가리지도 않고 있었다. 그 탄연한 자태 때문이었을까, 여자의 모습은 섬뜩하게 아름다워 보였다.

친구와 나는 막 꺼내 들었던 담배를 느릿느릿 끝까지 피우고 나서 여자 쪽으로 자리를 옮겼다. 우리는 스스로 자연스러웠다. 우리는 우리가 받아들여지리라는 걸 알고 있었다. 어떤 일들은 그냥 알게 된다. 여자와 우리는 통성명 하나 없이 마주 앉아 차를 마시기 시작했다. 여자의 흐느낌은 역시 실연의 울음이었다. 사랑을 잃고 나는 우네.

여자의 애인이 얼마 전 흔적도 없이 사라졌다고 한다. 여자는 그 얼마 전의 기이한 예감에 대해 말하고 싶어했다. 우리는 듣고 싶다고 했다.

「영원이 아니면 어느 것도 의미가 없다고 그 사람은 말하곤 했어요. 사랑도, 미움도, 설사 절망까지도 영원히 계속되지 않는 한 대체 사랑이라, 미움이라, 절망이라 어찌 이름 붙일 수 있겠는가 하구요. 어느 것이든 영원에 속할 때만 명백한 이름을 가질 수 있다고 했어요. 영원히 계속되는 것들에는 그 영원성 자체를 존재 증명으로 하는 자기 진실이 있다는 거지요. 순간인 것, 어느 지점에서 그치는 것은, 말할 필요 없는, 존재할 필요 없는, 아니 존재하지 않는 것이라고 그 사람은 말했어요. 진실은 영원히 현재형이면서 미래와 함께한다는 거지요. 끝나는 것은, 끝남으로 해서 진실이 아니다, 그래서 우리의 사랑도 결국은 진실의 바깥에 있다, 그 사람은 늘 그렇게 말했어요.」

여자는 말을 하면서도 가끔 흐느꼈다. 영원 따위에는 관심 없었지만 우리는 내내 진중하고 다소곳하게 들어 주었다. 다만

154

울고 있는 여자를 정면으로 바라본다는 게 조금 곤혹스러웠다. 위로는 가능할 것 같지 않았다. 하지만 무슨 말이라도 해주어야만 했다.

「지금 이 순간이 영원의 한 부분일지도 모르잖아요. 끝에 이르기 전까지는 지나온 시간들이 영원인가 아닌가를 알 수 없지요. 그 사람은 지금 우리가 만나고 보는 것들이 영원인지 아닌지를 어떻게 안다는 걸까요?」

「자기가 죽는다는 걸 아니까요. 자신의 죽음과 함께 지금의 것들이 소멸하리라는 것을 알고 있는 거지요.」

「그 사람은 죽음을 두려워했군요?」

「아니요. 그는 죽음을 두려워하지는 않았어요. 그 사람은 '영원한 것'들이 시간의 한계를 지닌 '육체'에 종속돼 있는 걸 견딜 수 없어했고, 이해할 수 없는 모순이라고 생각했어요. 그 사람은 자기가 죽음으로써 영원을 이해할 수 없게 된다는 그 점을 안타까워했어요.」

「죽는다 해도 영혼은 남지 않나요? 잘 모르지만.」

「그 사람은 존재의 형태가 달라지면 그건 지금의 자신이 아니라고 생각했어요. 존재하는 양식이 달라지는 순간 한 실존은 끝나고 그와 함께 그 실존만의 진실도 사라진다는 거지요.」

이야기는 거기에서 그쳤다. 여자는 이제 울고 있지 않았다. 창밖에 빠르게 달려가는 자동차 소리들이 먼 바다에서 밀려와 부딪치는 파도 소리만 같았다. 친구와 나는 무심히 그 소리에 귀를 기울이고 있었다.

여자의 사라진 애인을 생각했다. 그는 어쩐지 멋있어 보였다. 영원이니 진실이니 하는 건 어찌 되어도 좋았지만, 이 세상을 그렇게 훌쩍 버릴 수 있다는 것, 소리 없이 사라질 수 있다는 게 부러웠다. 그는 적어도 우리처럼 구질구질하고 흔해 빠진 청춘은 아니다. 우리는 결코 아무 데로도 사라지지 못한다. 얼마나 시시한가.

16년 후 어느 날, 다니던 직장에 사표를 내고 귀가하다가 불쑥 커피 생각이 나 어느 다방에 올라갔는데, 돌연히 기억이 소용돌이쳤다. 기시감이겠다. 그러니까, 창가 자리에 앉아 있었는데, 드라큘라 백작과 쇼팽의 야상곡과 여자의 흐느낌 소리 같은 것들이 들렸다. 나는 소스라쳐 창밖을 내다보았다. 1999년이었다. 사라진 많은 것들이 생각났고, 아직도 사라지지 못한 채 소년 같은 감상만 끼고 사는 자신이 너무 부끄러워 그 밤에 나는 조금 울었다. 몇 해 전에 위암으로 죽은 친구가 보고 싶어 그의 집에 전화를 걸었더니 부인이 말했다.

「아직도 가끔 꿈에 나타나요. 착한 사람은 왜 일찍 가지요?」

그래서 나는 내가 착하지도 못한 걸 알았다. 익숙한 치욕들이 떠올랐다.

「부탁이 있어요.」

얼마 후에 여자가 자리에서 일어나며 말했다.

「창밖으로 저를 봐주세요. 제가 완전히 안 보일 때까지 쭉 봐

156

주세요.」

우리는 그러겠노라 약속했다. 여자는 가벼운 미소를 남기고 다방에서 나갔다. 우리는 창밖으로 눈길을 옮겼다.

잠시 후에 여자가 보였다. 여자는 우리 쪽은 올려다보지 않고 몇 미터 아래쪽으로 걸어 내려갔다. 우리는 약속대로 여자의 뒷모습에서 눈을 떼지 않았다. 그저 느릿느릿 걷고 있었지만 여자의 어깨에는 누가 자기를 바라보고 있는 걸 의식하고 있는 잔잔한 설렘이 얹혀 있었다. 그 고요한 설렘은 문득 우리마저 공연히 긴장시켰다. 여자가 걸음을 멈추고 약간 몸을 틀었다. 여자의 긴 머리카락이 바람에 휘날리며 옆얼굴이 잠깐 드러났다가 곧 다시 가려졌다.

거리는 이제 사물을 분간할 만큼 부연 새벽빛을 띠기 시작하고 있었다. 가로등, 휴지통, 전화박스 같은 것들이 낯선 차원에서 홀연히 옮겨져 온 듯 신비로운 침묵의 자태를 드러내고 있었다.

여자는 차도를 마주하고 인도 끝에 등지고 서 있었다. 어쩐지 여자의 뒷모습은 다른 사물보다 빛나 보였다. 우리는 마치 어느 딴 세상의 흐릿한 영상을 마법의 구슬을 통해 들여다보고 있는 기분이었다. 아아…… 하고 우리 뒤의 누군가 긴 한숨을 쉬었다. 계속 지켜보아 달라는 여자와의 약속을 지키기 위해 우리는 뒤를 돌아보지 않았다. 우리는 여자가 갑자기 사라질지도 모른다는 생각을 하고 있었다. 어디로? 그건 알 수 없다. 우리는 보이지 않는 것에 대해 짐작하는 습관은 없었다. 어쨌거나 곧 무슨 일이 벌어진다는 걸 우리는 느끼고 있었다.

여자의 상체가 미세하게 흔들렸다. 어떤 격렬하고 심원한 갈망 같은 것이 여자의 어깨를 바람처럼 흔들면서 지나갔다. 아아…… 하고 다시 누군가 한숨을 내쉬었다. 어쩌면 우리 자신이었을지 모른다. 트럭 한 대가 빠르게 달려오는 것이 보였다. 저 건너 맞은편 건물에서 유리창 하나가 차갑게 번쩍거렸다. 순간, 여자가 차도 안쪽으로 몸을 날렸다. 끼이이익, 트럭 바퀴의 소름 끼치는 마찰음을 우리가 들었을 때, 이미 여자는 우리의 시야에서 사라지고 없었다. 트럭은 오래도록 움직이지 않았다. 거리엔 아무도 없었다.

우리는 처음의 우리 자리로 돌아왔다. 다방 안은 여전히 묘지처럼 고요했다. 이제는 음악도 흐르지 않고 있었다. 가끔 찻잔 부딪는 소리만 나지막이 달그락거렸다. 여종업원은 카운터에 머리를 묻고 잠들어 있었고, 다방 안의 누구도 금방 일어설 것 같지 않았다. 아침도 영영 오지 않을 것 같았다.

무서워! 하고 그때 친구가 말했다.

서울, 1994년 여름

그날, 나는 오랜만에 만났던 고교 동창들과 2차 술집을 마지막으로 막 헤어진 참이었다. 이미 자정이 가까운 시각이었다. 걸쭉한 웃음소리와 욕설로 낭자하던 곳곳의 골목들은 요괴가 쓸고 간 마을처럼 돌연히 적막해지고, 오연하게 번질거리던 큰 거리 네온 간판들도 하나 둘 무상하게 사위어 가던 시각이었다.

나는 제법 많이 마신 상태였다. 하지만 정신은 민숭민숭했고, 그 때문에 오히려 열이 올라 있었다. 동창들은 한잔 더 하자는 내 제의를 사양하며 절도 있게 술자리를 마감했다. 그 기품 있는 절제라니, 술자리에서 내내 동창들이 보여 주던 여유와 안정감 때문에 이미 기죽어 있던 나는 더 이상 촌스럽게 그들을 붙잡을 수 없었다.

나는 동창들이 떠들썩한 작별 인사를 던지며 뿔뿔이 흩어지고 난 후에 혼자서 터덜터덜 큰 거리로 올라가고 있었다. 으슥한 모퉁이 하나를 돌아서자 저 앞에 번화한 거리가 나타났는데, 그 초입에 오징어잡이 배처럼 훤한 빛발을 뿌리고 있는 24시간 편의점이 보였다. 그날 첫번째로 어울리게 된 박은 바로 그 편의점 앞 계단턱에 옹색하게 쭈그리고 앉아 있던 사내였다.

큰길에는 곳곳에서 한꺼번에 쏟아져 나온 취객들이 택시를 잡느라 우르르 몰려다니고 있었다. 사람들은 시위대의 몸짓으로 차도 깊숙이 달려들어서는 저마다 큰 소리로 자기 동네 지명을 외쳐 대고 있었다.

나는 몰려다니는 사람들의 뒷전에서 한참 동안 멀뚱히 서 있다가 슬그머니 뒤를 돌아다보았다. 사내는 그때까지도 똑같은 자세로 웅크리고 있었다. 버려진 쓰레기 뭉치처럼 초라한 분위기도 여전했다. 나는 몸을 돌려 사내에게 걸어갔다. 예컨대 나는 꼭 그 사내 때문이 아니더라도 전혀 집으로 가고 싶은 마음은 없었던 것이다.

편의점에서 캔 맥주 두 개를 사들고 사내의 옆자리에 앉았다. 흘깃 고개를 쳐드는 사내에게서 들쩍지근한 술 냄새가 날아왔다. 사내는 어딘지 지식인 냄새가 풍겼다. 나는 사 가지고 온 캔을 들어 보이며 사내를 향해 싱긋 웃었다.

우리의 만남은 일단 그렇게 시작되었다.

「역시 우리는 한 가지 공통점이 있었군요.」

우리가 서로 나이를 비롯해 간단한 자기소개를 하는 데까지 발전하고 난 후에 내가 웃음기를 섞어 한 말이었다. 내가 스스럼없이 먼저 내 사는 모습을 밝혔더니, 박은 자기도 나처럼 아침저녁으로 셔터를 올리고 내리는 일로 살아간다고 말해 왔던 것이다. 하기야 나하고 꼭 같은 처지라곤 할 수 없었다. 나로 말하면 아내에게 가게를 맡기는 시간이 조금 많다고는 해도 테이프 구매나 고객 관리 등의 주 업무는 스스로 챙기는 어엿한 주인 입장이라면, 박은 약사인 아내에게 전적으로 밥벌이를 의존하고 있는 듯했다.

「그런데…… 역시라는 건 어떤 의미지요?」

뜨악한 표정으로 박이 물었다.

「둘 다 이 시간에 가출 소년들처럼 여기에나 퍼질러 있으니까요.」

「주변에도 사람들은 많잖아요?」

「게다가 이 나이란 말이지요.」

몇십 년 만의 무더위라 보도되고 있는 찌는 듯한 기온은 밤이 깊어도 그 열기가 가라앉지 않았다. 기름기 섞인 매캐한 실바람만 아주 가끔 스쳐 갈 뿐 거리는 후터분하고 끈적했다. 우리 주변에는 막 캔 맥주 몇 개와 마른안주로 새 술판을 벌이고 있는 청년 몇 명과, 헛구역질하고 있는 젊은 여자의 등을 두드려 주는 양복쟁이, 그리고 게걸스럽게 사발면을 먹고 있는 두 명의 젊은이들이 있었다.

우리는 소개가 끝나자 딱히 이을 말이 없어서 붕어 입질하듯 맥주만 꿀꺽거리고 있었다.

「서른여덟이라는 나이는 말이에요…….」

나는 무언가 대화의 실마리를 찾고 싶어 다시 입을 열었다.

「이게 정말 어중간해요. 한창 술 배우고 다방 드나들기 시작하던 팔팔한 스무 살이 엊그제 같은데 불혹이라고 불리는 나이 사십이 또 바로 코앞에 있다 아닙니까. 여전히 청춘인 건지 아니면 중년 폼 잡기 시작해야 하는 건지…… 하기야 단지 나이가 어정쩡해서만은 아닐 테고 그만큼 이루어 놓은 게 없다는 뜻일 텐데…… 글쎄, 박 형은 어떠신지 몰라도…….」

나는 슬그머니 말꼬리를 흐렸다. 하지만 박은 아무 대꾸도 하지 않았다. 조금 시무룩하다 싶은 얼굴로 땅바닥을 내려다보고 있을 뿐 내 말은 들은 것 같지도 않았다. 점잖은 체하기는, 누구는 뭐 수다쟁이라서 이러는 줄 알아! 은근히 화가 나고 계면쩍어진 나는 반쯤 남은 캔 맥주를 들어 벌컥벌컥 목구멍에 쏟아 부었다.

가게 앞에는 사람들이 좀 더 늘어났다. 헛구역질을 하던 여자는 이제 양복쟁이의 발아래에 널브러져 있었고, 양복쟁이는 난감한 표정으로 줄담배를 피우고 있었다. 나는 다 마신 맥주 캔을 발로 밟아 우그러뜨렸다. 그리고 담배를 꺼냈다. 이 담배만 다 피우면 일어나자고 나는 생각했다.

언제나 이렇지, 기막힌 우연이란 없는 법이지.

나는 공연히 시들해져 마음속으로 건조한 푸념을 삭였다. 기막힌 우연? 나는 무얼 기대했을까, 사실은 아무 기대도 없었다.

162

그냥 어떤, 그러니까 갑자기 마음이 통해 서로 엉뚱한 객기라도 나누어 가질 그런 인연 하나쯤 기대했는지도 모르겠다. 나는 필터 가까이 타 들어온 담배를 발로 비벼 껐다. 셋까지 세고 일어나자. 나는 그렇게 마음먹고 속으로 수를 세기 시작했다. 하나…… 둘…… 셋. 나는 박을 돌아보고 나서 한 번 더 세었다. 하나…… 둘…… 셋. 박은 여전히 허우룩한 어깨를 늘어뜨린 채 땅바닥만 내려다보고 있었다.

에이, 한잔만 더 하지, 뭐! 나는 선심이라도 쓰듯 생각을 바꾸고는 편의점에 들어가 캔 맥주 두 개를 더 사왔다.

「박 형, 내가 재미있는 이야기 하나 할까요?」

어차피 캔을 다 비울 때까지는 있어야 하니까, 하고 자신에게 변명을 던지면서 나는 한 번 더 대화를 이끌어 보았다.

「하세요.」

덤덤한 표정으로 박이 응했다. 어쩐지 자존심이 구겨지는 기분이었다. 그래, 어차피 캔을 다 비울 때까진 있어야 하니까, 다시 그런 생각을 끌어올리며 나는 천천히 입을 열었다.

「말했다시피 나는 비디오 가게를 하고 있습니다. 그래서 신구 프로를 막론하고 비디오는 꽤 많이 보는 편이지요. 고객을 상대하기 위해서도 봐두어야 하지만 그게 아니더라도 하루 종일 다섯 평짜리 가게 안에 갇혀 있다 보면 시간 죽일 일은 그것밖에 없거든요. 그런데 말이에요, 비디오란 역시 안방에서 이불 펴놓고 느긋이 봐야 제대로 감상 분위기가 잡히는 법이지 가게에서 손님 맞아 가며 띄엄띄엄 보게 되면 영제 맛이 안 나요. 그런데 더 문제는, 이게 바로 내가 하려는 얘긴데, 슬픈 영화를 보게 될 때가 아주 골치란 말이지요. 왜냐하면 비디오 가게 손님이란 언제나 불쑥 들어오는 법이니까요. 감상에 촉촉하게 젖어 가던 기분을 망치는 건 그렇다 치고, 때마침 눈물이라도 흘리고 있는 중이었다면 아주 난감해진단 말이지요. 얼마나 주책 맞게 보이겠습니까?」

나는 슬쩍 박을 곁눈질하고 나서 말을 이었다.

「한번은 그런 적이 있어요. 외국 영화였는데, 무지무지 슬픈 내용이었지요. 아니, 줄거리는 그냥 흔한 편에 속했는데, 하지만 무언가 내 가슴에 깊이 파고들었어요. 가슴이 저며 와서 견딜 수가 없었지요. 펑펑 울었어요. 나는 그런 중에도 내 손님이 들이닥칠까 봐 신경을 쓰고 있었어요. 우선 휴지통을 옆에 갖다 놓고 연방 눈물을 훔쳐 댔고, 목이 메지 않도록 헛기침도 여러 번이나 했지요. 그런데 결국, 어떤 여자 손님이 불쑥 들어오고 말았어요. 나는 여자 얼굴도 제대로 못 봤어요. 황급히 소파 밑으로 고개를 숙였던 겁니다. 나는 잔뜩 허리까지 구부리고는 소파 밑에 떨어진 뭐라도 찾는 듯한 시늉을 했지요. 여자는 테이프를 고르기 시작했어요. 여자가 테이프를 다 고르고 나면 장부에 기입하고 돈도 받아야 하니까 나는 그 안에 얼른 눈물을 그쳐야만 했습니다. 한데 눈물이 쉽게 그치질 않더라구요. 나는 이미 뼛속까지 젖어 있었거든요. 그때 마침 고개를 숙이고 있는 내 눈앞에 바퀴벌레 한 마리가 보였어요. 이놈은 사람이 자기를 내려다보고 있으니까 죽은 듯이 꼼짝도 않고 있는 거예요. 나는 그놈을 이용해 슬픈 마음에서 벗어날 생각을 했지요. 마치 대화를 하듯이, 나는 놈을 내려다보며 속으로 말하기 시작했어요. 바퀴벌레야, 지금 들어온 여자가 예쁠 것 같으니 못생겼을 것 같으니? 관심 없다고? 아니야, 관심을 가져야 돼. 왜냐하면 거기에 네 목숨이 달려 있으니까. 만약 저 여자가 예쁜 얼굴이라면 너를 그냥 보내 주마. 하지만 그렇지 않다면 너는 내 손에 죽어. 그러니 이제 네 목숨은 저 여자 얼굴에 달린 거라구. 억울하다구? 억울한 게임이라구? 아니지. 내 눈에 띈 이상 너는 어차피 죽을 목숨이었어. 너는 오히려 저 여자로 해서 살 기회가 하나 생긴 거라구. 자, 그러니 잠시만 기다려라. 슬픔이 진정되는 대로 내가 여자 얼굴을 확인해 보마. 잠시만 기다려…….」

그때 불쑥 박이 끼어들었다.

「조금…… 그렇군요.」

「네? 뭐라구요?」

「조금…… 아니, 계속하세요.」

박이 무표정하게 고개를 저었다. 나는 맥이 탁 풀렸다. 이제 본격적으로 이야기를 시작하려 했는데 박의 덤덤한 표정이 나를 심드렁하게 만들어 버렸다. 조금 짜증이 나기도 했다. 나는

입을 닫았다. 그리고 속으로만 아까 하던 이야기로 돌아갔다.

그때, 그러니까 바퀴벌레를 상대로 객쩍은 말을 지껄이고 있던 그때, 나는 갑자기 뻐근하게 목이 메고 있었다. 그건 영화와는 상관없는 슬픔이었다. 나는 돌연히, 까닭 없이, 아주 비참한 기분에 휩싸이고 말았다. 왜 그랬는지 모르겠는데, 나는 희롱당하고 있는 바퀴벌레가 바로 나 자신처럼만 여겨졌다. 그러자 더는 견딜 수 없는 서글픔이 배꼽 아래에서부터 차 올라왔다.

나는 그 이야기를 하고 싶었던 것이다. 그 느닷없는 서글픔을, 그다음에 내가 어떤 행동을 했는가를, 어떻게 그 돌연한 슬픔으로부터 벗어났는가를.

하지만 내 기분은 이미 틀어져 있었다. 나는 더 이상 말하지 않았다.

「박 형은 지금처럼 빈둥거리기 전에는 무슨 일 하셨소?」

대신에 나는 박을 노려보면서 조금 도전적인 말투로 물었다. 박은 자기 구두코에 눈길을 박은 채 아무 대답도 하지 않았다.

「내가 귀찮습니까?」

나는 마지막으로 그렇게 물었다. 아아, 지랄 같은 밤이다, 속으로는 그런 넋두리를 씹어 넘기면서. 박은 그제야 조금 반응을 보였다. 여전히 눈길은 구두코에 가 있었으나 박은 얼마간 미안해하는 표정을 지으면서 그 무겁기만 하던 입을 열었다.

「그러고 보니 제가 너무 예의를 못 차렸군요. 미안합니다, 그
저 딱히 할 얘기가 없어서요. 저기……」

박이 희미하게 웃으며 고개를 들어 올렸다.

「아까 그 바퀴벌레 말이에요, 사실은 저 자신이 그 바퀴벌레 같다는 생각을 하고 있었습니다.」

어럽쇼! 나는 어처구니가 없어 멀뚱하게 박의 눈을 바라보았다. 열없어하며 슬그머니 다시 고개를 내리는 박의 얼굴에 살풋 쓸쓸한 기색이 서렸다. 나는 벌쭉 웃으며 손바닥으로 박의 등을 두드렸다.

「우리 한잔 더 합시다!」

나는 캔 맥주를 사기 위해 편의점으로 들어갔다. 냉장고에서 두 개를 꺼내 계산을 치르고 났을 때, 문득 집에 전화를 해야겠다는 생각이 들었다. 나를 기다리느라 아내가 아직까지 가게 문을 닫지 않았을지 모른다는 생각이 들었다. 혼자 밤길을 걷기 무서워하는 아내는 내가 외출한 날이면 자정이 넘어서까지도 가게에 남아 나를 기다리고는 했다. 자정이 넘으면 주변의 가게는 모두 문 닫고 행인도 뜸하여 가게 앞 거리는 무섭도록 적막하다. 그 괴괴한 거리에 혼자 불 밝힌 채 불편한 자세로 졸고 있을 아내가 떠올랐다. 조금 늦을지도 모르니 어서 들어가라고 말해 주어야 했다.

공중전화기 앞에는 두 사람이나 대기하고 있었다. 전화를 쓰고 있는 청년은 술에 많이 취한 듯했다. 삐딱하니 벽에 기대어 횡설수설하고 있는 꼴이 언제 끝날지 모르는 통화였다.

마음이 조급해진 나는 계속 손목시계를 바라보았다. 그때 누군가 가볍게 내 어깨를 건드렸다.

「아저씨, 급한 전화 있는가 보지요?」

돌아보니 베이지색 자켓을 팔에 걸친 화사한 처녀가 생긋이 웃고 있었다. 가슴까지 파인 자주색 티셔츠 위로 물빛 장식의 긴 목걸이가 늘어져 있었고, 그 가운데에는 까만 색안경이 앙증맞게 매달려 있었다.

「이것 쓰세요.」

처녀의 핸드백에서 전기면도기 크기의 작은 휴대 전화가 나왔다. 나는 발갛게 술기운이 올라 있는 여자의 얼굴을 멀거니 바라보았다. 잠시 후에 나는 조금 얼떨떨한 기분인 채로 여자의 손에서 휴대 전화를 건네받았다.

「물건 고르고 있을 테니까 그동안에 쓰고 주세요.」

처녀는 경쾌하게 말하고 진열대 저쪽으로 돌아갔다. 나는 잠시 여자의 뒷모습을 바라보고 있다가 휴대 전화의 버튼을 누르기 시작했다. 3분 정도 아내의 질척한 푸념을 들어 주었다. 알았어요……라는 아내의 마지막 말을, 나는 소리가 아니라 활자로 본 느낌이었다. 활자들이 눈앞에서 흐물흐물 흘러내렸다.

그런데 통화를 끝내고 났을 때 아까 그 처녀가 보이지 않았다. 진열대 사이를 두 바퀴나 돌았지만 처녀는 온데간데없었다. 삼세번이라는 생각으로 진열대를 한 바퀴 더 돈 다음에 나는 찾기를 포기하고 자리로 돌아갔다.

박은 그때까지도 구두코에 눈을 맞춘 자세로 묵묵히 앉아 있었다. 내가 새로 사 가지고 온 맥주를 건네주자 박은 말없이 받아 원터치 마개를 힘겹게 땄다. 하얀 거품이 어느 맥주 광고에서처럼 박의 가냘픈 손목을 타고 흘러내렸다.

「어디 전화할 데 있으면 쓰시오.」

나는 박에게 휴대 전화를 건넸다. 박은 웬 휴대 전화냐는 눈빛으로 뜨악하게 올려다보기만 했다. 나는 씩 웃으며 박의 무릎에 휴대 전화를 놓았다. 박은 한참 후에 슬그머니 휴대 전화를 들어 올렸다. 그러고는 초능력으로 눌러 보이겠다는 식의 눈빛이 되어 한 20초쯤 버튼을 노려보았다. 잠시 후에 박은 역시 안 되겠다는 표정을 지으면서 가랑이 사이로 휴대 전화를 떨구었다. 혼자 무슨 생각을 하는 것인지 박은 두세 번 고개를 가로저었다.

큰길 쪽에서, 응암동 따따블! 하는 목청 큰 외침이 날아왔다. 경찰차 한 대가 느릿느릿 편의점 앞을 미끄러져 갔다. 후터분한 기운은 여전했다. 거리를 쓸고 다니는 취객의 숫자는 아직별로 줄지 않은 듯했지만 편의점 앞에는 어느덧 우리만 남아있었다.

「박 형께선 전에 무슨 일 하셨소? 보아하니 공부 좀 하신 양반 같은데.」

아까보다는 훨씬 정중하고 부드럽게, 나는 다시 한 번 박의 직업을 물어보았다. 나는 박이 좋아져 있었다.

「글쎄…… 그런 질문이 항상 애매합니다. 뭘 했는지 모르겠어요.」

술기운이 물씬 묻어나는 목소리로 박이 느릿느릿 대답했다.

「모른다구요? 기억 상실증에라도 걸렸습니까?」

「기억 상실증이라…… 재미있는 말이네요. 맞아요, 모든 기억이 사라졌어요. 무언가 열정적으로 뛰어다녔다는 기억은 있는데, 그 의미도 목적도 다 잊어버렸지요, 그래요.」

박은 혼자서 비식비식 웃음을 흘리고 있었다. 정신 병원에서 탈출한 사람 아니야? 박의 말문이 터져 준 건 좋았지만 그 종잡을 수 없는 말은 나를 다시 맥빠지게 만들었다.

「모르겠어요…….」

박의 흐느적거리는 말이 이어졌다.

「내가 변절한 건지 세상이 변절한 건지…… 이젠 아무것에도 열정을 줄 수가 없어요……. 내 인생은 팔십 년대가 끝나면서 함께 사라졌지요…… 사라졌어요…….」

그 말끝에 갑자기 박이 휴대 전화를 집어 들었다. 그러고는 지압이라도 하듯 버튼을 꾹꾹 눌러 가면서 어디론가 전화를 걸기 시작했다. 통화는 쉽게 이루어지지 않았다. 매번 같은 번호인지 다른 번호인지는 몰라도 박은 연방 어디론가를 향해 버튼을 눌러 대고 있었다. 여섯 번째인가에 연결이 이루어졌다. 그러나 박은 금방 입을 열지 않았다. 분명 상대방이 나와 있는 듯했지만 박은 먼산바라기 하듯 나른한 눈길로 맞은편 공터만 바라보았다.

그러나 이윽고, 박은 수화기 속으로 이제까지보다 더 침중하게 가라앉은 목소리를 천천히 밀어 넣었다.

「나야. 으응, 그냥 했어. 미안해…… 그냥 사람들 만나는 게 힘들어서…… 너는? 으응, 그렇군. 아니, 듣기는 들었어…… 좋은 일이지, 뭐…… 그렇게 살면 되는 거잖아. 아니야, 비아냥거리다니, 무슨…… 정말이야, 세상이 바뀌었잖아…… 먹고 사는 문제에서마저 낙오할 순 없겠지. 으응, 난 늘 그래. 고마워. 또 연락할게…… 그래, 잘 자.」

박은 힘없이 수화기를 떨구었다.

「내가 알아맞혀 볼까요?」

통화를 끝낸 박을 향해 나는 애써 쾌활한 목소리로 말했다.

「나는 추리가 취미거든요. 내가 추리를 해볼게요, 박 형이 방금 통화한 사람이 어떤 사람인지, 박 형과 어떤 관계였는지 말입니다.」

박은 어디 말해 보라는 듯 희미하게 웃으며 고개를 주억거렸다.

「동업자였습니다. 박 형은 전에 그 사람과 어떤 사업을 같이 했었어요. 아마 자본금만 날리고 말아먹은 것 같고, 절친했던 두 사람은 그 때문에 조금 어색한 관계로 헤어진 거예요. 시간이 지나면서 그 어색한 감정은 조금씩 가라앉았고, 지금은 가끔 전화를 나누는 사이 정도로는 회복된 거지요. 그리고 참, 박 형은 아직까지 그 파산의 후유증에서 헤어나지 못

172

하고 있지만 방금 통화한 그 사람은 새롭게 재기하고 있는 중이에요. 내 느낌에는 그쪽은 처가에서 도움을 주는 듯하고. 어때요, 얼추 맞지 않습니까?」

박은 조금 생각에 잠긴 표정으로 물끄러미 내 얼굴을 쳐다보더니 이내 푸르르 가벼운 웃음을 터뜨렸다.

「맞습니다. 정말 추리력이 대단하시군요.」

「비디오를 워낙 많이 봤지요.」

내가 윙크를 하며 히죽거리자 박도 나를 따라 클클거렸다. 어쩐지 박의 그 웃음은 속이 텅 빈 것처럼 허청하게 들렸다.

웃음이 끝나자 잠시 침묵이 깔렸다. 아니, 침묵은 한참 동안이나 계속되었다. 아까 맥주를 새로 사올 때는 뭔가 괜찮은 이야기를 나눌 수 있을 것 같은 기분이었는데 역시 박과 나 사이에는 만만찮은 거리가 있었다. 그리고 취기가 올라오기 시작하면서 피로감도 심해져 갔다.

이 만남을 산뜻하게 마감할 그럴싸한 얘깃거리가 없을까, 하는 생각을 나는 하고 있었다. 없었다. 나는 일곱인가 여덟 모금에 나누어 캔을 비웠다. 그리고 박이 다 마시기를 기다렸다. 아이를 들쳐 업고 총총히 걸어가는 아내의 모습이 떠올랐다.

얼마 후였다. 박의 두 발 사이에 엎어져 있던 휴대 전화에서 벨이 울렸다. 조는 듯 감고 있던 눈을 박이 깜짝 놀라며 뜨더니 휴대 전화를 내려다보았다. 이내 그의 눈길은 내 쪽으로 건너왔다. 나는 아까 편의점 안에서 보았던 여자의 얼굴을 떠올렸

다. 얼굴보다는 귀고리부터 시작해 몸과 옷에 치렁치렁 매달려
있던 여러 장신구들이 먼저 떠올라 왔다.

「받아 보세요. 아마 깜찍한 여자 목소리가 들릴 겁니다.」

나는 박에게 한쪽 눈을 찡긋해 보였다. 휴대 전화를 빌려 주
었다는 걸 뒤늦게 기억해 낸 여자의 전화일 거라는 생각이 들
었다.

「아까 그 자리에 있으니까 빨리 오라고만 말하면 돼요.」

박에게 덧붙였다. 하지만 박은 전화기와 나를 번갈아 바라보
며 여전히 머뭇거리기만 했다. 나는 남의 일이라는 태도로 그냥
보고만 있었다. 그사이에도 박의 발밑에서는 벨이 끊임없이 울
어 대고 있었다. 그 소리는 마치 저 아래 첩첩 땅속에서 올려 보
내는 구조 신호만 같았다. 지나가는 사람들이 우리 쪽으로 슬쩍
슬쩍 눈길을 주었고, 마침내 박이 휴대 전화를 집어 들었다.

「……여보세요. 네? 아, 네에…… 여긴…… 편의점 앞인데
요. 오겠다구요? 지금요? 그러지요. 아니, 괜찮아요.」

박이 통화를 끝냈다.

「여자가 이리로 오겠다는군요. 십 분 안에 도착할 수 있다는
데…….」

박의 목소리가 애매했다.

「잘됐네요. 어쨌든 이제 십 분이군요. 더도 덜도 아닌 십 분
이면 끝나겠군요.」

「네? 뭐가 끝납니까?」

174

「그냥, 우리의 만남이 끝난다는 거지요.」

나는 공연히 귀찮아져서 일부러 힘차게 대답했다. 갑자기 모든 게 귀찮아졌다. 10분 후에는 집으로 돌아간다. 10분을 얻었다는 쪽도, 10분을 손해 보았다는 쪽도 아닌 채, 나는 덤덤히 10분을 받아들였다. 10분 후에는 가벼운 미소를 담아 박에게 작별 인사를 하고, 큰길에 나가 택시를 잡고, 소파에 파묻혀 반쯤 졸다가 집 앞에 내린다. 열쇠를 가지고 나왔으니 아내는 깨우지 않아도 된다. 옷을 벗고 나서 슬그머니 아내 곁에 누우면 오늘 하루도 끝이다. 내일은 가게 문을 조금 늦게 열어야겠다. 나는 그런 생각들을 하고 있었다.

얼추 10분이 되었다 싶을 때 다시 전화 벨이 울렸다. 박이 이번에는 주저 없이 휴대 전화를 집어 들었다.

「네, 아까 거기 그대로예요. 그래서요? 뭐라구요? 어렵겠는데요, 우린 일어서야 됩니다. 그럼 알았어요. 아니, 괜찮아요. 하지만 딱 오 분만입니다.」

박이 이번에도 애매한 표정으로 통화를 끝내며 돌아보았다.

「오 분 안에 도착하겠답니다.」

차도 쪽에서 종이 한 장이 바람에 날아와 내 발밑에 떨어졌다. 나는 종이를 집어 들었다. 그것은 '우리는 빨리 일터로 돌아가고 싶습니다'로 시작되는 어느 파업 노동자들의 호소문이었다.

「우리는 지금 파업 중인가요?」

나는 박에게 물었다.

「네?」

「나는 그만 집으로 돌아가고 싶군요.」

내 손을 떠난 종이는 다시 아래쪽으로 굴러갔다.

「가세요. 나 혼자 기다릴게요.」

박이 덤덤하게 말했다.

「그런데, 먼저 가면 변절자가 되는 건가요?」

「네?」

박의 눈이 반짝 빛났다. 곧 박은 묘한 표정이 되어 푸슬푸슬 웃었다. 웃음소리가 밀가루 반죽처럼 떨어져 내렸다.

「들어가세요. 나는 혼자일 때 강하답니다.」

갑자기 박의 목소리는 쾌활한 농담조로 바뀌어 있었다. 그 쾌활한 억양에는 어딘지 억지로 만든 과장이 섞여 있었는데 아무려나 나로서는 상관없었다. 오히려 나는 왠지 기분이 좋아졌다. 그래서 조금 연극적인 동작으로 박의 손을 잡아 주며 말했다.

「생각해 보니, 그건 변절입니다. 같이 기다리지요.」

박이 다시 푸슬푸슬 웃었다. 나도 히죽히죽 웃었다. 어쩐지 우리는 다시 성큼 가까워진 듯했다.

「나이가…….」

우리는 동시에 '나이가'라고 말했다.

「먼저 말하세요.」

내가 양보를 했다.

「나이가 사십에 가까워지면 가끔 화두 같은 말 한마디로도 낯선 사람과 친해질 수 있지요. 살다 보면 누구나 비슷한 상처를 쌓게 되거든요. 아니, 조금도 비슷하진 않겠지만 아프긴 마찬가지니까요. 내 말뜻 아시겠지요?」

「모르겠습니다!」

나는 장난기를 가득 담아 단호하게 대답했다. 박이 멀겋게 웃었다.

「이젠 김 형 차렙니다.」

「나이가 들어갈수록 눈치만 늘어요. 딱 보면 아는 거지요. 이를테면 박 형은 오늘 부인과 싸우고 나왔습니다. 맞지요?」

「아닙니다!」

박도 단호하게 대답했다.

그때 다시 벨이 울렸다. 휴대 전화를 집어 드는 박의 동작이 이번엔 기다렸다는 듯 날렵했다.

「여보세요!」

그렇게 한마디 던지고 나서 박은 한참 동안 듣기만 했다. 박은 중간에 몇 차례 난감한 표정을 짓고 있었다. 한참 후, 들을 만큼 들어 주었다는 표정으로 박이 조금 거친 목소리를 던졌다.

「이봐요, 아가씨! 우리가 거길 왜 갑니까? 됐어요, 우리도 마실 만큼 마셨어요. 대체 올 거요, 안 올 거요? 모르겠소, 우린 곧 자리를 뜰 거니까 휴대 전화는 편의점에서 찾아요.」

박은 휴대 전화를 놓자마자 담배 한 대를 빼어 물었다. 나는 불을 붙여 주었다.

「이 여자 누굽니까?」

조금 힐난하는 목소리로 박이 물었다.

「미스 오예요.」

「미스 오?」

「네, 이름은 렌지라고 하지요.」

박은 곧 알아들었다. 역시, 하는 시큼한 표정이 박의 얼굴에 서렸다.

「전부터 알던 여잔가요?」

「웬걸요, 아까 처음 만났어요. 가게 안에서 휴대 전화를 빌려 주고는 사라졌더군요. 그런데 뭐랍디까?」

「끝내 주게 한잔 살 테니까 자기 있는 데로 오랍니다. 여자 하는 말이 자기는 중년 남자가 좋다는군요. 그리고 또 뭐라는 줄 알아요? 자기는 오늘 밤 죽어 버릴 거래요. 허허 참. 아까만 해도 괜찮은 것 같더니 어느새 만취돼 있더군요.」

「어디에 있다는데요?」

「멀지는 않은가 봐요. 음악 소리가 꽤나 요란하더군요. 김 형은 생각 있습니까? 그 아가씨도 아마 김 형으로 알고 한 애길 텐데.」

「생각요? 생각 있지요. 젊고 예쁘고 돈도 많은 아가씨가 술 사줄 테니 오라고 한다, 남자들이 늘상 꿈꾸는 것 아닙니까?」

「……」

골목 아래쪽에서 누군가 취한 목소리를 길게 늘어뜨리며 노래를 부르고 있었다. 아까 내려갔던 경찰차가 좌회전으로 골목을 돌아 나왔다. 운전대를 잡고 있는 경찰이 흘깃 우리 쪽으로 눈길을 주었다. 나는 지금 우리 행동이 경범죄의 한 조항에 포함되지는 않는지 하는 생각을 잠깐 했다. 그사이에 경찰차는 큰길에 이르러 우회전을 하고 있었다. 그때 취객의 노랫소리가 갑자기 뚝 끊겼다.

「넘어졌나 보군요?」

「글쎄요⋯⋯.」

우리는 다시 할 말이 없는 상태로 돌아가 있었다.

「기다릴 건가요?」

「오지 않을 것 같은데⋯⋯.」

「그럼 편의점에 맡겨 놓읍시다.」

그런데 우리가 막 몸을 일으키려고 할 때 다시 전화 벨이 울렸다. 우리는 한 세 번쯤 휴대 전화와 서로의 얼굴을 번갈아 바라보았고, 이번엔 내가 전화를 받았다.

「아저씨이이⋯⋯.」

전화기를 귀에 대자마자 엉망으로 취한 여자의 목소리가 흐느적거리며 귓속으로 밀려 들어왔다. 바로 눈앞에서 여자가 안겨 오기라도 하는 듯한 느낌이었다.

「아저씨이⋯⋯ 나 안 취했으니까⋯⋯ 아니, 사실은 좀 취하긴 했어요⋯⋯ 하지만 술 주정 하는 거⋯⋯ 아니니까⋯⋯

내 말 좀 들어 봐요…… 나 쓸쓸해요…… 썰렁해…… 아무
도 나를 이해 못해요, 모른다구요…… 아저씬 오늘 땡 잡았
어……. 난 오늘 밤 죽어 버릴 건데, 그전에 내가 한번 줄게
요…… 아낌없이 준다니까요…… 아저씨이…… 나 있잖아
요…….」

「우린 지금 갈 거요.」

나는 그렇게 말하고 일방적으로 통화를 끝냈다. 내가 휴대
전화를 내려놓기도 전에 벨이 다시 울렸다. 이번엔 누구도 받
지 않았다. 벨은 스무 번도 넘게 울리다가 그쳤다.

나는 휴대 전화를 만지작거리며 박을 바라보았다.

「우리 세대는 손해가 많아요. 조금만 늦게 태어났으면 구질
구질한 사창가에서 가슴 졸이며 배설하지 않아도 되었을 텐
데. 은혜를 하사하듯 대접받아 가면서 정액을 쏟아 부을 수
있었단 말이지요.」

느닷없이 걸쭉해진 내 말투에 박은 조금 민망해했다. 하지만
곧 고개를 주억거리며 무슨 뜻인지 알겠다는 표정을 지었다.

「좋은 생각이 났어요.」

내가 또 말했다.

「어차피 여자가 우리에게 술을 사주겠다고 했으니, 우리 그
대신에 어디 가서 이 휴대 전화를 맡기고 술을 마십시다.」

나는 키득키득 웃었다. 아마 내 표정은 좀 음험했을 것이다.

「잘못하면 장물아비로 끌려갈지도 몰라요.」

박이 턱없이 진지하게 말하는 바람에 나는 정말 음험한 범죄를 제안한 꼴이 되었다. 그래서 나는 내 속마음을 털어놓았다.

「사실은, 이 휴대 전화를 편의점에 맡기고 싶지 않아요. 여자는 아마 또 전화를 할 겁니다. 그래서 편의점의 저 젊은 애가 받고 나면 여자는 그놈한테도 코 먹은 소리 늘어놓을 거구, 그러면 놈은 얼씨구나 하고 여자에게 달려갈 게 뻔해요. 엉뚱한 상상인가요? 아무튼 나는…… 오늘 밤 이 아가씨를 고 이 집으로 돌아가게 해야겠다는 그런 사명감을 갑자기 느꼈어요. 우스운가요?」

「전혀 우습지 않습니다.」

박이 이번에도 진지하게 대답했다. 나는 다시 박이 좋아졌다.

「우리 어디 가서 한잔만 더 합시다. 찾아보면 포장마차 같은 데가 있을 거예요.」

「아닙니다. 이제는 가야겠어요.」

비척거리며 박이 일어났다. 할 수 없이 나도 따라서 일어났다. 우리는 어지러이 널린 담배꽁초와 몇 개의 캔을 뒤로하고 큰길 쪽으로 몇 걸음 걸었다. 그때 다시 전화 벨이 울렸다. 우리는 동시에 제자리에 서고 말았다. 나는 한숨을 내쉬면서 주머니에 넣었던 휴대 전화를 꺼내 들었다.

「아무래도…… 맡겨야 되겠네요.」

나는 편의점 쪽으로 돌아섰다. 그때였다. 뒤쪽에서 모범택시 한 대가 날렵하게 돌진해 오더니 우리 바로 옆에서 멈추었다.

우리는 반사적으로 택시에서 내리는 승객에게 눈길을 주었다.

「아저씨이……」

그 여자였다. 휴대 전화의 주인인 젊은 여자가 가벼운 윙크까지 보내며 나를 부르고 있었다. 박과 나는 얼굴을 마주 보았다.

「안 온다기에 내가 왔……」

여자는 채 말을 끝내지도 못하고 길바닥으로 넘어졌다. 박과 나는 황급히 달려가 여자를 일으켜 세웠다. 여자가 헤실바실 웃으면서 우리 팔에 매달려 왔다.

「헤에, 두 분이네…… 좋아요, 내가 오늘 밤을 책임질게요.」

여자는 이미 술기운에 절어 있었다. 우리는 일단 여자를 부축하여 옆 건물 벽에 기대앉혔다.

「아저씨들은…… 참 좋은 분들 같아요…….」

여자가 게슴츠레한 눈빛으로 우리를 올려다보았다. 박이 내 손에서 휴대 전화를 가져다가 여자 앞에 떨구었다. 그리고 그만 가자는 눈짓을 해보였다. 나는 고개를 끄덕이고 나서 잠깐 여자를 내려다보았다. 그때 여자가 홱 고개를 쳐들며 소리쳤다.

「도망갈라고 그러지?」

풀어진 눈빛에 혀 꼬부라진 말투하며 여자는 영락없이 맛이 간 모습이었다.

「도망가는 게 아니라 그냥 가는 거요.」

박이 무뚝뚝하게 대꾸했다. 이어서 나에게 재차 눈짓을 보내면서 박이 먼저 몸을 돌렸다. 나도 박을 따라 반 걸음쯤 옮겼다.

「아저씨이!」

여자가 다급한 목소리로 우리를 불렀다. 목소리에는 반쯤 울음이 섞여 있었다. 우리는 어쩔 수 없이 다시 걸음을 세웠다.

「제발…… 가지 마세요. 귀찮게…… 귀찮게 안 할게요. 조금만…… 같이 있어요.」

잘 아는 사람에게라도 말하는 것처럼 여자는 처량하고 끈적한 목소리로 부탁하고 있었다.

「제발이라는군요?」

나는 어깨를 으쓱하며 박의 표정을 살폈다. 박은 표정 없이 나와 여자를 번갈아 바라보더니 쓴 입맛을 다시며 여자 옆으로 돌아와 쪼그리고 앉았다. 여자의 얼굴에 안도감이 서렸다.

「고마워요……」

여자는 말하다 말고 결국 소리내어 울기 시작했다. 나는 여자를 가운데 두고 박의 자세처럼 쪼그리고 앉았다. 여자는 한참 동안 울었다.

「저는요…… 끄윽…….」

긴 울음 끝에 여자가 딸꾹질을 섞어 말을 토하기 시작했다.

「전 유학생이에요…… 끄윽, 이래 봬도 아메리카 유학생이라구요. 고등학교 이학년 때 갔으니까 끄윽, 벌써 이 년 됐어요. 성적이…… 여기선 대학 못 간다고 끄윽, 엉터리 끅, 학위라도 따오라고…… 안 되면 영어라도 배우라구요.」

여자의 말은 일단 거기에서 그쳤다. 여자는 한참 어깨를 들썩이고 나서 다시 입을 열었다.

「……나는 쫓겨난 거예요……. 내가 창피하다고 부모님이
날 쫓아낸 거라구요. 내가 사귀던 애하고도 강제로 헤어지게
했어요. 우리는 끅, 정말 사랑하던 사이였는데…… 걔는 대
학생이었어요, 정말 날 좋아했는데…… 씨팔, 난 미국에서
만날 가라오케만 갔어요…… 아저씨, 바나나 알아요? 미국
인이 될라고 끄윽, 기를 쓰는 교포 애들인데, 걔들은 우릴 이
티라고 불러요. 맞아요, 끄윽, 우린 끅, 외계인 끄윽, 이었어
요. 방학이라 왔는데…… 여기서도 그래요…… 끄윽, 옛날
친구 좀 보려고…… 전화했더니 걔네 엄마가…… 안 바꿔
줘요…… 나 만나면 물든다구요…… 아저씨, 나 미국에 안
돌아가요…… 오늘 밤 죽을 거예요…… 죽는다구요, 사뿐히
죽어 준다니까…….」

여자는 또 울기 시작했다. 울면서도 딸꾹질은 나왔다. 딸꾹
질 때문에라도 죽겠다고 나는 생각했다. 나는 담배를 꺼내 물
었다. 여자의 어깨가 흔들릴 때마다 팔목의 가늘고 푸르스름한
팔찌가 살랑살랑 앞뒤로 미끄러졌다. 나는 빈 담뱃갑을 구겨
맞은편 골목 깊숙이 던져 버렸다.

그리고 고개를 돌렸을 때, 생각지 않았던 장면을 보고 말았
다. 박의 볼 위로 소리 없이 눈물이 흘러내리고 있었다. 어이쿠,
나는 황당한 심정이 되었다. 하기야 여자의 말은 우울했다. 하
지만 나로서는 세상이 참 한심스럽다는 기분 말고는 별 느낌이

없었고, 더욱이 박이 그 정도까지 감상적일 것이라곤 생각 못했으므로 조금 놀랐다. 어쨌거나 막상 박이 눈물을 흘리고 보니 나는 공연히 민망해졌다.

그때 내 눈길을 의식한 박이 손등으로 눈물을 찍으며 말했다.

「여자 때문이 아니에요. 불현듯 어떤 후배가 생각나서, 지금 정신 병원에 있는 아인데…… 그냥 사람 사는 게 너무 달라서…….」

박의 눈자위는 금세 벌게져 있었다. 나는 담배를 바닥에 비벼 끄고는 아까 담뱃갑이 날아간 골목을 향해 손가락으로 퉁겼다. 꽁초는 좀 더 멀리까지 날아갔다.

「좋은 생각이 났어요! 우리 노래방에 갑시다.」

나는 호들갑스럽게 외쳤다. 노래방을 떠올린 나 자신이 몹시 대견스러웠다. 그것은 세 사람이 지금 할 수 있는, 그리고 내가 이 민망함에서 벗어날 수 있는 유일한 방법이라고 생각되었다.

「노래방에 갑시다!」

나는 한 번 더 외쳤다. 정말 다행스럽게도 여자가 내 말에 반응을 보였다. 여자는 힘겹게 얼굴을 들어 올리며 마치 허락해 주겠다는 태도로 고개를 두어 번 끄덕거렸다. 언제 울었냐는 듯, 여자는 생긋 엷은 웃음기마저 흘렸다. 박은, 지금 시간에 노래방이 있나요? 하는 말로 수동적이나마 동의를 표했다.

「나만 따라와요.」

나는 호기롭게 말하고는 두 사람을 이끌었다. 사실 이미 한

시가 넘어가고 있었으므로 문을 연 노래방을 찾을 수 있을지는
장담할 수 없었다. 나는 두시가 가깝도록 노래를 부르기도 했
던 어느 날의 기억만 믿고 아래쪽 골목으로 내려갔다. 세 사람
의 어깨가 파도처럼 출렁거렸다.

  운이 좋았다. 우리는 몇 개째의 불 꺼진 계단을 오르내린 끝
에 아직 문을 닫지 않은 노래방을 찾을 수 있었다. 그 노래방도
사실은 파장이었다. 마지막 손님들이 막 계산을 끝내고 나가는
참이어서 주인은 우리를 거들떠보지도 않았다. 주인의 태도가
바뀐 건 여자가 10만 원짜리 수표를 내밀며 거스름돈은 필요
없다고 말한 때문이었다. 미친놈들! 하는 표정이 잠깐 주인의
얼굴에 나타나기는 했으나 딱 30분만 있겠다는 우리의 말에 주
인은 못 이기는 척 작은 방 하나를 내주었다.

  우리는 출렁출렁 어깨를 건들거리며 그 작은 방으로 돌진했
다. 홀이나 다른 방에는 모두 불이 꺼져 있었으므로 우리는 마
치 어디 으슥한 동굴 속으로 들어가는 기분이었다.

  여자가 먼저 노래를 시작했다. 박과 내가 계속 양보하는 바
람에 여자는 내리 다섯 곡을 불렀다. 나로서는 거의 모르는 노
래들이었다. 꼭 몰라서가 아니라 노래 자체도 내게는 밍숭하기
만 했는데, 여자는 표정과 목소리에 잔뜩 감정을 잡은 채 노래
속으로 빨려 들어가고 있었다. 어느 땐 목을 빼어 악악거리고,
어느 땐 곧 눈물이라도 나올 듯 암암히 가라앉았다. 그동안 박
과 나는 밖에서 사온 캔 맥주를 비웠다.

두 번째는 박이었다. 내가 노래를 못 고르고 있자 박도 내리세 곡을 불렀다. 박이 부른 노래도 나로서는 다 처음 듣는 곡들이었다. 박의 태도는 조금 우스웠다. 무언가 너무 진지했다. 그러면서 한편 방금 빚 닦달이라도 받고 온 사람처럼 그지없이 시름겨워 보였다.

나는 맥주를 마시면서 여자의 허벅지를 훔쳐보았다. 욕정은 없었다. 나는 그저 참말 곱구나 하는 생각으로 힐끔힐끔 여자의 우윳빛 허벅지를 바라보았다. 그러다가 어느 순간 여자와 눈이 마주쳤는데, 여자는 무표정하게 고개를 떨구더니 무언가 매우 낯설어하는 눈빛으로 한참 동안 자기 허벅지를 내려다보았다. 얼마 후 그 눈에서 뚝, 눈물이 한 방울 떨어졌다.

젠장! 그래, 나 혼자 행복하다, 나만 혼자 무지무지 행복하구나, 어이구 행복해라. 나는 정말 지랄 같은 기분이었다. 그래도 나보단 다 나아 보이면서 불행한 모습은 자기들이 몽땅 독차지하고 있는 게 아닌가. 나는 멀뚱히 서 있다 뒤통수 맞은 꼴이 되어 우울한 기색조차 가져 볼 수가 없었다.

내 순서가 되었다. 나는 부리나케 노래책을 뒤적거려 대충 낯익은 곡 하나를 찍었다. 빠르고 경쾌한 전주가 흐르기 시작했다. 음은 빠르지만 사실은 청승맞은 노래였다. 나는 두 손으로 마이크를 들어 올려 한껏 청승맞게 목소리를 높였다.

「비 내리는 호남서어언 남행 열차에 흔들리는 차아창 너머로…….」

여자가 젖은 얼굴로 탁자에 얼굴을 묻고 있었다. 순간 나는 동창생들의 웃음소리를 들었다. 셔터가 내려진 비디오 가게와, 그 앞의 무섭도록 괴괴한 거리와, 아내의 얼굴과, 아이의 잠든 얼굴도 떠올랐다.

「빗물이 흐르고오 내 눈물도 흐르고오 잃어버린 첫싸랑도 흐르네…… 깜빡깜빡이는 희미이이한 기억 속에…….」

내가 다시 바퀴벌레를 생각한 것이 그때였다. '깜빡깜빡'이라고 소리 높이고 난 다음, 나는 돌연히 참을 수 없는 서글픔에 휩싸여 버렸다. 가슴이 온통 저릿했다. 그건 정말 느닷없었는데, 어쨌거나 그대로 있으면 눈물이라도 주룩 흐를 것만 같아서 나는 다시 그놈의 바퀴벌레를 떠올려야만 했다.

나는 이미 죽었어요. 정말 죽었다니까요. 그때 바퀴벌레는 숨을 멈추고 납작 엎드린 자세가 되어서는 필사적으로 주장하고 있었다. 그 가소로운 속임수를 한참 내려다보고 있다가 이윽고 내가 말했었다.

생각이 바뀌었어, 여자 얼굴이 예쁘고 안 예쁘고가 무슨 상관이겠니, 너는 죽어야 돼, 너는 어차피 죽게 돼 있는 거야.

한껏 싸늘하게 그렇게 말하면서, 나는 신고 있던 슬리퍼를 벗어 잽싸게 바퀴벌레를 눌러 버렸다. 얇은 슬리퍼였고 바퀴벌레가 워낙 통통한 놈이었으므로 놈의 몸이 뭉개어지는 느낌이 내 손바닥까지 전달돼 왔다. 나는 그 기분 나쁜 물컹한 느낌이 사라지기를 기다렸다가 이윽고 슬리퍼 밑창을 들어 죽은 바퀴벌레를 내려다보았다. 거기엔 이미 아무것도 없었다. 희멀건 액체의 흔적과 지푸라기같이 짓이겨진 다리 몇 개가 보기 흉하게 들러붙어 있을 뿐이었다.

으흐흐, 그때 나는 음산하게 웃었다. 가능한 한 차갑고 소름 끼치게, 나는 슬픔이 자리하고 있던 내 뼈마디 속으로 그 음산한 웃음을 밀어 넣었다. 그것은 확실히 효과가 있었다. 거짓말처럼, 뼈마디까지 스며들었던 내 안의 슬픔이 천천히 가라앉아 갔다. 으흐흐, 그리하여 나는 서너 차례나 계속 그렇게 웃었던 것이다.

화면에선 여전히 노랫말이 저 혼자 바뀌며 빠르게 지나가고 있었다. 여자 또한 여전히 탁자에 얼굴을 묻고 있었고, 박은 소파에 비스듬히 기대어 눈을 감고 있었다.

그래, 나 혼자 행복하다, 이놈들아!

나는 결국 그렇게 소리 질렀을 것이다. 소파에 반쯤 기울어 있던 박이 천천히 고개를 들었다. 뭐라구요? 그런 표정이었다. 나는 마이크를 내리고 멀뚱하니 박의 얼굴을 내려다보다가 이내 해죽해죽 웃어 버렸다. 박은 다시 눈을 감았다.

마침 2절이 시작되고 있어 나는 황급히 노래를 따라 부르기 시작했다. 이윽고 노래가 다 끝났을 때 보니 여자는 이제 깊이 잠들어 있었다. 박은 눈을 감고 고개를 젖힌 자세 그대로 두 대째의 담배를 피우고 있었다. 더 이상 아무도 노래를 신청하지 않았다. 적막한 방 안에서 간이 사이키 조명만 혼자 빙글빙글 돌아가며 원반 모양의 푸르스름한 빛살을 사방에 퍼뜨렸다. 그때 주인이 흘깃 안을 들여다보고 돌아갔다.

호남선이든 영남선이든, 지금 빗물이 흐르는 차창가에 앉아 있는 거라면 좋겠다고 나는 잠깐 생각했다.

얼마 후에 박이 자리에서 일어났다. 무심한 체념의 표정으로 박이 여자를 들쳐 업고 밖으로 나갔고 나는 핸드백을 챙겨 그 뒤를 따랐다. 밖은 여전히 후텁지근했다. 몇 골목 선너에서 고함인지 울음인지 모를 쇳소리 한 자락이 휘리릭 솟구쳤다가 스러졌을 뿐 거리는 무섭도록 고요했다. 박과 나는 건물 앞 사거리에 잠시 망연히 서 있다가 골목 안쪽에 붉은빛 네온 간판으로 반짝거리고 있는 여관을 향해 걷기 시작했다. 그때 불현듯 휴대 전화가 생각났다. 아무도 그것을 갖고 있지 않았다. 어디쯤에서 잃어버렸는지도 생각나지 않았다.

우리가 거의 여관 앞에 이르렀을 때 푸쉬쉭 네온 간판의 불이 꺼졌다. 푸쉬쉭! 나는 정말 그런 소리를 들은 듯했다. 우리는 다른 여관을 찾기 위해 지나온 길로 돌아섰다.

포장마차

새벽 두시에, 낯선 뒷거리의 쓸쓸한 어둠 속에서, 빠듯한 택시비를 셈하며 망설이다가 불쑥 포장마차로 들어서는 일은, 그 자체로는 아직 달콤하지도 초라하지도 않다.

포장 안으로 들어서면 일단 하나는 어긋난다. 처음 생각보다 귀가가 늦어질 것이다. 하지만 어쩔 수 없다. 포장 앞에서 머뭇거리고 있을 때 당신은 이미 다른 빛깔의 생을 보고 말았으니까, 다른 꿈을 꾸어 버리고 말았으니까. 그냥 돌아서서 여느 때처럼 택시 뒷좌석 시트에 파묻혀 졸다 말다 집에 도착하고 나면 지나쳐 온 포장마차가 작은 회한으로 남는 것이다.

하기야 택시에 오르는 순간 다 잊을 수도 있다. 그래서 내일 아침엔 포장마차의 희읍한 불빛 따위야 기억도 안 나겠지만, 역시 모르는 것이다, 당신은 꼭 거기에 들어갔어야 했는지도. 그 주황색 포장 안에서 무슨 일이 생길지 누가 아는가. 오래전에 어처구니없는 오해로 헤어져 숱한 날들을 가슴 쥐어뜯게 했던, 죽기 전에 꼭 한 번 만나게 되기를 염원하고 있는 그 첫사랑을 만날지, 아니면 행여 이 구질구질한 생을 바꿔 줄 귀인 하나라도 만날지.

혹은…… 아마 필경은, 들어갈 때보다 더 취한 것 말고는 무엇 하나 달라지지 않은 상태로 포장마차를 나와서는 허정허정 굼뜬 동작으로 심야 버스 정류장으로나 걸어가게 될 것이다. 아까 그냥 갔어야 되는데, 하는 익숙한 후회를 하면서. 그렇지, 생기긴 포장마차 안에서 뭔 일이 생기겠는가. 혈혈단신의 억대 갑부 노인이 자기와 마지막으로 소주 한잔 마셔 줄 사람을 간절히 기다리면서 바로 그 사람에게 재산 전부를 남겨 줄 그런 작정이라도 하고 앉아 있을 것 같은가. 이 세계에서 그런 일은 결코 일어나지 않는다.

그런데도 당신은 포장마차에 들어가고 만다.

물론 당신은 갑부 노인을 기대하는 건 아니다. 그냥 술 한잔 더 하고 싶은 것뿐이다. 밤바람이 차갑고, 포장 밖으로 새어 나오는 꼼장어 냄새가 문득 허기를 자극하고, 1차 술자리에서 자기 말만 늘어놓다가 휭허케 먼저 가버린 친구도 원망스럽고, 그냥 술 한잔만 딱 더 하고 싶은 것이다. 어쩌랴, 그러면 들어가야지.

대신, 정말이지 아무것도 기대하지 말기를. 포장마차에서는 결코 특별한 일이 생기지 않는다. 갑부 노인도, 귀인도, 첫사랑도, 은퇴하여 숨어 지내는 고독한 혁명가 따위도 거기엔 없다.

하기야…… 아직은 모른다. 그런 건 아무도 모르는 것이다.

그는 먼저 손목시계를 내려다보았다. 두시구나, 하고 그는 안개처럼 중얼거렸다. 그리고 잠깐 생각해 보았다. 10년 전 새벽 두시에 나는 뭐 하고 있었을까? 물론 기억나지 않는다. 10년 후 새벽 두시에는? 그때는 적어도 10년 전이나 10년 후 따위는 떠올리지 않고 있으면 좋겠다, 하고 그는 생각한다.

그가 포장 안으로 들어서자 이쪽 손님 자리의 작은 스토브를 껴안다시피 하며 쪼그려 앉아 있던 청년이 얼른 일어났다. 밖이 많이 춥죠? 청년은 목례를 보내면서 좌판 건너편의 주인 자리로 돌아갔다. 그러고는 뜨거운 김이 오르고 있는 어묵 국물통을 휘휘 젓기 시작했다. 곧 생파와 김 부스러기와 고춧가루를 뿌린 어묵 국물 한 대접이 건너왔다.

그가 포장 안쪽에 검은 매직펜으로 쓰인 안주 메뉴를 훑고 있으려니 청년이 다소 미안해하는 표정으로 말끝을 흐린다.

「어쩌죠, 안줏감이 별로 안 남아서…….」

「장사가 잘됐나 보지요?」

유리판으로 덮어 놓은 냉장 안주통에는 닭똥집, 주꾸미, 대합, 오돌뼈 등이 1인분 겨우 될 만큼 약간씩만 남아 있었다.

그는 별 의미 없이 고개를 주억거리고는 스토브 쪽으로 좀더 다가앉았다. 별로요, 하고 청년이 그제야 뒤늦게 대답해 왔다. 주인 청년은 그에게 안주 고르는 시간을 충분히 주겠다는 듯 의자에 털썩 앉아 담배 한 대를 꺼내 물고 있었다. 안주통을 들여다보는 순간 그는 닭똥집으로 이미 마음을 정한 상태였지만 손님의 마음을 배려하는 기특한 청년에게 담배 피울 시간을 주기 위하여 어묵 국물만 천천히 몇 모금을 떠먹었다.

술부터 드릴까요? 하고 얼마 후에 청년이 물어 왔다. 청년은 아직 담배를 물고 있었다. 배려인가, 재촉인가? 어느 쪽이든 이제는 그만 안주를 시켜도 되겠다고 그는 생각했다.

「닭똥집 주세요. 술은 곰바우로 하고.」

그의 말이 떨어지자마자 청년은 담배를 바닥에 비벼 끄고는 부리나케 움직이기 시작했다.

그는 스토브 쪽으로 손을 뻗으며 물끄러미 청년을 바라보았다. 안주를 만들고 있는 청년의 동작이 매우 익숙했다. 포장마차를 오래 해서라기보다는, 어쩐지 요리사 출신일 거라는 느낌이 드는 그런 익숙함이다. 포장마차 장사는 초짜로 보였다. 역시 느낌이었다. 청년의 동작 어딘가에, 말투 어딘가에, 포장에 매직펜으로 큼직하게 쓰인 메뉴 글씨들 어딘가에, 갓 개업한 이의 신선한 열정이 배어 있었다.

나이는 서른 정도. 180센티 가까운 키에 건장한 체격. 미혼일 듯하고, 아니면 결혼식은 안 올린 어린 동거녀가 있을 듯하고, 가벼운 폭력 전과 하나쯤 있을 듯하고, 고등학교 중퇴에, 우울한 유년기에, 바람둥이 아버지에, 두어 명 의리 있는 친구에, 과묵하면서 우직한 성격에, 정이 많아 상처도 많고, 이제는 사람을 쉽게 믿지 않지만 여전히 남의 부탁을 잘 거절하지는 못한다. 본성은 어쩔 수 없으니까. 괜찮은 놈이다!

그는 그런 생각을 하고 있었다. 그러면서 물끄러미 청년을 바라보고 있었다. 이 정도면 친구 할 만하다. 나보다 네댓 살은 아래일 테니 아우로 사귀면 되겠지. 이 너절하고 교활한 세상에 이 정도면 착한 인간이다. 괜찮은 놈이다. 그런 생각을 하고 있었다.

곰바우를 두 잔 마시고 났을 때 안주가 왔다. 6천 원짜리 닭똥집 볶음이 참 정성스럽기도 했다. 양파에, 고추에, 당근에, 버섯에, 당면까지, 퍽이나 풍성하게 섞은 닭똥집 볶음이었다.

이놈 정말 마음에 든다! 구태의연하게 장사하지 않는구나. 봐라, 이 닭똥집에는 오기가 있다. 묵묵한 자존심이 있다. 자기 생을 허술히 방치해 놓는 무기력한 놈이 아닌 것이다. 그래, 한번 사귀어 봐야겠다.

안주가 맛있네요, 하면서 그는 마음으로부터의 미소를 띠어 보냈다. 적당히 분위기 만들어지고 나면 소주 한잔 권하자, 하는 생각을 하고 있었다. 고맙습니다, 하고 청년이 머쓱하니 웃었다. 요리에 정성이 들어 있어요, 하고 그는 덧붙였다. 그리고 슬쩍 물었다.

「몇 시까지 합니까?」

「손님 있을 때까지요.」

청년은 대답할 때마다 꼭 고개를 들어 그를 바라보았다.

좋아, 하고 그는 입속으로 중얼거렸다. 상대방의 얼굴을 보며 말한다는 것, 그건 사소하지만 매우 중요한 일이다. 영악한 자들은 상대를 바라보는 일 하나에도 치밀한 계산을 한다. 자신에게 유리할지 불리할지를 말이다. 아예 못 들은 척하는 것으로 무언가를 노리기도 한다. 아, 죄송합니다. 방금 뭐라고 하셨죠? 화들짝 놀라는 척하지만 속으론 머리를 팽팽 굴린다. 그렇게 나가면 상대가 위축된다는 걸, 자기가 대화의 기선을 잡게 된다는 걸 영악한 자들은 아는 것이다. 개자식들.

그는 닭똥집 한 점을 입으로 가져가며 청년에게 물었다.

「먹고 살기 힘들죠?」

「그렇지요, 뭐…….」

그는 곧 후회한다. 먹고 살기 힘들죠? 그건 너무 진부한 물음이 아닌가. 누구나 말할 수 있는, 상대의 삶에 일말의 관심도 없으면서 그냥 툭 던질 수 있는, 의례적인, 술 취한 손님의 전형적인, 주인을 귀찮게나 만드는 시시한 객담이다. 청년의 표정이 시들해진 것이 그 증거다.

그래, 이런 장사 하노라면 온갖 다양한 손님을 겪겠지. 껄렁한 손님도 꽤나 많겠지. 자기도 왕년엔 잘 나갔다고 허풍 떠는 사람, 뜬금없이 여자 마음을 사로잡는 법 따위를 가르치려 드는 사람, 안주가 물이 갔다며 트집 잡는 사람, 주인은 관심도 없는 정치판이나 증권가 이야기에 열을 올리며 자꾸 자기 견해에

동조하기를 강요해 오는 사람, 별사람이 다 있을 것이다. 늦은 시간에 혼자 오는 사람이 특히 더하겠지. 전작에 이미 취해 있는 데다가 말동무 없어 심심할 테니 주인을 상대로 같잖은 이야기깨나 늘어놓을 것이다.

청년이야 물론 장사하는 입장이니 그 객쩍은 소리들을 공손히 받아 주겠지. 하지만 속으론 따분하고 짜증이 날 것이다. 술 안 팔아 주어도 좋으니 그만 갔으면 좋겠다, 아마 그런 마음 생기는 손님도 있을 터이다. 그래, 조심하자. 처음부터 시시한 손님으로 보이지 말자. 청년 쪽에서도 나와 가까워지고 싶은 마음이 들게끔 처신을 진중하고 기품 있게 가지도록 하자.

그런데 가만, 조심이라니? 웬 조심까지 해야 된단 말인가. 낯선 사람끼리 가까워지려면, 정말 친구가 되려면, 사실은 꿰뚫는 게 있어야 한다. 고수가 고수를 알아보듯 첫눈에 서로 척 알아봐야 하는 것이다. 말없이 통해야 하는 것이다. 이 친구는 날 어떻게 보고 있을까?

포장이 들쳐지면서 찬바람이 쌩하고 밀려들었다. 젊은 여자 둘이 들어서고 있었다. 하나는 스물네다섯, 다른 하나는 그보다는 좀 많아 보인다. 둘 다 검은색의 긴 털 외투를 걸치고 있는데 나이 어려 보이는 쪽 여자의 외투가 좀 더 비싸 보였다.

여자들은 자리에 앉자마자 주인 쪽은 보지도 않고 밖에서부터 나누고 있었던 듯한 대화를 계속하기 시작했다. 때문에 청년은 주문을 받기 위해 같은 말을 세 번씩이나 반복해 물어야 했다. 아무거나 줘요. 여자들은 고개도 돌리지 않고 매번 그렇게만 대답했고, 청년은 그때마다 곤혹스러워했다. '아무거나'라는 말을 속 편하게 받아들이는 주인은 별로 없는 것이다. 그럼 이거로 할까요? 하고 청년은 여자들의 몫인 선택의 고민을 대신 맡아 가지고는 고심 끝에 술 이름과 안주 이름 하나씩을 제시해야 했고, 여자들은 스스로 '아무거나'라고 말해 놓고도 막상 청년이 제시하는 목록에 대해서는 '딴건 없어요'라며 매번 퇴짜를 놓았다. 몇 차례 그런 성가신 물음이 오간 후에야 청년은 가까스로 막소주 한 병과 주꾸미 데침 주문을 성사시킬 수가 있었다.

청년이 끼어들지 않자 여자들은 본격적으로 자기들의 이야기에 빠져 들어갔다. 처음부터 직접 주문했다면 더 빨리 시작되었을 대화였다.

「말해 봐. 답답하게 하지 말고 속 시원히 말 좀 해보라구. 말을 해야 오해를 풀 거 아니야.」

나이 많아 보이는 여자가 먼저 말을 꺼냈다. 자기 말처럼 무척이나 답답해하는 표정이었다.

「오해라구? 세상에, 오해라구?」

나이 적은 쪽 여자가 그렇게 받았다.

「글쎄, 오핸지 뭔지 말을 해야 알 것 아니야. 말을 해. 대체 왜 화가 난 거야?」

「꼭 내 입으로 말해야 돼? 내가 왜 화가 났는지 언닌 정말 모르는 거야?」

「모르니까 물어보지. 탁 터놓고 얘길 해. 도대체 무슨 까닭인
지 알아야 사과를 하든 해명을 하든 할 거 아니야.」

「그런 걸 일일이 얘기해야 돼? 언니, 나 몰라? 나 그렇게 속
좁은 애 아니야. 공연히 화내는 것 아니라구.」

「알아, 알아. 그러니까 물어보잖아. 무엇 때문에 화난 건지
속 시원히 얘길 해보란 말이야.」

술이 오자 잠시 대화가 중단됐다. 나이 많은 여자가 병마개
를 따자 퐁, 하고 매우 경쾌한 소리가 튀어 올랐다. 여자들은
서로 잔을 채워 주고는 습관적인 동작으로 가볍게 잔을 부딪쳤
다. 그리고 대화를 계속했다.

「내 마음을 그렇게 몰라줄 수가 있어. 나, 언니한테 섭섭해.
정말 섭섭하다구.」

「글쎄, 뭐가 섭섭한지 제발 얘기 좀 해라. 밥인지 똥인지 얘
길 해야 알 것 아니야.」

「밥인지 똥인지? 어떻게 그런 말을 할 수가 있어? 내가 지금
장난하고 있는 줄 알아? 내가 그렇게 실없는 애 같아?」

「누가 장난한데? 얘길 안 하니까 그러잖아. 나도 답답해. 답
답하다구!」

「정말 몰라?」

「몰라! 그러니 제발 말 좀 해. 내가 잘못한 게 있으면 사과할
게. 뭔질 알아야 사과를 하든 말든 할 거 아니니. 제발 말 좀

하라구. 응? 솔직하게 다 말해, 말하라구.」

「언니, 우리가 꼭 구구절절 말해야 되는 사이야? 우리 그런 사이 아니잖아? 언니 정말 내가 왜 화났는지 몰라? 모르냐 구?」

「몰라! 내가 점쟁이냐?」

「점쟁이? 지금 비아냥거리는 거야? 언니, 나한테 그럴 수 있 어?」

「비아냥 아니야. 답답하니까 그러지. 내가 잘못한 거 있으면 사과한다니까. 대체 왜 화가 난 건지 말을 해야 알 것 아니 야. 난 정말 모르겠어. 네가 왜 화난 건지 정말 모르겠다구. 제발 말 좀 해라. 이러이러해서 화가 났다, 이러이러해서 섭 섭했다, 말해!」

「나 치사하게 만들지 마. 언니가 곰곰이 생각해 보면 알 거 야. 나 그런 말까지 내 입으로 일일이 말하고 싶지 않아.」

「치사하긴 또 뭐가 치사해? 화난 것 있으면 그냥 말하면 되 잖아. 내가 사과하겠다잖아. 제발, 제발, 말 좀 해. 제발!」

여자들은 상대의 잔에 다시 술을 따르고 있었다. 이어서 아 까처럼 잔을 부딪쳤고, 막 나온 주꾸미 안주를 초장에 찍어 한 점씩 입에 넣었다. 술을 마실 땐 꼭 잔을 부딪쳐야 하고 안주도 하나씩 집어 먹어야 한다는 게 여자들의 철칙인 듯했다. 잔을 비우자마자 여자들은 곧 끊겼던 대화를 다시 시작했다. 정말 몰라? 나이 적은 쪽 여자가 말하고 있었다.

그는 아까부터 포장 안쪽에 쓰인 차림표를 바라보고 있었다. '멍개'를 올려다보고 있었다. '멍게' 아닌가? 입속으로 몇 차례 발음해 보았지만 자신이 이제껏 어떻게 발음해 왔는지 잘 알 수가 없었다. 손가락으로 직접 글씨를 써보았다. 그래도 역시 특별히 익숙하게 다가오는 글자는 없었다. 멍게라는 글씨를 직접 써본 적이 없는 것이다. 어원을 생각해 보았지만 그것도 알 수 없었다. 해삼은 예컨대 바다의 삼이라는 뜻이다. 그런데 멍게는? '조개' 할 때의 개 자가 붙은 걸까, '꽃게' 할 때의 게 자가 붙은 걸까? 멍게는 조개나 꽃게 어느 것과도 닮아 보이지 않았다.

주인도 글자를 쓸 때에 조금 고민을 했을지 그는 궁금했다. 모르긴 몰라도 청년도 멍게라는 글자는 생애 처음으로 써보았을 것 같았다. '쭈꾸미'라는 글자도 역시 처음 써봤을 것이다. '쭈꾸미'는 맞는 것 같다. 그런데 '멍개'는? 청년은 자기가 쓴 글자에 확신을 갖고 있을까? 조용해지면 한번 물어보자, 하고 그는 일단 멍게에 대한 생각을 끊었다.

청년은 휴지로 프라이팬의 기름을 닦아 내고 있었다. 나무 주걱으로 먼저 프라이팬에 붙어 있는 찌꺼기를 긁고 물로 한 번 씻은 다음, 두루마리 휴지를 뭉쳐 프라이팬 안쪽을 꼼꼼히 닦아 냈다. 청년과 그의 눈이 잠깐 마주쳤다. 씨익, 그는 한 번 웃어 주려 했는데 청년의 고개가 먼저 내려가고 말았다. 그는 공연히 민망했다. 어쩐지 청년을 계속 바라다볼 수가 없었다. 그는 소주잔으로 시선을 내렸다. 청년이 그 순간 흘끗 자기를 바라보았을 거라고 그는 생각했다. 확신할 수는 없었다. 어쨌거나 다시 청년을 올려다볼 수는 없게 되었다.

친구는 잘 갔을까, 하고 그는 생각을 돌렸다. 친구? 나쁜 자식, 자기 어려울 때 내가 얼마나 많이 도와줬는데 나를 그렇게 대한단 말인가……. 그는 눈을 질끈 감았다.

물론 대단한 도움은 아니었다. 밥 사주고, 술 사주고, 몇 번 무이자로 돈 빌려 준 정도이다. 하지만 그건 그가 할 수 있는 최선이었다. 만날 때마다 밥 사주고 술 사주느라 그의 용돈은 늘 간댕거렸고, 카드로 현금 서비스 받아 빌려 줘놓고는 그거 막느라 혼자 애면글면했다. 그는 최선을 다한 것이다. 친구니까. 친구 사이엔 그러는 거니까.

오줌이 마려웠다. 자리에서 일어나면서 그는 잠깐 생각했다. 일행도 없으니 화장실 간다며 나갔다가 그냥 도망가 버리면 오늘 술값은 공짜다. 물론 자신이야 그런 치사한 인간이 아니지만, 주인은 당연히 그런 염려를 할 수가 있다. 그러니, 이런 경우엔 현재까지의 술값에 준할 만한 금액을 건네고 나가야 한다. 일종의 공탁금이다. 아마 그게 예의일 것이다. 하지만 그는, 그냥 나가기로 마음을 먹는다.

「화장실 따로 없지요? 소변이 마려워서…….」

나가면서 청년의 표정을 살폈다. 덤덤하다. 그는 약간 실망했다. 일말의 조바심이 깔린 표정을 그는 기다렸던 것이다. 도망가 버리는 게 아닐까 걱정하면서, 그러나 차마 대놓고 공탁금을 걸라고 말하지는 못하는, 그런 난감해하는 표정을.

그러면 그는 아무것도 모르는 척 당당하게 밖으로 나가서는, 그렇게 주인의 조바심을 증폭시켜 놓고서는, 일 보고 난 후에 천사처럼 되돌아온다. 청년의 표정이 밝아진다. 나 그런 놈 아니야, 알겠지? 속으로 말하면서 그는 흐뭇해진다. 이를테면 그런 생각을 했던 것이다. 그래서 그는 약간 실망했다. 청년의 표정에는 어떤 조바심도 없었다.

포장 밖으로 나와 몇 걸음 걷자 한순간 술기운이 머리끝까지 올라왔다. 어지러워서 그는 눈을 부릅뜨며 잠시 가만히 서 있었다. 보이지 않는 저쪽 큰길에서 빠르게 달려가는 자동차 소리가 들렸다. 트럭인 듯했다. 육중한 덜컹거림과 무언가 심하게 마찰하는 소리가 섞여 있었다. 두어 블록 건너의 골목 어디에선가는 누군가 큰 소리로 웃고 있었다. 어쩐지 작위적이라는 느낌이 드는 공허하고도 날카로운 웃음소리였다.

어지러움이 약간 가라앉았을 때 그는 입구에 전신주가 서 있는 옆 골목으로 걸어 들어갔다. 외등도 없어 그곳은 더 어두웠다. 대충 아무 데서나 바지를 내릴 수도 있었지만 그는 적막히 따라붙는 자기 발걸음 소리가 마음에 들어 계속 안쪽으로 들어갔다. 걸으면서 그는, 아름다운 밤이에요, 하고 중얼거렸다. 그저 문득 떠올랐을 뿐인데, 오래전 연말의 어느 화려한 시상식에서 상을 받은 어느 여배우가 한 말이었다. 그는 여배우의 교태 가득한 목소리와 표정을 최대한 흉내 내면서 아름다운 밤이에요, 하고 다시 말해 보았다. 그러고는 누군가 훔쳐보는 건 아 닐까 하는 생각에 조심스럽게 주위를 살폈다. 골목엔 아무도 없었다. 그는 잠시 서 있다가 몸을 돌렸다.

그가 으슥한 담장을 찾아 오줌 한 줄기를 기세 좋게 뿌리고 돌아왔을 때, 포장마차엔 다시 청년 혼자만 남아 있었다. 청년 은 주섬주섬 여자들이 남기고 간 안주 그릇과 술잔들을 치우고 있었다. 청년과 다시 눈이 마주쳤다. 그는 기회를 놓치지 않고 잽싸게 씩 웃어 주었다. 이번엔 청년도 엷게 미소를 지었다. 그 는 기분이 좋았다.

멍게가…… 하고 말을 꺼내다가 그는 입을 닫았다. 멍게 따 위를 어떻게 쓰든 무슨 상관이랴. 그런 건 아무래도 좋은 것이 다. 이제 좀 진지한 이야기로 들어가도록 하자. 가슴 밑바닥의 이야기, 혼자 견뎌 내는 이야기, 아무한테나 툭 털어놓게 되지 않는, 친구에게만 할 수 있는, 서로의 생을 묵묵히 인정할 수 있 을 때만 말할 수 있는 그런 이야기.

청년이 그릇을 다 씻기를 기다리며 그는 조용히 앉아 있었 다. 술병이 비었지만 그는 조금 기다리기로 했다. 청년이 설거 지를 끝내고 나면 그때 한 병을 더 시키며 자연스레 말을 건넬 작정이었다. 번거롭게 만드는 손님이 되고 싶지 않았다.

그는 다시 친구 생각을 했다. 녀석과 만난 것이 너무 후회되 었다. 사실 처음엔 녀석을 찾아갈 생각이 없었다. 녀석에게 도 움을 준 적이 있으므로 그는 오히려 녀석에게만은 어떤 부탁도

하고 싶지 않았다. 이젠 나를 도와줄 차례다, 그런 식이 되고 싶지 않았다. 그렇게 되면 자신이 녀석을 도왔던 그 마음의 정성이, 물론 대단한 건 아니었지만, 어쩐지 그 도움의 의미가 훼손될 것만 같았다. 도와준 일은 그것으로 끝내는 게 좋다.

녀석을 도와준 적이 없다면 그는 당연히 녀석을 가장 먼저 찾아갔을 것이다. 녀석은 그의 가장 친한 친구였으니까. 하지만 녀석을 도와준 적이 있으므로, 녀석이 자기에게 의존해 올 때 기꺼이 받아 주었으므로, 자신이 어려워진 지금은 오히려 녀석에게 기대고 싶지 않았다. 그래선 안 될 것 같았다. 흔연한 마음에 앞서 상대는 모종의 부담을 갖게 되는 것이다.

때문에 녀석에게 도움을 청할 생각은 처음부터 아예 하지 않았다. 별로 가깝지 않은 다른 친구들만 찾아다녔다. 다른 친구들로부터 기대한 도움을 받지 못하면서도 그는 초조하지 않았다. 정 안 되면 녀석에게 가면 되니까, 마지막 희망이 있으니까, 그는 초조해할 필요가 없었다. 그러다가 오늘 만났다. 모든 방편이 막혀서 할 수 없이 녀석을 찾아갔다.

자식, 진작 나한테부터 왔어야지. 섭섭하다, 임마! 그렇게 나오면, 하하 미안하다, 그렇게 됐어, 하면서 아주 기분 좋게 술을 나누리라 생각했었다. 그런데…… 나쁜 자식, 아아, 나쁜 자식!

그는 주머니에서 휴대 전화를 꺼냈다. 녀석에게 전화를 걸어 무슨 말이든 한마디하지 않으면 견딜 수 없을 것 같았다. 하지만 그는 곧 휴대 전화를 주머니에 집어넣었다. 부질없는 일이었다. 녀석에게 자기라는 존재는 손해를 감수할 만한 대상은 아니었던 것이다. 그뿐이다. 녀석은 아마 남들에 비해 특별히 뻔뻔한 인간도 특별히 이기적인 인간도 아닐 것이다. 자기가 녀석에게 그만한 대상이 못 되었던 것뿐이다. 그는 그렇게 생각하려고 했다.

하지만, 하지만…… 다음 순간 그는 참을 수 없이 무서워져서 이를 악물고 말았다. 어떻게 이 나이 먹도록 자신이 친구에게 고작 그 정도로 취급되고 있다는 것도 모른 체 살아올 수 있었을까, 대체 나의 무엇이 잘못되었던 것일까, 그는 가슴이 꽉 막혀 숨도 제대로 쉴 수 없었다. 정말 무서웠고, 발밑이 꺼져 아득한 어둠 속으로 추락하는 느낌이었다. 그는 고개를 세차게 흔들어 친구의 영상을 털어 버렸다.

설거지를 끝낸 청년이 새 담배를 피워 물고 있었다. 그는 갑자기 담배가 피우고 싶어졌다. 술은 제법 하지만 어쩌다 보니 이제껏 담배는 배우지 않았다. 대학에 갓 들어갔을 때 금기로부터 벗어난 걸 자축하느라 뻐끔담배 몇 번 피워 본 것이 전부였다.

「담배 한 대 빌릴까요?」

「아, 예, 여기 있습니다.」

매우 공손히 청년이 담배 한 개비를 뽑아 두 손으로 건넸다.

「불도 좀…….」

「아, 예.」

볼수록 괜찮다. 덩치가 저만하고 얼굴도 결코 곱상한 편이 아닌데 속에는 순정이 있다. 그게 보인다. 이런 놈이 진국인 것이다. 자, 무슨 말을 할까. 어떤 대화가 우리를 하나로 만들어줄까. 경박한 손님으로 안 보이려면, 의례적인 객담이 안 되려면, 무슨 말부터 시작하는 게 좋을까?

이건 아니다, 하고 불현듯 그는 생각한다. 사기를 치려는 것도 아닌데 왜 이리 조심스러워야 한단 말인가. 친구가 되기 위해서는 스스럼없는 무언가가 필요하다. 그는 자기가 너무 이것저것 재고 있는 건 아닌가 생각해 본다. 확실히 그런 것 같았다. 계산으로 시작되는 관계는 어차피 별게 없다. 바로 그런 것들에 질리지 않았던가. 은근한 신경전이 필요 없는 관계, 본질을 알고 있으므로 모든 게 흔연히 받아들여지고 이해되는 관계, 그래야 되는 것이다. 그런데 자신의 이 조심스러움, 이건 아니다. 그는 조금 반성한다.

계산하지 말고 툭, 그냥 이야기를 던지는 거다. 내 안의 슬픔, 갈증, 그리고 오늘 만난 친구에 대한 노여움과 청년에 대한 내 호감을 진솔하게 말하는 것이다. 그러면 청년도 말할 것이다. 불우한 유년기와, 바람둥이 아버지와, 어린 동거녀와, 그리고 정이 많아 상처받은 그 숱한 배신의 기억들을 말이다. 사실 우리는 이미 통했다. 서로 척 알아보았다. 내 눈빛에서 청년은 무언가를 읽었다. 그래, 그게 느껴진다. 그러니 아무것도 조심스러워하지 말자.

「소주 하나만 더 주실래요?」

일단 그는 술부터 추가시켰다. 고즈넉이 한잔 나누는 거다. 그런데 그때 청년이 말했다.

「이제 그만 하시죠? 꽤 드신 것 같아요.」

역시 허랑한 장사꾼이 아니다. 돈만 밝히는 사람이 아니다. 그는 흐뭇했다. 자, 이제 슬슬 가슴속 이야기로 들어가자고 그는 생각했다.

그런데 잠깐, 청년의 말처럼 내가 혹시 너무 취한 건 아닐까? 나 하나도 안 취했으니 걱정 말라면서 같이 술이나 한잔 나누자고 하면 청년은 나를 흔해 빠진 주정뱅이로 보는 건 아닐까? 그래선 안 되지. 객기나 부리는 손님으로 보이면 안 되지.

그는 우선 자신이 술 취해 있는가를 점검해 보았다. 냉철히 생각해 보았다. 자신에게 묻는 거니까. 생각해 보니, 조금 취한 것 같았다. 당연하다. 친구와(나쁜 자식!) 소주 세 병을 나눠 마셨고, 여기에 들어와 또 한 병을 마셨다. 게다가 오늘은 저녁 식사도 하지 않았다. 분명 취해 있을 것이다.

캑, 캑. 그는 밭은기침을 토해 내며 가슴을 움켜쥐었다. 담배 연기가 기도로 들어가 숨을 쉴 수 없었다. 청년이 얼른 물 한 대접을 건네주었다. 눈물, 콧물을 흘리며 한바탕 기침을 계속한 후에야 그는 겨우 정신을 차릴 수가 있었다.

「처음이시군요?」

청년이 다정한 목소리로 말하며 빙긋이 웃고 있었다. 안 되겠다! 하고 순간 그는 생각했다. 갑자기 모든 게 자신 없어졌다.

오늘은 일단 돌아가자. 모처럼 쓸 만한 친구를 얻게 되었는데 무리하지 말자. 첫눈에 척 알아보았지만, 청년에겐 아직 어떤 조심스러움이 있을지도 모른다. 껄렁한 손님을 숱하게 겪으며 생겨난 일말의 조심스러움. 그래, 술도 취했고 하니 오늘은 이쯤에서 마무리 짓자. 오늘 이렇게 점잖게 돌아가고 나면, 다음에 다시 왔을 땐 정말 확 통하게 되는 것이다. 청년은 일말의 조심스러움을 시원히 걷어 내리라.

「허허, 조금 취했지요?」

「예, 그만 드시는 게 좋겠어요.」

「허허, 그래요. 얼마지요?」

그는 계산을 하고 밖으로 나왔다. 몹시 추워서 저절로 종종걸음이 되었다. 그는 큰길로 꺾어지는 모퉁이를 돌아서기 전에 포장마차를 한 번 돌아보았다. 누군가 포장마차로 들어가는 게 보였다. 여자인 듯했다. 그는 길게 한숨을 내쉬고는 몸을 돌렸다.

자동차 한 대가 쌩하니 지나갔다. 그는 반사적으로 시계를 보았다. 어느덧 네시가 가까워져 있었다. 심야 버스가 끊겼을 거라는 생각에 그는 잠깐 암담했다. 이젠 택시비도 없다. 지하철 운행이 시작되려면 아직 한 시간은 더 기다려야 된다. 이럴 줄 알았으면 포장마차에서 좀 더 있을걸 하는 후회가 들었지만 다 지난 일이었다. 어쨌거나 심야 버스 정류장으로 가보는 수밖에는 없었다. 추워서 더 이상 가만히 서 있을 수도 없었다.

허적허적, 빠르지도 늦지도 않은 걸음걸이로 그는 큰길 위쪽으로 비틀거리며 걸어가기 시작했다.

10분쯤 후에 포장마차의 불이 꺼졌다.

주인 청년은 마중 나온 어린 동거녀와 함께 포장 밖으로 나와 오른쪽 입구의 지퍼를 드르륵 내려 포장을 잠갔다. 그리고 왼쪽으로 걸어가 그쪽의 입구도 드르륵 내려 버렸다. 청년의 뒤에 서 있던 어린 동거녀가 어깨를 옹송그리며 말했다.

아유, 추워.

그러기에 나오지 말랬잖아!

어차피 잠도 안 오는 걸, 뭐. 좋으면서 괜히 그래.

좋기는 개똥이 좋냐.

쳇, 그래, 바람 피울까 걱정돼서 그런다, 왜? 바람둥이 피가 어디 가겠어.

이게, 너 우리 아버지 얘기는 절대 하지 말라 그랬지?

알았어. 그나저나 오늘은 왜 이렇게 늦었어?

어떤 씨발놈이 술 한 병 시켜 놓고 계속 죽치잖아.

막차로 진상이 걸렸구나?

글쎄 말이야. 어이구, 날씨 한번 빌어먹게 춥네. 빨리 들어가자.

청년은 손에 들고 있던 가는 밧줄을 포장 아래쪽의 한 귀퉁이에 걸었다. 그러고는 포장을 에워싸기 위해 좌에서 우로 포장마차를 돌기 시작했다. 청년의 뒤를 어린 동거녀가 종종걸음으로 따라 돌았다. 매운 바람이 후두두 주황색 포장을 흔들어대고 있었다.

청년이 밧줄을 걸며 포장 한 귀퉁이를 돌아설 때마다, 그는 얼른 다음 귀퉁이로 빠지면서 몸을 숨겼다. 그는 얼마 전에 다시 포장마차로 돌아와 있었다. 심야 버스도 끊기고 날씨는 너무 추워 청년에게 택시비를 좀 빌릴 생각이었다. 그게 아니라면 지하철이 운행될 때까지만이라도 포장마차 안에서 기다릴 생각이었다. 그런데 그가 포장마차 앞에 도착하자마자 불이 꺼졌다. 곧이어 청년과 어린 동거녀가 밖으로 나왔고, 드르륵 지퍼 내리는 소리와 함께 여자의 목소리가 들렸다. 아유, 추워.

뚜걱뚜걱, 청년은 빠르고 둔탁한 걸음으로 포장마차를 돌았다. 청년보다 한 발짝 앞서, 그리고 발소리가 들리지 않도록 다음 귀퉁이로 먼저 돌아서기 위해 그는 필사적으로 애를 쓰고 있었다. 바람이 매서웠지만 등에선 식은땀이 흘렀다. 들키면 안 돼! 그 생각뿐이었다.

청년이 갑자기 반대편으로 돌기 시작했다. 밧줄을 두 겹으로 감기 위해서였다. 한 발짝 앞서 반대편으로 돌아가 있던 그는 소스라치게 놀랐다. 뒤돌아 설 틈이 없었다. 안 돼! 그는 입속으로 부르짖으며 황급히 옆에 있는 석유통 뒤로 몸을 날렸다. 주차 방지를 위해 누군가 세워 둔 석유통이었다. 취객이 오줌깨나 누었는지 석유 냄새는 나지 않고 지린내만 물씬 풍겼다.

나는 석유통이야, 석유통이라구⋯⋯. 그는 청년이 제발 자기를 알아보지 못하고 지나쳐 가기를 신께 빌었다. 발견되고 만다면 차라리 혀를 깨물겠다고 그는 결심하고 있었지만, 막상 혀를 깨물 수 있을지는 솔직히 자신할 수 없었다. 어쨌거나 발견되지 않기를, 청년과 다시 마주치지 않기를 그는 간절히 기도했다. 내일은 무슨 일이 생겨도 좋으니 지금 저 청년에게 들키지 않게만 해주시기를⋯⋯ 오, 신이여. 청년이 모퉁이를 돌아서고 있었다. 그는 지린내를 참으며 허리를 최대한 구부려 몸을 땅바닥에 깔았다.

　나는 석유통이야, 석유통이라구⋯⋯. 봐, 석유통이지? 그렇지?

돌아눕는 자리

　울지 않으려 했지만 아무래도 눈시울은 뜨거워져 있었으리라. 열차에 오르며 마지막으로 뒤를 돌아다보았을 때, 허름한 역사 지붕과, 푸르스름하게 깔린 이내와, 축축한 저녁 하늘로 산개하여 오르는 참새 몇 마리가 보였다.

　나는 제법 아귀차게 주먹을 말아 쥐었는데, 그건 결의도 뭣도 아닌 그저 제 속의 황량한 심사를 다스리느라 끌어올린 속절없는 비장함에 불과했다. 하기야 마음 한편에는 아릿아릿한 설렘 또한 없지는 않았다. 어쨌거나 해방이었으니까.

　나는 열차에 오르고 나서 한 번 더 뒤를 돌아다보았다. 허름한 역사 지붕과 푸르스름하게 깔린 이내가 있었다. 참새 떼는 이미 보이지 않았다.

　그해 나는 열세 살이었다.

두 사람이 도자기 공장 입구에 들어섰을 때 이미 사위는 짙은 어둠이었다. 추적추적 겨울비가 내리고 있었다. 아직 깊은 밤은 아니었으나 주변에 인가가 없는 탓인지 어둠의 밀도는 깊고 무거웠다.

앞장서 걷던 갑수가 다 왔다는 표정으로 흘낏 돌아보았다. 병호는 말없이 고개를 끄덕거렸다.

트럭이 한 대 지나갈 만한 비탈길을 2분쯤 걸어 오르자 군데군데 돌무더기로 어수선한 널찍한 공터가 나왔다. 공터 오른쪽에는 전면이 자연석으로 장식되어 자못 완강해 보이는 단층 건물이 길쯤하니 누워 있었다. 아직 완성된 건물은 아니었다. 그곳 현관에 배구공만 한 외등이 달려 있었는데 거기에서 나오는 휘연한 불빛으로 해서 주변 분위기는 한층 을씨년스러워 보였다. 공터 왼쪽 약간 높은 곳으로는 20미터 길이의 조립식 건물이 보였다.

갑수는 그 조립식 건물 쪽으로 앞장서 걸었다. 병호는 갑수를 따라 조립식 건물의 열린 문으로 들어섰다. 안에는 30대 중반으로 보이는 사내가 혼자 쪼그리고 앉아 보일러용 온돌 파이프를 설치하고 있었다. 사내는 두 사람이 들어서자 비스듬히 고개만 틀어 올려다보았다.

「어유, 아직까지 일하고 있어요?」

비에 젖은 어깨를 움츠리며 갑수가 말했다.

「심심해서…… 일하러 온다던 그 사람인가?」

조금 무뚝뚝해 보이는 사내의 눈길이 병호의 아래위를 덤덤히 훑고 지나갔다. 병호나 갑수보다 서너 살쯤 위로 보였다.

「네, 서로 인사나 하지요. 여긴 며칠 전에 우연히 만났다던 그 군대 동료고, 이쪽은 장 선생님의 동생인데 여기 관리 책임자라고 할 수 있지.」

갑수가 수럭스럽게 목청을 높이며 양쪽을 소개했다. 사내와 병호는 통성명 없는 가벼운 고갯짓으로 인사를 대신했다. 사내는 곧 자기 일로 돌아갔고, 갑수가 멀뚱히 서 있는 병호의 어깨를 치고는 먼저 문을 향해 돌아섰다.

「저녁은?」

사내가 등 뒤에서 물었다.

「했어요.」

갑수가 돌아보지 않고 대답했다.

갑수는 조립식 건물을 나와 공터 맞은편의 건물로 병호를 데리고 갔다. 당장 작업에 필요한 장소만 위주로 해서 반쯤 지어져 있는 그 건물은 도자기를 만드는 작업장이었다. 병호가 갑수와 함께 지내게 될 방은 건물 뒤쪽에 붙어 있는 살림집 안에 있었다. 방문을 여니 난장판이었다. 한번 깔린 이후로 생전 걷지 않은 듯 여겨지는 이불 말고라도 방 안은 발 디딜 틈 하나 없이 온갖 잡동사니로 어지러웠다.

「히이, 혼자 지내다 보니 이렇게 되더라구.」

갑수가 조금 머쓱해하며 히죽거렸다. 병호는 덤덤하게 웃으며 손바닥으로 갑수의 등을 쳐주었다.

방은 따뜻했다. 갑수가 잠바만 벗어 던지고 먼저 두툼한 이
불 속으로 파고들었을 때 가까운 곳 어디에선가 컹컹 개가 짖
기 시작했다. 병호도 웃옷을 벗어 머리맡에 던져 두고 갑수
를 따라 누웠다. 잠시 후에 병호는 누운 자세에서 상체만 약간
일으켜 형광등 선에 길게 매달린 노끈을 잡아당겼다. 돌멩이
떨어지듯 툭! 삽시간에 시커먼 어둠이 내리깔렸다.

얼마 후 개 짖는 소리가 그쳤고, 그러자 잠깐 밀려나 있던 빗
소리가 신산하게 투닥거리며 성큼 다가섰다.

병호는 꿈을 꾸었다. 산만하게 엇섞여드는 거친 꿈이었다.
꿈꾸었다는 기억뿐, 어느 으슥한 골목을 마구 내달리고 있었다
는 기억뿐, 눈을 떴을 땐 더 이상 아무것도 기억나지 않았다.

병호는 꿈의 여운을 털어 내며 사부자기 일어나 앉았다. 옆
자리의 갑수는 곤히 자고 있었다. 뒷산과 마주 보고 있는 방문
을 열자 쌔애앵 살찬 바람이 밀려 들어왔다. 비는 그쳐 있었다.
병호는 주섬주섬 옷을 걸치고 밖으로 나갔다. 희미한 새벽빛
속에 드러난 공터는 밤에 바라보던 때보다 더욱 썰렁했다. 병
호는 몇 걸음 걸어 아무 곳에나 오줌을 갈기고 나서 방으로 돌
아왔다.

막 문을 닫고 앉자 기다렸다는 듯 다시 비가 내렸다. 병호는
비스듬히 벽에 기대어 토방에 떨어지는 빗소리에 귀를 맞추다
가 담배 한 개비를 꺼내 물었다. 심하게 그르렁거리는 갑수의

218

콧소리가 제법 호젓한 가락이 되어 밖의 빗소리에 섞여들고 있었다. 병호는 곧 담배를 끄고 다시 몸을 눕혔다.

얼추 아침이 되어 오는 시각이어서 눈만 감고 있으려던 병호는 자기도 모르게 깜박 잠이 들었다. 병호가 다시 눈을 떴을 때 갑수는 이미 세수까지 마치고는 문턱에 걸터앉아 머리를 빗고 있었다. 병호의 기척에 힐끗 돌아다본 갑수가 농기를 담아 한마디를 던졌다.

「업자 생활 오래됐다더니 잠이 많구먼.」

병호는 이불 속에서 빠져나와 갑수가 건네주는 작업용 면장갑 두 켤레를 받아 들었다. 갑수가 공연히 히죽 웃었다.

나는 거의 매일 밤, 한 되들이 주전자를 챙겨 들고 막걸리를 받으러 나서야만 했다. 그건 죽기보다 싫은 일이었다. 하지만 고래고래 소리 지르는 어머니 앞에서 내 작은 항변은 무력하기만 했다.

「야, 이 새끼야, 창피하긴 뭐가 창피해!」

하기야 새삼 창피할 것은 없었다. 동네 사람들은 모두 어머니의 고약한 술버릇을 알고 있었다. 사실은 그래서 더 싫었다. 흐물거리며 건너다보는 눈빛들에는 천박한 호기심이 덕지덕지 묻어 있었다.

나는 행여 누가 주전자를 든 내 모습을 볼세라 어두운 골목길을 종종걸음으로 빠져나갔다. 해만 지면 인적이 탁 끊기는 시골이어서 가게까지의 백여 미터 신작로는 무섭도록 괴괴했다. 나는 이빨을 앙다물며 어둠 속에 발을 찍었다. 혹은 귓등으로 배운 군가를 나지막이 흥얼거리기도 했다.

막걸리를 파는 가게 앞에 도착하면 언제나 막막했다. 누르께한 불빛이 흘러나오는 유리창 안을 절망스러운 기분으로 들여다보며 나는 그냥 어디론가 도망쳐 버리고 싶다는 생각만 했다. 그 시간이면 대개 주인은 방에 들어가 보이지 않았다. 오종종한 과자 봉지들도 깊이 잠들어 있는 양 먼지를 뒤집어쓰고 후줄근하게 누워 있었으며 천장에는 그을음 가득한 남포등이 희부연 빛 그림자를 뿌리며 오롯하니 매달려 있었다.

그럴 때 나는 차마 가게 문을 열지 못하여 손에 쥔 주전자만 물끄러미 내려다보았다. 드르륵 미닫이가 열리는 순간 삽시간에 부서져 내릴 적요, 나는 그와 함께 내 몸도 산산이 부서져 버릴 것만 같았다. 부서져 버리면 좋겠다고 생각했다. 손을 놓으면 나뒹구는 주전자 속에서 푸르스름한 연기와 함께 요정이 나타나는, 그런 생각도 했다. 그러면 눈물이 핑 돌았다.

아무리 생각해도 다른 수는 없었다. 결국 문을 밀치고 들어가서 주인을 불러야 했다.

「니네 엄마 또 술 마시냐?」

하품을 하며 쪽마루로 나서는 주인은 매번 그렇게 심드렁한 어조로 듣기 싫은 물음을 건넸다. 어머니가 동네 물장수 아저씨하고 놀아나는 걸 직접 보았노라고 첫 소문 퍼뜨린 것도 그 사내였다. 돌아오는 길에는 꼭 서너 모금씩 막걸리를 마셨다. 그래야 빨리 걸어도 막걸리가 넘치지 않았고, 그래야 밤길이 조금이라도 덜 무서웠다.

어느 날엔가는 술을 받아 오니 이미 어머니가 잠들어 있었다. 밖에서부터 억병으로 취해 들어온 날이었다. 나는 널브러져 있는 어머니 옆에 웅크리고 앉아 막걸리 한 되를 혼자 다 비웠다. 그러고 나자 대범한 마음이 끓어올랐다. 나는 자고 있는 어머니를 마구 흔들기 시작했다.

씨발, 난 집 나갈 거야. 일어나, 일어나 보란 말이야, 씨발.

눈에 핏발을 세운 채 어머니의 머리카락을 움켜쥐고 흔들어 댔다. 하지만 잠시 눈을 뜨는 듯했던 어머니는 게슴츠레한 눈자위만 몇 번 굴리다가 이내 픽 쓰러졌다.

나는 어머니의 가방을 열어 그 속의 물건들을 헤집었다. 온갖 외제 물건들이 다 쏟아져 나왔다. 어머니가 미군 피엑스에서 빼내 장사를 하는 물건들이었다. 화장품, 담배, 통조림, 반 벗은 여체가 실린 잡지 등속이었다. 나는 가슴에 시퍼런 칼날을 세우며 그것들을 모조리 찢고 깨부수었다. 그리고 울었다. 무슨 풀덩이처럼 찐득한 울음이 꾸역꾸역 목을 비집고 올라왔다.

이튿날, 어머니에게 흠씬 두들겨 맞았다. 아마 열두 살 때였을 것이다.

병호는 전날 보았던 장씨와 함께 하루 종일 조립식 건물에서

보일러 설치 작업을 했다. 처음 해보는 일이었으므로 병호는
장씨가 시키는 대로만 따라 했다. 장씨도 전문가는 아닌 듯했
으나 몸으로 때우는 일에는 일정한 손재주와 눈썰미를 갖고 있
는 사내였다. 장씨는 시간 나는 대로 도자기 만드는 일에도 끼
어드는 것 같았다.

조립식 건물은 도자기를 전시하는 데 쓸 장소였다. 그리고
도자기 수강생들에게 이론을 강의하는 곳이기도 했다. 일단 임
시로 사용하고 나중에 정식 건물을 올릴 것이라고 했는데, 임
시라지만 본관이 언제 지어질지 모르므로 족히 몇 년은 쓰게
될 거라고 장씨는 말했다. 그러니 대충 작업해서는 안 된다는,
장씨는 자기 말속에 그런 다짐을 끼워 넣었다. 병호의 서툰 손
놀림을 미더워하지 않는 기색이 역력했다.

장씨는 다른 사람들에게는 곧잘 이런저런 농담을 하면서도
병호에게는 하루 내내 별말이 없었다.

「막일을 많이 해본 것 같지 않은데 어떻게 여기까지 왔수?」

새참 시간에 막걸리를 마시며 단 한마디 그런 관심을 보인
것이 전부였다.

「올 만하니 왔지요.」

병호는 짧게 응대했다. 별 생각 없이 막상 대답해 놓고 보니
꽤나 불퉁스러운 응대였다는 생각이 들었다. 그래서인가, 장씨
는 더 이상 아무것도 묻지 않았다.

점심 시간에는 도자기 공장에서 일하는 사람들과 함께 식사

를 했다. 거기 직원은 남자 셋에 여자 하나였다. 그들은 장 선생의 지시를 받아 가며 애벌구이까지만 만드는 사람들이었다. 남자들은 모두 출퇴근하고 있었지만 20대 초반으로 보이는 여자는 병호네 바로 옆방에서 묵고 있다고 했다. 여자는 벙어리로 생각될 만큼 말수가 적었다.

갑수는 두어 번 읍내로 물건을 사러 다니는 것으로 하루를 때우고 있었다. 어차피 병호와는 달리 봉고차 기사로 와 있는 갑수였으므로 그가 오후에 잠깐 병호의 일을 거들어 준 것도 실은 심심해서 나선 가욋일이었다.

「어째 아직 운전을 안 배웠어? 여차하면 가장 만만하게 써먹을 수 있는 게 운짱 노릇이라구. 앞으로 시간 나는 대로 나한테 운전이나 배워 둬.」

낮잠을 자러 들어가던 갑수가 괜히 미안한 마음이 드는지 실쭉 웃으며 너스레를 풀었다.

「한번 배워 놓으면 평생 운짱에서 못 벗어난다던데.」

「하이고, 벗어나면 뭐 큰일 기다려?」

「하긴…….」

병호는 시금털털하게 긍정하며 고개를 주억거렸다.

하루 일을 끝내고 방에 누웠을 때 병호는 자기 몸이 엉성하게 조립된 기계 뭉치 같다고 느꼈다. 움직일 때마다 삐거덕거리는 소리가 들리는 듯했다. 온몸이 뻑적지근하게 당겼고 손가락 사이에도 작은 물집이 몇 개나 생겼다.

병호는 잠자리에 들기 전에 혼자서 막걸리 몇 잔을 마셨다. 가끔씩 저 아래 국도를 내달리는 차량들 소리가 아슴한 여운을 남기며 멀어져 갔다. 휘리리릭, 그것은 꼭 옛날 야경꾼의 호루라기 소리만 같았다.

물장수 강씨가 어디서 물을 받아 오는지 나는 늘 궁금했다.

이틀에 한 번꼴로 리어카에 드럼통을 싣고 다니며 물을 파는 그 사내는 나보다 네 살 위인 큰딸이 가출하고 나서부터 혼자 살고 있었다. 나와 같은 또래이던 막내아들은 그 몇 해 전에 강에 빠져 죽었다.

밑천 없이 물만 길어다 파는 장사니 금방 부자가 되겠다는 생각이 들었지만 그 사내는 어머니보다 가난했다. 실제 형편이 어떠했는지야 모르지만 리어카에 걸터앉아 쌈지 담배를 말아 피우고 있는 모습엔 발끝에서 머리끝까지 시큼한 궁기가 질펀하게 흘렀다. 강씨는 또 말이 없는 사내였다. 혹시 벙어리는 아니었을까, 정말이지 나는 그 사내의 말을 한 번도 들어 본 기억이 없다. 아무튼 그 말 없음이 주는 인상은 그리 좋은 게 아니었다. 그건 과묵함과는 백 리쯤 떨어진, 그저 음습하고 무거운 분위기로만 다가왔다.

나는 어머니와 그 사내가 붙었다는 게 죽도록 싫었다. 그 사내가 아버지로 들어오는 것은 아닐까 하는 고민으로 가슴을 졸이기도 했다. 그건 두려움이었다. 큰딸이 가출하기 전에 늘 죽일 듯이 매질하던 걸 본 적이 있었기 때문이다. 다행히 그 사내는 아버지가 되지 않았다.

물장수 강씨는 어느 날 갑자기 동네에서 사라졌다. 목을 매고 죽었다는 소문이 무성했지만 상여 나가는 것을 보지 못했으니 사실인지는 알 수 없었다. 강씨의 리어카는 누군가가 집어가 버렸고, 물을 담던 빈 드럼통만 남아 아이들이 굴리고 노는 장난감이 되었다. 나는 한동안 공연히 어머니 눈치를 살펴보았는데, 어머니는 강씨 따위야 죽었는지 살았는지 한 올의 관심도 두지 않았다. 그즈음 어머니에겐 새로운 남자가 생겼다.

비는 사흘째 계속되었다. 비슷한 일들이 이어졌다.

조립식 건물의 보일러 설치와 내장 공사가 끝나자 도자기 공장의 일이 시작되었다. 시멘트를 바르고, 칸막이를 설치하고, 톱질과 못질을 하고, 방을 하나 더 만드는 등의 일이었다. 그 일이 끝나면 축대를 쌓아야 할 것이고, 간이 화장실도 새로 만들어야 할 것이었다. 그처럼 병호가 장씨를 도와 하는 일들이란 군대에서의 사역과 같이 방만하면서 자잘한 일들의 연속이었다.

갑수는 별 흥미 없어하는 병호를 이끌어 몇 차례 봉고차 운전석에 앉혔다. 운전은 생각보다 쉬웠다. 그리고 막상 혼자만의 조작으로 차를 움직여 보니 자전거를 처음 배울 때처럼 짜릿한 기쁨이 있었다. 병호는 점심 시간마다 공터를 몇 바퀴씩 돌았다. 막상 운전석에 앉으면 공터가 턱없이 좁아 보이는 것이어서 어디 한적한 도로를 마음껏 내달리고 싶다는 충동이 일고는 했다.

병호는 도자기 공장 안을 수시로 오가게 되었다. 그때마다 자신도 모르게 여자가 눈에 들어오고는 했다. 무슨 매력을 느껴서는 아니었다. 늘 잔뜩 웅크리고 있는 여자의 자태, 마치 납치되어 한쪽에 처박혀 있는 듯한 불안정한 지세가 눈을 끄는 것이었다. 여자의 자세는 걸어다닐 때도 마찬가지였다. 위태해 보이는 것은 아니었지만 그때는 오히려 너무 경직되어 있었다. 조신하다기보다는 어딘지 도사린다는 느낌이 드는 걸음새였다.

어느 오후, 병호는 여자가 공장 문 앞에 앉아 월간 여성지를 읽고 있는 걸 보았다. 처음에 병호는 그 여자가 잡지에 얼굴을 묻고 울고 있기라도 한 줄 알았다. 알고 보니 근시였다. 그런데 그 모습, 책 속으로 들어갈 듯 깊숙이 얼굴을 파묻고 있던 여자의 자세가 어쩐지 가슴을 쳤다. 병호는 일도 없이 민망했다.

도자기 공장 남자들은 다섯시면 일제히 작업에서 손을 놓았다. 퇴근 시간이 늘 일정하여, 옷을 갈아입은 남자들이 공터를 벗어나 언덕길을 내려갈 때면 그들의 머리 위로 붉은 해가 너울너울 기울었다. 그럴 때면 남자들의 웃음소리가 날아오르는 새 떼처럼 푸드덕 저녁 하늘에 퍼졌다. 병호는 그때마다 잠깐 삽질을 그치고는 우두커니 먼산바라기를 했다.

조금씩 병호의 작업에도 이력이 붙기 시작했다. 아침 추위와 새참 시간의 막걸리에 익숙해졌고, 하루 일이 끝난 매일 저녁 어깨에 쌓이곤 하던 피곤기도 조금씩 엷어져 갔다.

며칠 풀리는 듯했던 날씨는 다시 겨울 한복판으로 들어가 쌩쌩 매서운 바람을 몰고 다녔다.

지 아들하고도 붙을 년이야. 나는 사람들이 어머니를 두고 그렇게 쑥덕거린다는 걸 알고 있었다. 이상하게도 나는 그런 말들에 상처받지 않았다. 그들 이상으로 내가 어머니를 경멸했 던 것이리라. 아니, 경멸은 적절하지 않다. 나는 다만 어머니가 무서웠고 싫었다. 밤마다 그 지악스러운 술주정만 부리지 않는 다면 나는 어머니가 동네 모든 사내들하고 놀아난다 해도 상관 없다는 마음이었다.

아주 가끔 아버지를 떠올렸다. 기억은 아니고 상상이었다. 그렇다고 그리움도 아니었다. 내가 한 살 때 사라졌다는 아버 지를 나는 무색무감의 상상으로 머릿속에 그려 보고는 했다. 감흥이 없고 빛깔도 없었으므로, 내게 아버지란 국어책의 덤덤 한 검은 글자 이상이 아니었다.

「잘난 니 애비가 날 버렸지, 지 혼자 잘난 그놈이…….」

어머니는 술주정 끝에 한 번씩 그런 소리를 토했다. 그러면 서 표독스러운 눈초리로 나를 노려보았다. 그러다가는 또 내 새끼, 내 새끼, 하고 목놓아 울면서 내 볼이며 입술에 그 들큼한 입을 마구 비비댔다. 나는 그럴 때마다 진저리를 치며 어머니를 밀어냈다. 그러면 다시 매질이 시작되었다. 내 책가방과 공책도 마구 찢어발겨졌다. 어머니가 지쳐 곯아떨어질 때까지 나는 온몸을 옹송그리고 사시나무처럼 떨었다.

어느 날 밤에 병호는 읍내로 나갔다. 걸어서 한 시간 가까이 되는 거리였다. 예전에 유흥업소에서 웨이터로 일하던 시절에 버릇 들어 버린 커피 습관 때문이었다. 하루 일을 끝내면 금세 녹아떨어지곤 하던 피로감이 차츰 사라지자 그 무료한 저녁 시간을 커피 생각이 비집고 들어왔다. 그런데 일터에는 커피가 없었고, 장씨도 갑수도 커피 같은 건 신경 쓰지 않았다.

차츰 병호의 읍내 행보는 일상이 되어 버렸다. 매일은 아니었지만 사흘을 넘기지 않고 읍내 다방을 찾게 되었다.

추위 속에서 한 시간이나 걸어야 하는 건 고역이었지만 다방에 들어섰을 때 후끈하게 몸을 데워 주는 실내의 온기가 좋았다. 병호는 아무 생각 없이 혼자 앉아 있고는 했다. 난로 옆자리에 앉아 커피 한 잔을 시켜 놓고 한적한 실내를 쓸어 보고 있노라면 어디 딴 세상에라도 와 있는 듯한 자족감이 들었다. 가끔 막막했다. 그러면 병호는 소파 깊숙이 파묻힌 채로 휑하니 가슴을 질러가는 쓸쓸함을 무력하게 받아 냈다.

다방은 실내 손님보다는 배달이 많았다. 넋 놓고 텔레비전을 올려다보던 아가씨들은 배달 전화가 오면 겁도 없이 미니스커

트 차림만으로 차 보자기를 들고 바람 찬 거리로 나섰다. 배달에서 돌아온 여자들은 들어서자마자 난로로 달려들어 한참 동안 몸을 데웠다. 늦게까지 돌아오지 않는 여자는 티켓에 불려간 여자였다.

병호는 대개 한 시간 정도 앉아 있다 돌아오곤 했다. 어쩌다 가끔 이런저런 생각을 하느라 아주 늦을 때도 있기는 했다. 어느 때는 깜박 잠이 들었다가 문 닫을 시간 되었다며 잡아 흔드는 여자에 의해 깨어나기도 했다. 그런 시간에 혼자 걸어 들어오는 밤길은 귀신이라도 나올 듯 으스스했다.

택시를 탈 수도 있었지만 병호는 언제나 걸어서 돌아왔다. 희미한 달빛 하나에 의지하여 시커먼 밤길을 걷고 있노라면 문득 고향에서의 옛 기억들이 떠올랐다. 열세 살의 나이로 훌쩍 떠나온 고향. 10년, 20년이 지나도 그 기억에는 단 한 올의 그리움도 묻어나지 않았다. 아주 가끔, 무언가 비릿한 감정이 가슴 아래께에 머물기는 했다.

병호는 장씨와 이상하게 가까워지지 않았다. 장씨가 자신에게 엉뚱한 오해를 품고 있는 것이 그 원인이라고 병호는 생각했다.

예컨대 장씨는 병호가 자기를 무시하고 있다고 여기는 것 같았다. 아마도 병호의 데면데면한 말투 때문이었을 것인데, 장씨는 자기 역시 병호를 싫어한다는 걸 보이기라도 하려는 듯 꽤나 무뚝뚝하게 나왔다. 그러는 한편 장씨는 자기가 무슨 도

제 스승이나 되는 것처럼 은근히 권위적인 냄새를 피웠다.

작업이 일찍 끝났던 어느 날 저녁에 갑수도 함께한 세 사람의 술자리가 벌어졌다. 그날 병호는 한번 숙여 주자고 마음을 먹고 장씨의 손재주에 대해 몇 마디 입에 발린 칭찬을 했다. 그리고 자신의 살아온 내력을 조금 풀어놓기도 했다. 터놓고 지내자는 뜻이었다.

하지만 장씨는 시들먹한 반응만 보였다. 오히려 그 얼굴에 가벼운 조소가 번지는 걸 본 병호는 기분이 틀어져 먼저 일어나고 말았다.

「뭐 하러 구질구질한 이야기를 다 해?」

나중에 뒤따라온 갑수가 병호를 나무랐다.

「저 치가 날 좋은 물에서 놀다 온 한량쯤으로 보잖아.」

「그러면 그러려니 봐두면 되지. 저 장씨는 뭔가 그럴듯해 뵈는 사람에게는 한발 물러서는 작자거든. 형 덕분에 겨우 놈팡이나 면하고 있는 주제에 예술가 티는 자기 혼자 다 내고 말이야. 사실 네가 제법 행동거지가 진중하니까 그동안 장씨가 막 부리지 않았던 거라구.」

「어차피 막일하러 온 거지, 꽃놀이 온 거 아니야.」

「그렇다고 일부러 나는 날건달이오, 할 것도 없잖아?」

「일부러 했던 것도 아니야.」

그러잖아도 괜한 푸념이었다고 후회하던 병호는 고부장하니 한마디 던져 놓고는 모로 돌아누웠다.

「그런데, 너 살아온 거 되게 우중충하구나. 그렇게 험했냐?」

갑수가 제법 추연한 목소리로 말했다.

「관둬!」

병호는 이불을 뒤집어썼다.

「망할 세상, 우리 생전에 단 한 번이라도 삐까번쩍 살 날 있을지…….」

갑수는 시큼하게 주절거리며 남은 막걸리를 꿀꺽꿀꺽 들이켰다.

「병호, 임마, 넌 꿈이 뭐냐?」

「꿈 같은 것 없어.」

「아니, 뭐 거창한 포부는 아니라도 뭔가 이렇게 살아 봤으면 하는 게 있을 거 아니야. 아무것도 기다리는 게 없으면 무슨 낙으로 사냐?」

병호는 대답하지 않고 눈을 감았다. 갑수는 다시 소리 내어 막걸리를 들이켜고 나서 말을 이었다.

「난 말이야, 식당 같은 데서 아이들하고 같이 외식하고 있는 부부를 보면 저게 행복이다 싶더라구. 난 그 정도만 살면 좋겠다. 그런 말 있잖아? 여우 같은 마누라에다 토끼 같은 새끼들. 가끔 외식하고 영화 구경이나 할 정도 되면, 그렇게 아기자기하게 사는 거지, 뭐. 한데 지금은 여자는커녕 방 하나 얻을 돈도 없으니 그나마 꿈이지, 젬병. 넌 어때? 말해 봐, 뭐 폼 나는 계획이라도 있어?」

「없어.」

「그럼, 그냥 나 정도야?」

「모르겠어. 잘 거니까 말 붙이지 마.」

병호는 몸을 뒤치며 이불을 좀 더 끌어올렸다. 후두두, 방문에 붙어 있는 비닐 자락이 바람을 맞아 진저리쳤다.

「짜샤, 그렇게 나 몰라라 살면 어떡하냐. 들어 봐라, 사람이란 어쨌거나 꿈이 있어야 돼. 뭔가 욕망이 있어야 되는 기라구. 알겠어?」

「몰라.」

갑수는 혼자서 노래를 흥얼거리기 시작했다. 막걸리 두 통을 혼자서 다 마시며 갑수는 계속 흥얼거렸다. 가끔 뜻 모를 상소리를 지껄이기도 했다. 그러고 나면 노랫소리가 더 커졌다.

한참 후에 형광등이 꺼졌다. 갑수는 뱀처럼 흐물흐물 병호의 옆자리로 파고 들어왔다. 방 안이 컴컴해지니 바람 소리만 유난히 크게 들렸다. 어디선가 들고양이 울음소리도 들린 듯했다.

아아, 어떻게 구질구질했건 내게도 세상이 싱그럽게 보이던 날들은 있었다.

밤늦은 시각, 학교 운동장에서 돌려 주던 애틋한 영화들, 읍내까지 진출하여 몰래 숨어들어 구경하던 서커스, 그것들은 내 초라한 일상을 덮어 주며 나를 아득한 딴 세상으로 이끌고는 했다. 조금만 더 크면, 몇 살만 더 먹어도, 이제 어엿이 한몫하는 사내가 되어 무언가 다른 삶을 펼칠 수 있으리라는, 그런 아련한 기대로 나는 들썽해지곤 했다.

냇가에서의 방개나 가재잡이도, 어느 날이던가 한 뼘은 너끈히 되는 말잠자리 포획도, 군부대의 야영지를 찾아가 건빵을 얻어먹던 기억도, 모두 싱그럽다. 여름엔 아이들과 어울려 논으로 밭으로 벼메뚜기를 잡으러 다녔다. 해동갑으로 몰려다니다가 여러 줄의 가라지 줄기에 촘촘히 벼메뚜기를 꿰어 동무들과 어깨 겯고 집으로 돌아오던 기억도 싱그럽다. 아이들은 킬킬거리며 메뚜기 날개를 뜯어 버렸다. 날개는 튀겨 먹지 않는 것이다.

가끔 혼자 먼 길을 걸어 동네 외곽의 상수도 처리장에 가고는 했다. 10여 미터의 철골 구름다리를 건너면 무슨 등대 같기만 한 긴 원통형의 시멘트 구조물이 강기슭에 박혀 있었다. 그곳엔 아무도 없었다. 주변에도 인가라고는 없었으므로 사방이 적요하기만 했다. 아래쪽 어디선가 모터 돌아가는 소리만 우우웅 들려와 가끔은 음산하다는 느낌이 들기도 했다. 하지만 나는 세상으로부터 차단된 듯한 그곳이 좋았다.

나는 외딴 섬의 등대지기처럼 그곳을 내 거처라 생각했다.

난간에 기대어 감청색의 강물을 내려다보고 있으면 강에 빠져 죽은 동무들의 얼굴이 떠올랐다. 반짝거리는 물비늘을 헤치고 올라와 그들이 당장에라도 손을 내밀 것만 같았다. 설령 그랬다 할지라도 나는 놀라지 않았으리라. 그곳에선 무언가 환상적인 일이 벌어져도 좋았다. 그런 분위기였다.

나는 그곳에서 혼자 공상에 빠져 있다가 사부자기 잠이 들어 버리곤 했다. 잠에서 깰 때면 매번 황망히 놀라 일어났다. 어느새 한나절이 후딱 지나가 있는 것이다. 그러면 나는 늙은이같이 휘우청한 걸음으로 집으로 향했다.

그렇게 돌아오던 날의 해거름녘, 내가 우울한 기분으로 동네 어귀에 들어설 때면 너울너울 이울어 가는 석양이 동네 초입 야산에 그림처럼 아름다운 보랏빛 햇발을 걸어 놓고 있었다. 그럴 때면 먼지 뿌리며 신작로를 달리는 합승버스 하나가 내 가슴을 온통 뻐근하게 달구었다.

다른 세상이 있다, 아주 아름다운 세상이 있다, 좀 더 크면, 내가 조금만 더 나이 먹으면, 바지 주머니 속에서 주먹을 말아 쥐며 나는 가슴 저 아래께에 꾹꾹 그런 갈망을 눌러 담았다.

도자기 공장의 주인이라는 장 선생은 병호가 일 시작한 지한 달이 다 되어서야 얼굴을 볼 수 있었다. 장 선생은 고작 반나절 동안 이것저것 지시하고 살피며 부산스레 보내더니 또다시 휑하니 떠나 버렸다. 장 선생은 그 후로도 일주일에 한 번꼴로나 공장으로 돌아왔다. 작품 전시회를 위해 좋은 흙을 찾아 다닌다고 했다.

날씨는 조금씩 더 추워져 갔다. 급하지 않게 설렁설렁 나가는 일이어서 작업이 고된 것은 없었지만 그래서, 추위는 더 힘들었다. 바람이 심한 날이면 장씨는 아예 병호에게만 일을 맡기고는 안으로 들어가 버렸다. 그런 날이면 병호도 대충대충 놀면서 일하기는 했으나 장씨처럼 방으로 들어갈 수는 없는 사정이고 보니 추위만은 고스란히 몸으로 때워야 했다.

갑수는 차를 몰지 않을 때면 도자기 공장에 들어가 진흙을 주물러 댔다. 그렇게 해서 자신의 작품이랍시고 만들어 놓은 엉성한 자기들이 방 안에 즐비했다. 갑수는 그 자기들을 볼 때마다 대단한 보물이라도 되는 양 벌쭉벌쭉 웃었다. 갑수는 또 염력을 계발한다며 며칠 동안 수선을 떨기도 했다. 어디서 들었는지 누구나 자기 몸 안에 초능력을 가지고 있는 거라며, 갑수는 저녁 내내 숟가락을 들고 노려보고는 했다. 하지만 며칠이 지나도 숟가락은 구부러지지 않았고, 갑수는 다시 진흙이나 주무르기 시작했다.

어느 저녁, 병호는 여느 때처럼 다방에 가기 위해 방을 나왔다. 바람이 너무 차가워 닷새 동안이나 읍내에 나가지 않았더니 좀이 쑤셨다. 갑수는 텔레비전을 본다며 일찌감치 장씨 방에 건너가 있었다.

병호가 비탈길을 반쯤 내려갔을 때 누군가 급한 걸음으로 따라 내려오는 것 같았다. 모른 체 걷고 있으려니 다급한 목소리가 등에 꽂혔다.

「아저씨!」

도자기 공장의 여자였다. 병호는 걸음을 세우고 여자를 기다렸다. 여자는 병호가 있는 곳까지 뛰어와서는 가쁜 숨을 고르느라 색색거렸다.

「저기……」

큰 소리로 병호를 부를 때와는 달리 여자는 기어 들어가는 목소리로 입을 열었다.

「읍내에 가시는 거지요?」

「그런데요?」

「……같이 가요.」

「왜, 택시를 부르지 않고?」

그렇게 물으며 병호는 오늘이 주말이라는 걸 생각해 냈다. 여자는 주말이면 꼭 읍내로 나가고는 했다. 그때마다 전화로 읍내의 택시를 불렀다. 버스가 뜸한 길이었으므로 병호처럼 걸어 나갈 양이 아니면 그렇게 해야 했다.

「전화가 고장났어요.」

여자는 조금 쑥스러워하며 엷게 웃었다.

오전에 내린 눈 때문에 길이 미끄러웠다. 생각지 않았던 동행도 있고 해서 병호는 평소보다 천천히 걸었다. 여자는 내내 병호의 반걸음쯤 뒤에서 따라왔다. 까만 털 코트 위로 빨간색 목도리를 두어 겹 둘러 감고 있었다. 코트 안으로 들어가지 못한 목도리 한쪽 끝이 바람이 일 때마다 가볍게 펄럭였다.

길섶에 쌓인 눈이 달빛을 받아 은은하게 반짝거리고 있었다. 앙상한 나뭇가지에 두텁게 얹힌 눈은 흡사 크리스마스트리에

매달아 놓은 솜뭉치만 같았다. 키 큰 나무들은 한 번씩 세찬 북
풍이 지나갈 때마다 후두두 눈을 떨구었다.

「읍내에 친척이라도 있소?」

도자기 공장에서 10분 거리의 첫번째 고개에 막 올랐을 때
병호가 물었다. 여자는 금방 대답하지 않았다.

트럭 한 대가 두 사람이 막 지나온 고갯길을 힘겹게 올라서
더니 속력을 올리며 앞으로 내달았다. 앞으로 쭉 뻗은 전조등
에 멀리 단층 교회의 뾰족탑과 십자가가 보였다.

「…… 누굴 만나러 가요.」

뒤늦게 여자의 굼뜬 대답이 건너왔다. 추위 때문인지 발음이
고르지 못했다.

「주말마다 나가는 것 같던데, 남잔가요?」

「……네.」

좌우로 넓은 벌판이 펼쳐진 길에 이르자 주변이 조금 훤해지
는 느낌이었다. 눈에 반사되는 빛 때문이었다. 여전히 반걸음
뒤에서 따라오는 여자의 또각거리는 구둣굽 소리가 조금 빨라
진 듯싶었다. 병호는 자기도 모르게 빨라져 있던 걸음을 다시
늦추었다. 읍내까지는 대략 반 정도 남아 있었다.

「늦게 혼자서 택시 타고 들어오려면 무섭지 않아요?」

대답이 없었다. 물어 놓고 나서야 병호는 자기 물음이 엉뚱했
다는 걸 알았다. 생각해 보니 여자는 주말에 읍내로 나가면 돌
아오지 않았다. 다음날 아침이나 오후 늦게야 돌아오곤 했다.

「아저씨는 어디 가세요?」

처음으로 여자가 먼저 말을 건넸다.

「다방에, 거기서 커피나 한 잔 마시고 돌아오는 거지요.」

「그러세요? 저…… 제 방에 커피하고 커피포트 있는데 필요하면 빌려 드릴게요.」

「됐어요. 이젠 읍내 나가는 일 자체가 버릇이 되었지요. 따뜻한 불 옆에 앉아서 혼자 커피를 마시고 있으면 먼 곳에 여행이라도 온 듯한 느낌이 들지요. 그런 기분에 그럭저럭 맛들였어요.」

말하면서 돌아보니 여자는 자기도 이해한다는 듯 고개를 끄덕거렸다. 그러다가 병호와 눈이 마주치자 어색한 표정을 보이며 눈을 내리깔았다.

벌판이 끝나자 다시 조금 어두워졌다. 삼거리를 지났을 때 여자가 넘어졌다. 여자는 일어나서도 주위를 두리번거렸다. 길섶 바깥으로 떨어진 손가방이 병호의 눈에 띄었다. 여자는 병호에게서 손가방을 건네받으며 몹시 부끄러워했다. 병호는 좀 더 천천히 걸었다. 뒤에서 승용차가 오기에 별 기대 없이 손을 들어 보았더니 역시 그대로 지나쳐 갔다.

병호는 평소보다 10여 분이나 더 걸려서 읍내로 들어섰다. 병호가 찾아가는 다방은 읍내 초입에 있었다.

「나는 다 와가는데, 어느 쪽으로 갈 거요?」

「저도 다 왔어요. 이제부턴 혼자 갈 수 있어요.」

병호는 다방을 지나쳐 택시 정류장이 있는 곳까지 동행해 주었다. 그곳은 읍내의 중심지였다. 여자와 헤어지기 전에 병호가 말했다.

「나는 남자를 사귀는 여자만 보면 불안해져요. 남자란 게 맨 도둑놈이란 걸 내가 알거든요. 아가씨 애인이야 물론 그렇지 않겠지요?」

여자는 이번에도 얼굴만 붉히며 시선을 내리깔았다. 병호는 먼저 돌아서서 아까 지나쳐 온 다방으로 걸었다. 여자와 같이 올 땐 그다지 못 느꼈는데 밤바람이 살을 엘 듯 차가웠다.

병호가 자리를 잡자 미스 박이 냉큼 앞자리로 와 앉았다. 자주 드나든 덕에 병호와는 스스럼없는 사이가 된 여자였다.

「아저씨는요, 늘 뭔가 근심이 가득한 사람 같아요.」

차 한 잔을 다 마실 때까지 별말이 없는 병호를 보고 미스 박이 말했다. 혼자 한참을 새실거리고 난 뒤였다. 병호는 커피 잔을 내려놓고 길게 하품했다.

「근심 같은 것 없어.」

「그래도, 뭔가 문제가 있는 사람처럼 보이는데…….」

미스 박이 탁자에 양팔을 얹고 손바닥으로 턱을 괴었다. 앙증맞은 자태가 만들어졌다.

「문제야 있지.」

「어떤 문제요?」

「욕망이 없다는 것.」

「욕망요?」

「그래, 내 친구가 나보고 욕망이 없다고 하더라. 그게 문제라고.」

「헤에, 여자하고 자고 싶은 마음도 없어요?」

「왜 없어.」

「그럼 욕망이 있네, 뭐.」

미스 박이 캐득캐득 웃었다.

「왜, 한번 적선하려구?」

「웬 적선!」

미스 박은 날름 혀를 내밀더니 찻잔을 챙겨 들고 일어났다.

연이어서 몇 차례의 배달 전화가 울리고 나자 실내에는 카운터를 지키는 여자 한 명만 남았다. 여자는 병호에게 등을 돌린 채 주말 연속극을 보느라 정신이 없었다. 화면에는 연인으로 보이는 젊은 여자와 젊은 남자가 폭우를 고스란히 맞으며 말다툼을 벌이고 있었다.

열세 살이 되었다. 어느 날 내가 학교에서 돌아오니 어머니가 이유도 없이 마구 때렸다. 낮술에 이미 곤드레만드레였다. 눈에 보이는 살림은 다 때려 부수었고, 내 가방을 풀어헤쳐 교과서와 공책도 찢어 버렸다.

「너도 이 에밀 무시하지? 니 애비나 똑같아, 이 새끼야……」

어머니는 서슬 푸른 눈빛으로 나를 노려보았다. 그러면서도 중간중간 나에게 달려들어서는, 내 새끼! 하고 소리치며 마구 입술을 비비기도 했다. 하지만 그러고 난 다음엔 다시 확 밀쳐 냈다.

나는 울지도 못하고 겁에 질려 방구석에 쪼그리고만 있었다. 대문 앞에 온 동네 사람들이 다 모여 웅성거렸지만 누구 하나 들어와 말리려는 사람은 없었다. 어머니는 저녁 땅거미가 깔릴 무렵에야 잠이 들었다. 죽은 듯 잠들어 있는 어머니를 내려다 보며 나는 문득 가슴에 살의가 돋는 것을 느꼈다. 죽이고 싶었다. 이건 사람 사는 게 아니라는, 그런 어른스러운 자조의 말이 나도 모르게 뇌까려졌다.

나는 일어나 농 속의 새옷을 꺼내 갈아입었다. 그리고 어머니의 지갑과 이불 갈피를 뒤져 돈을 훔쳤다. 술에 취해 헝클어진 옷차림으로 잠들어 있는 어머니를 힐끗 돌아보고는 천천히 문을 열고 나왔다. 나는 다시 돌아보지 않았다. 지긋지긋했다. 동네에 혼자 사는 여자는 어머니 말고도 몇이 더 있었다. 하지만 술주정뱅이는 어머니 하나뿐이었다.

집에서 나와 열차를 기다리고 있을 때, 나는 역사 지붕 위의 푸르스름한 이내를 배경으로 참새 몇 마리가 날아오르는 것을 보았다. 내가 본 고향의 마지막 풍경이었다.

도자기 공장의 여자가 결근을 했다. 주말에 나가서 월요일까지 돌아오지 않은 것이다. 점심 시간에 남자 직원들은 여자에 대한 화제로 시간의 반을 때웠다. 결근의 이유를 짐작하고 있는 말투였다.

「남자는 아마 서울에 있는 사람이라지?」

「그래. 짜식이 주말마다 내려와 몸 풀고는 용돈까지 얻어 올라가곤 한 모양이라.」

「근데 왜 헤어졌대?」

「거야 잘 모르지. 며칠 전의 표정으로 봐서는 일방적으로 차인 것 같던데…… 여하튼 안됐어, 그렇게 정성이더니.」

「거참, 완전히 현지처 노릇 해준 꼴이네?」

「에이, 그건 말이 너무 심하고, 뭐 남녀가 사귀다 보면 헤어질 수도 있는 거잖아.」

그런 식의 말들이 주저리주저리 계속되었다.

여자는 화요일 오후에야 돌아왔다. 병호가 유심히 여자를 살펴보았지만 겉으로는 아무 변화도 없어 보였다. 여자는 늘 그렇듯 웅크린 자세로 한쪽 구석에 박혀 자기 일만 했다. 하루 종일 말이 거의 없는 것이야 전에도 그러했으므로 유별날 게 없었다. 어쩌다 병호와 눈이 마주칠 때면 여자는 황급히 고개를 숙였다. 선입견인지 조금 야위어 보인다는 느낌은 들었다.

갑수는 전보다 자주 술을 마셨는데, 원래부터 그랬는지 새로 생겨난 버릇인지 취기가 오르면 가끔 어린애처럼 훌쩍거리곤 했다. 술 안 취했을 때의 느긋하고 까불까불한 모습과는 전혀 다른 모습이었다. 조금 민망하고 어처구니없는 기분이기도 해

서 병호는 그때마다 오히려 제 쪽에서 안 취했을 때의 갑수처럼 함부로 말해 버리곤 했다.

짜샤, 그만 지랄 떨고 엎어져라, 그런 식이었다. 갑수는 그런 말을 들으면서도 계속 훌쩍거리다가 느닷없이 병호 품에 얼굴을 묻고는 했다. 그렇게 나오는데야 더는 어쩔 수 없어 병호는 갑수가 진정될 때까지 등을 토닥거리며 멀거니 천장만 올려다보았다.

병호가 일 시작한 지 두 달이 조금 못 되었을 때 도자기 공장의 내부 공사가 모두 끝났다. 다음으로 예정돼 있던 일은 화장실을 만드는 것이었는데, 날씨가 추워지고 있어서 전문 목수와 미장이를 불러 이틀 만에 끝냈다.

병호는 장씨와 함께 공장 뒤쪽으로부터 조립식 건물까지 이어지는 50미터 길이의 축대 쌓는 작업에 매달렸다. 그다지 급한 일이 아니고 또 아주 매끈하게 쌓아야 하는 것도 아니어서 석공을 따로 부르지 않고 장씨와 병호 둘이서 그 일을 전담했다. 특별히 고된 일은 아니었지만 작업의 진척이 빠르지 않았다. 오전 시간은 언 땅이 풀리기를 기다리느라 잔돌이나 주워 모으며 대충 때웠고, 본격적인 작업은 점심을 먹고 나서의 몇 시간뿐이었다. 하루에 5미터 나가면 잘하는 편이었다.

축대 작업이 시작된 지 나흘째의 날이었다.

장씨는 점심 식사가 끝난 후에 읍내에 볼일이 있다며 외출을 했다. 저녁 무렵이 되어 밖에서 돌아온 장씨는 얼큰히 취해 있

었다. 장씨는 일하고 있는 병호의 뒤에 와서 혼잣소리로 구시
렁거렸다.

「일을 한 거야, 만 거야…….」

못 들은 척 자기 일만 계속하고 있는 병호의 등 뒤로 잠시 후
엔 좀 더 분명한 퉁바리가 날아왔다.

「보는 사람 없다고 아예 개졌구먼…….」

병호는 휙 돌아서며 장씨를 쏘아보았다.

「지금 뭐라고 했소?」

「혼자 있을 때 더 잘해야지 보는 사람 없다고 이렇게 팽팽 놀
아도 되는가 하는 거요, 내 말은.」

「놀다니, 누가 놀았다는 말이오?」

「놀지 않았으면 그래 오후 내내 이것밖에 안 나갔단 말이야?」

코웃음을 치면서 장씨가 턱을 올렸다. 장씨의 턱이 가리킨
곳은 오후에 병호 혼자 작업해 놓은 축대였다.

「같이 일 안 해봤소? 혼자서 이만큼 했으면 됐지 얼마나 더
나간단 말이오?」

「일해 봤으니까 하는 얘기지. 이 정도면 두어 시간 거리밖에
더 돼? 겨우 이거 해놓고 무슨 말이 그렇게 많아?」

「지금 시비 거는 거요?」

병호는 들고 있던 곡괭이를 옆으로 내팽개쳤다.

「시비? 나하고 지금 싸우자는 거야?」

「당신이 먼저 그렇게 나오고 있잖아.」

「당신? 이 새끼가⋯⋯.」

장씨가 욕을 뱉으며 한 걸음 앞으로 나섰다. 병호도 불끈 주먹을 쥐었다. 속에서 불처럼 화끈한 것이 솟구쳤다. 병호는 장씨의 눈을 정면으로 쏘아보며 인상을 꽉 그었다.

「정말 엿 같은 놈이네! 지 듣기 싫은 소리는 한마디도 안 들으려고 하면서 남한테는 곱창이 꼬이는 대로 지껄이냐?」

마구잡이 욕질이라면 병호도 딸릴 게 없었다. 장씨는 병호의 거친 응대에 잠깐 주춤하는 듯하더니 이내 이빨을 드러내며 주먹을 들어 올렸다. 당장 한 방 날릴 기세였다.

싸움을 말린 건 갑수였다. 아까부터 저 뒤쪽에서 지켜보고 있던 갑수가 한달음에 달려왔다.

「그만 합시다, 그만 해. 아니, 두 사람은 단짝으로 붙어 일하면서도 왜 그렇게 늘 아옹다옹이지? 자, 그만 해요.」

갑수는 두 사람 사이에 끼어들어 양쪽을 밀쳐 냈다. 갑수가 장씨의 팔을 잡아 이끌자 장씨는 못 이기는 체 입맛을 다시며 갑수를 따라갔다. 병호도 작업을 정리하고 방으로 돌아갔다.

「간조 계산해 달라고 해.」

병호는 뒤따라 들어온 갑수에게 심드렁하니 말을 던졌다.

「무슨 뜻이야? 그만두려고?」

「그래.」

「사람이 쫀쫀하긴, 뭐 그만한 일 가지고 그래.」

「어차피 오늘내일하고 있었어.」

「축대일밖에 안 남았잖아?」

「내일 떠난다고 전해.」

짧게 다짐을 넣고 난 병호는 못걸이에 걸린 가방을 내려 바로 짐을 챙기기 시작했다. 조금 어이없어하며 지켜보던 갑수가 할 수 없다는 표정으로 방에서 나갔다.

갑수가 나간 다음 병호는 잠시 손을 놓고 담배를 꺼내 물었다. 무심한 눈길로 방을 둘러보았다. 한 번도 아늑한 기분을 느껴 본 적 없는 방이었으나 불현듯 약간 섭섭해졌다. 습관이었다. 숱하게 옮겨 다니다 보니 오히려 한곳을 떠날 때면 일말의 애착이 가슴에 그늘로 남고는 했다. 병호는 빠른 동작으로 구석에 던져 놓았던 양말까지 챙겨 가방에 쑤셔 넣었다.

「섭섭하네, 정들었는데…….」

떠나는 길이라며 병호가 마지막으로 은빛 다방에 들렀을 때 미스 박은 제법 애운한 표정을 보였다.

「빈말이라도 고맙다.」

「어머, 정말이야. 내가 얼마나 정에 약한데.」

「그러니 떠나야지. 괜히 결혼해 달라고 조르면 어떡하냐.」

「못 말려!」

병호는 가방을 들고 일어났다. 그간 몇 가지 짐이 늘어나 이곳에 올 때보다 가방이 묵직했다.

「오늘 티켓 한번 끊을까?」

카운터에서 계산을 하고 돌아서며 병호가 말했다. 미스 박은 시큼한 표정으로 입을 삐죽거렸다.

「그래, 인연 있으면 보자.」

병호는 다방에서 나왔다. 하늘이 맑았다. 날씨도 많이 풀려 있어 거리는 느슨하면서도 제법 활기에 차 있었다. 그 활기가 오히려 병호의 마음을 무겁게 가라앉혔다.

병호는 잠시 망연한 기분으로 서 있다가 이윽고 시외버스 터미널 쪽으로 걸었다. 매표구에서 표를 끊어 놓고 근처의 식당에 들어가 늦은 점심을 먹었다. 식당에서 나오니 터미널은 아까보다 더 북적거리고 있었으며 길 건너편 시장 앞에는 인도를 반이나 차지한 좌판 행상들이 늘비했다. 여행 차림의 승객들이 우르르 버스에서 내리는 것을 보면서 병호는 오늘이 주말이라는 걸 생각해 냈다.

병호는 대합실로 들어가 자판기 커피를 뽑았다. 커피를 마시며 무심코 창밖을 내다보던 병호는 거리 맞은편에서 낯익은 얼굴을 발견했다. 도자기 공장의 여자였다.

여자는 종종걸음으로 시장 앞을 지나가고 있었다. 잠시 후 여자는 공중전화 박스 앞에 섰다. 아니, 그런 것 같았다. 박스에 가려 여자의 모습은 보이지 않았다. 1분쯤 지났을 때 다시 여자가 보였다. 여자 손가방의 금박 장식이 햇빛을 받아 날카롭게 번쩍거렸다. 여자는 시장이 끝나는 곳의 삼거리에서 잠깐 걸음을 세웠다. 그러고는 한참 동안 묵연히 서 있었다.

병호는 대합실에서 나와 횡단보도 앞에 섰다. 신호등이 없는 곳이어서 병호는 차가 오는 것을 살피면서 빠르게 길을 건넜다. 병호가 길 건너편에 도착했을 때 여자는 막 삼거리를 건너고 있었다. 병호는 여자의 뒤를 따라갔다.

약국 앞의 공중전화에서 여자는 또 걸음을 멈추었다. 병호도 그 자리에 섰다. 병호는 종이컵을 아직도 들고 있는 것을 깨닫고는 그것을 구겨 쓰레기통으로 던졌다.

전화박스에서 사람이 나왔는데도 여자는 들어갈 생각을 않고 그대로 서 있기만 했다. 여자의 눈길은 먼 곳에 가 있었다. 뒤에 서 있던 청년이 힐끔 여자의 눈치를 살피더니 박스 안으로 들어갔다. 그러자 여자는 쫓기듯 박스 앞에서 물러섰다. 병호는 여자의 어깨 위에서 여느 때와 같은 위태위태한 불균형을 보았다.

여자는 다시 걷기 시작했다. 여전히 종종걸음이었다. 공터를 질러갈 때에도 저렇듯 늘 급한 걸음새였다고 병호는 생각했다. 웬일인지 병호는 갑자기 조바심이 끓어올랐다. 어느 날인가의 꿈에서와 비슷한 괜한 조바심이 병호의 가슴을 투덕투덕 건드렸다. 여자는 잠깐씩 행인들에게 가려졌다가는, 차고 나가는 육상 선수처럼 불쑥 모습을 드러내고는 했다. 병호는 일정한 간격을 유지하며 계속 뒤를 따라갔다.

차 떠날 시간이 다 되었다는 생각이 들었다. 주머니에 손을 넣으니 얇고 미끌미끌한 차표가 만져졌다. 그 감촉이 무언가를 떠올려 주었다. 언젠가도 그처럼 차표를 만지작거렸다는 아주 오래된 기억 하나가 손가락 끝의 감촉을 통하여 소르르 되살아났다. 이윽고 허름한 역사 지붕과, 푸르스름한 이내와, 저녁 하늘로 산개하여 날아오르는 참새 몇 마리가 눈앞에 그려졌다. 미세한 통증이 병호의 가슴을 쳤다.

여자의 걸음이 느려졌다. 반쯤 고개를 숙인 여자가 제과점 앞을 지나고 있었다. 문방구를 지나고, 슈퍼마켓을 지나고, 지물포를 지나갔다. 차츰 여자의 걸음은 다시 빨라졌다. 골목에서 뛰어나오던 어린아이가 여자와 부딪쳐 넘어졌고, 허리를 굽혀 아이를 일으키면서 여자가 희미하게 웃었다. 건조하면서 어색한 미소였다. 아이가 자지러지게 울기 시작하자 여자는 허둥거리며 그 자리를 떠났다.

여자는 오른쪽의 골목으로 꺾어 들어갔다. 병호가 골목 입구에 섰을 때 여자는 보이지 않았다. 병호는 천천히 안쪽으로 걸어 들어갔다. 두 번째 모퉁이를 돌아서자 여자가 보였다.

여자는 어느 건물 앞의 화단 가장자리에 걸터앉아 있었다. 건물 현관 위에는 흰색 아크릴로 된 여관 간판이 세로로 매달려 있었다.

행인이 없는 한적한 길이어서 병호는 전신주 뒤에 몸을 숨겼다. 그리고 전신주와 담 사이의 10센티 정도 되는 틈을 이용하여 여자를 지켜보았다. 여자의 두 손이 손가방 위에 가지런히 놓여 있었다. 시선은 발끝에 고정돼 있었다. 한동안 여자는 전혀 움직이지 않았다.

오후의 나른한 햇발이 모든 사물을 엷은 막으로 덮어씌우고 있는 듯했다. 어떤 움직임이나 소리도 없었다. 골목의 모든 풍경이 오래된 유적지처럼 느껴졌다.

어머니는 아마 자살했을 것이다. 느닷없이 병호는 그런 생각을 했다.

그때 여자가 손가방에 얼굴을 묻었다. 그러자 여자의 몸은 한주먹도 안 되게 작아 보였다. 여자의 자태는 흡사 뱃속에 옹그린 태아의 모습처럼 비릿하면서 낯설었다. 아니, 그 속에는 아주 오래된 낯익은 어떤 모습이 박혀 있었다. 황량하면서 질척한 그런.

병호는 주머니 속의 담뱃갑을 만지작거렸다. 여자의 굽은 등이 잠깐 가볍게 출렁거렸고 곧이어 좀 더 어깨가 내려갔다. 병호는 내내 꼼짝도 않고 여자를 지켜보았다. 햇발은 여전히 따갑고 나른했다. 큰길 쪽에서 자동차의 급정거 소리가 섬뜩한 파열음이 되어 날아왔다. 그뿐, 골목은 금방 무거운 정적으로 되돌아갔다.

병호는 전신주에서 조금 물러섰다.

그해 여름 이야기

고양이 이야기를 하려고 한다. 그해 여름, 세상 아무것도 무섭지 않던 열아홉 살의 이야기다.

어느 날 아버지가 이웃집에서 고양이 한 마리를 얻어 왔다. 바지 주머니에도 족히 두어 마리는 들어가겠다 싶게 형편없이 작은 새끼 고양이였다. 우리 식구는 그 고양이를 야옹이라고 불렀다. 그건 고양이라는 동물에 대한 관습적인 호칭이지 정식 이름이라곤 볼 수 없을 터인데, 그처럼 이름 하나 지어 주지 않고 야옹이라고만 부른 것에서도 알 수 있겠지만 우리 식구는 처음부터 그 고양이에 대해 무심했다. 낯선 생명체 하나가 방 안이며 마루를 잘잘거리며 돌아다니기 시작했음에도 식구들은 첫 대면의 호기심이 지나고 나자 더는 고양이에게 관심을 두지 않았다.

그해 여름, 그 고양이 한 마리를 새 식구로 받아들였다는 것 말고는 내 일상에 어떠한 변화도 없었다. 아니다, 제법 중요한 사건 하나가 있다.

나는 그해에 처음 자위행위를 배웠다. 늦봄인가 초여름인가, 때 아닌 가랑비가 다소 을씨년스럽게 골목길을 적시던 어느 날 밤 나는 머리끝까지 이불을 덮어쓰고는 연방 은밀한 상상을 떠올려 가며 오래도록 성기를 흔들어 댔다. 그것은 성기와의 전투라 할 만했다. 손목이 뻐근했고, 이마와 목딜미엔 땀방울이 맺혔고, 미지의 영역에 들어선다는 긴장감으로 가슴은 내내 담넘어가는 도둑처럼 파닥거렸다. 한참 후에, 피가 한쪽으로 몰리듯 등마루부터 시작해 온몸이 저릿해지는가 싶더니 펌프를 타고 오르는 물줄기처럼 강한 압력 속에서 희멀건 액체가 분출되었다.

그 짧고 격한 쾌감이 미처 사라지기도 전에 나는 견딜 수 없는 수치심으로 두 눈을 질끈 감았다. 참담했다. 나는 자신이 이 세상에서 가장 저열한 인간이라고 생각했다.

그 두 가지를 빼면 그해 여름 내 삶의 언저리에는 아무 중요한 일도 없었다. 하기야 그 밖에도 몇 가지 사소한 일은 있다. 예컨대 '새나라 전기'에 취업한 일도 그중 하나이겠다. 잠깐 그 이야기를 해도 괜찮을까?

나는 공업고등학교 전기과 졸업반이었다. 그 당시 공고생들은 3학년에 올라서면 1학기 중반부터 현장 실습을 나가게 돼 있었다. 학생 신분이다 보니 실습이라는 용어를 쓰는 것일 뿐 그것은 사실상의 취업으로, 실습 나간 학생들은 학년말 시험과 졸업식 두 차례만 학교로 돌아오면 될 뿐 그 밖의 모든 일에서 학교와는 무관했다.

아마 6월이었지 싶다. 나는 담임으로부터 같은 전기과의 급우 세 명과 함께 새나라 전기로 현장 실습을 나가라는 통보를 받았다. 세 명은 즉시 수업 중인 교실에서 나와 교무실로 가서는 성적 증명서 등 면접에 필요한 몇 가지 서류를 준비했다. 그것으로 학교 생활은 '쫑'이었다. 서류 준비를 끝낸 우리는 바로 가방을 챙겨 들고 교무실을 빠져나왔다.

아직 수업 중인 시간이라 넓은 운동장은 텅 비어 있었다. 창창한 여름 햇발만 저 혼자 쏟아지며 여기저기 사금파리 같은 모래 비늘에 얼비쳐 나른하게 튀어 오르고 있었다. 우중충하고 탁한 빛깔의 실습장, 그 앞으로 제법 깔끔하게 조성돼 있는 길쯤한 화단, 운동장 한쪽에 사열이라도 받듯 일자로 늘어서 있는 낡은 평행봉들, 3년 동안 보아 온 그 모습들이 왠지 처음 보는 것처럼 아련하게 낯설었다.

우리는 그 낯선 느낌에 취해 한동안 멍하니 서 있다가 이윽고 서로 마주 보며 소리 없이 웃었다.

드디어 지긋지긋한 학교 생활도 끝이로구나. 자, 훨훨 날아 보자!

우리의 웃음 속에는 분명 그런 푸릇한 들썽거림이 깔려 있으리라. 적어도 우리는 그렇게 생각했다, 비로소 그토록 기다려

오던 빛나는 청춘의 대열에 막 첫걸음을 디디고 있는 거라고.

면접날 새나라 전기에는 서울 시내의 각 공고에서 차출돼 온 쉰네 명의 학생들이 모여들었다. 우리들은 형식적인 면접 절차를 거친 후 그날로 부서 배치를 받았다. 곧바로 칙칙한 감청색의 작업복과 모자가 한 벌씩 지급되었고, 학생들은 생산계장을 거쳐 각 반 반장들에게 인계된 다음에 자기 자리 하나씩을 배정받았다.

내 자리는 선풍기를 뽑아내는 컨베이어 라인의 세 번째 공정이었다. 거기엔 생전 처음 보는 에어 드라이버가 시골집 처마의 옥수수처럼 공중에 매달려 건들거리고 있었다. 내가 배정받은 자리로 다가가자 생머리를 뒤로 묶은 내 또래의 전임자 여공이 의미심장한 눈빛으로 나를 훑어보며 공연히 피식 웃었다. 나도 씩 웃어 주었다.

그해 여름, 나는 고양이를 키우고 있었다. 그 이야기를 하려고 한다.

「에구, 쥐한테 잡혀 먹히고 말겠네!」

여동생은 고양이를 보더니 대뜸 그렇게 말했다. 나도 마찬가지 느낌이었다. 고작 베개 높이에서 뛰어내리다가도 벌러덩 뒹굴고 마는 야옹이를 보고 있노라면 대체 언제쯤 담장을 내달리며 쥐를 잡을 수 있을는지 상상이 가지 않았다. 하기야 우리 가족이 야옹이에게 쥐 잡기를 기대했던 건 아니다. 오히려 어머니 같은 경우는 하루가 다르게 커가는 야옹이를 보면서 그놈이 어느 날 갑자기 피칠갑한 입에 쥐라도 물고 나타날까 봐 걱정이 대단했다. 그래서 처음엔 야옹이에게 가장 무심했던 어머니가 차츰 가족 누구보다도 야옹이 밥을 잘 챙겨 주었다. 야옹이를 배고프게 만들었다간 큰일 난다는 것이었다.

야옹이는 항상 가족 누군가의 몸에 기대어 있었다. 고양이처럼 따뜻한 곳을 좋아하는 동물도 없는 것 같았다. 특히 사람의 품을 가장 좋아하는 것이어서, 어쩌다 야옹이 생각이 나 이리저리 둘러보면 마치 숨어 있기라도 한 양 누군가의 가랑이 사이나 허리께에 온몸을 바짝 밀착시키고 있는 것을 볼 수 있었다.

어느 날 나는 야옹이를 깔아뭉갰다. 방에 누워 있다가 무심코 옆으로 돌아누웠는데 순간 배 밑이 물컹하더니 야옹이의 비명이 자지러지게 튀어 올랐다. 내 허리에 감겨 잠자고 있었던 것이다. 그 후로 나는 몸을 움직이기 전이면 꼭 한 번씩 주변을 살펴보고는 했다.

차츰 나뿐 아니라 우리 가족 모두가 그런 습관을 가지게 되었다. 그중에서도 방바닥에 누워 텔레비전을 보던 아버지가 자세를 한 번씩 바꿀 때마다 둘레둘레 야옹이의 존재부터 확인하는 모습은 볼 때마다 웃음이 나왔다. 가족들이 그렇게 조심하는 데도 며칠에 한 번은 야옹이의 숨 가쁜 비명이 터졌다. 하기야 야옹이는 그 수난을 통해 조금씩 우리 가족과 친밀해졌다고 할 수 있다. 한번 야옹이를 밟거나 깔아뭉개고 나면 그 미안함으로 해서 아무래도 다른 배려가 조금이나마 늘어나게 마련이었으니까.

새나라 전기에 나가면서부터는 야옹이를 볼 시간도 많이 줄어들었다. 면접 때에는 빨간 날짜는 다 쉰다고 하더니 실제 근무에 들어가니 일요일조차 찾아 먹기 힘들었다. 거기에다 걸핏하면 잔업이 있었다. 예고도 없이 일방적으로 지시되는 잔업 통보도 불만이었거니와, 거의 매일 자동으로 연장되는 그 '시간 외 작업'에 왜 '남은 작업'이라는 뜻의 잔업이라는 용어를 사용하는지 나로서는 이해가 되지 않았다.

내 자리의 공정은 컨베이어에서 흘러 내려오는 선풍기를 받아 에어 드라이버로 몸체 네 군데의 볼트를 조이는 일이었다. 에어 드라이버는 버튼만 누르면 쉬이익 칼바람 소리를 내면서 자동으로 돌아갔다. 처음엔 공상 영화의 첨단 장비만 같아서 에어 드라이버를 사용하는 일이 제법 재미있었다. 그러나 그 알량한 재미는 첫날의 몇 시간뿐이었다. 게다가 종일 지겹게 반복되는 그 단순 작업이라니, 하루 일을 끝내고 퇴근하면서 내가 했던 일을 돌아보면 도대체 자신이 생산에 관계된 무슨 일을 하긴 한 건지 그저 멍한 기분이었다.

우리 반원은 모두 스물한 명이었다. 그중에서 남자는 나를 포함해 다섯 명에 불과했다. 아니, 반장 하나가 더 있었다. 자칭 귀신 잡는 해병대 출신이라고 떠벌리기 잘하던 그 사람의 성격은 도대체 종잡을 수가 없었다.

반원인 여공들에게 거침없이 상소릴 던지며 을러메는가 하

면 어느 땐 친오빠인들 저럴까 싶게 곰살맞게 굴었다. 반장은
또 '사회는 냉정하다'라는 말을 입에 달고 다녔다. 자기 딴에는
세상 경험의 선배로서 무언가 조언을 하려는 의도였을지 몰라
도 들으면 들을수록 정나미 떨어지는 게 그 말이었다. 고압적
인 말투로 지루한 훈시를 늘어놓은 다음에 양념처럼 따라붙고
는 하던 말이었으므로 더 그랬을 것이다.

실습 나온 학생들 중에 자기 전공을 살릴 수 있게 된 아이들
은 변전실에 근무하게 된 세 명뿐이었다. 나머지 쉰한 명은 모
두 생산과 소속이었다. 생산과에서도 검사반이나 모터반에 들
어간 아이들은 그나마 테스터 등 몇 개의 기기를 조작하며 학
교에서 배운 것을 써먹어 볼 수 있었지만, 나처럼 생산 라인에
배치된 아이들은 종일 볼트나 조이고 푸는 게 일이었다.

일은 숨 돌릴 새 없이 바빴다. 잠깐 화장실에만 다녀와도 내
앞의 컨베이어에는 위에서 흘러온 일감이 바자회의 떨이 물건
처럼 어수선하게 밀려 있었다. 그러면 반장이 다가와 쏘아 대
기 전에 부리나케 처리해 다음 공정으로 내려 보내야만 했다.

며칠 지나자 벌써 한심한 기분이 들기 시작했다. 이렇게 10년
쯤 일해 봐야 겨우 반장이나 되어 컨베이어를 오르내리겠지 하
는 생각이 들면 정말이지 그냥 이렇게 살면 되는 건지 하는 아
득한 무력감이 온몸에 차올랐다. 나뿐만 아니라 학생들 거의가
다 그런 자조감에 빠져 있었다.

일주일이 지나자 일곱 명이 회사를 그만두었다. 이 주일째에

는 다섯 명이 떨어져 나갔다. 차츰 학생들은 모이기만 하면 투덜투덜 메마른 푸념을 늘어놓기 시작했다.

「상고에 다니는 내 친구는 은행에 취업 나갔더라구. 빨간 날짜는 다 쉬지, 월급도 우리 두 배가 넘지, 걔네들 양복 입고 다니는 거 보니까 나하곤 벌써 다른 인생 같더라구.」

「어쩌다 사무실에 올라가면 사무직 여자 애들 우리 대하는 것 봤지? 눈꼬리 올리고 틱틱거리기나 하면서 아예 사람 취급을 안 하더라구.」

「반장 그 새끼들은 무슨 큰 벼슬 한다고 그렇게 입이 거냐. 젠장, 내가 뭐 빨아먹겠다고 공고에 다녔는지, 어이구, 더러워서…….」

하나 그뿐이었다. 껌 씹듯 질겅질겅 자신의 하루 생활을 위악적으로 이죽거리는 것 말고는 누구도 다른 대안을 내놓지 못했다. 아이들은 날이 갈수록 술과 담배만 늘었다.

그나마 학생들에게 위안이 되는 게 있다면 여공들이 호의적으로 대해 준다는 점이었다. 여공들은 우리를 기존의 공원들과는 다르게 생각하는 것 같았다. 하기야 학생들은 기름 냄새에 절어 있는 여느 공원들보다는 대체로 말쑥했고, 말 한마디를 해도 좀 더 재치가 있었으며, 그 또래의 여자들이 좋아하는 이런저런 잡기에도 능한 편이었다.

나만 해도 동네에서 어설프게 배운 솜씨였음에도 불구하고 기타 실력이 반원 중에 제일 나았다. 점심 시간이나 회식 같은 때에 그럴싸한 폼으로 〈로망스〉니 〈예스터데이〉 등을 연주하면 여공들 모두가 그윽한 눈빛이 되어 바라보고는 했다. 어쩌다 밖에서 어울릴 때면 탁구 실력이 또 나를 돋보이게 했다. 게다가 여공들은 교복을 입은 우리들과 함께 다니는 것을 좋아하는 듯했다. 학생들이 데이트를 신청하면 거절당하는 법이 없었다.

그러다 보니 아무래도 다른 공원들은 우리를 질시하는 편이었다. 우리 나이와 엇비슷한 젊은 애들이 더 그러했는데, 그들은 우리가 탈의실에서 교복을 갈아입는 모습만 보아도 괜히 빈정거리고는 했다. 학교도 나가지 않으면서 뭐 하러 교복을 입고 출근하느냐는 거였다.

그런 미묘한 질시와 경원이 바탕에 있어 생긴 일일 것이다. 마침내 한번은 실습생 중의 하나가 젊은 공원 몇 명에게 뭇매질을 당하는 사건이 벌어졌다. 학생 하나가 화장실에서 담배를 피우다가 그들에게 제지를 받은 것이 그 싸움의 발단이었다.

그 이야기를 전해 들은 학생들은 크게 흥분했다. 학생들은 눈에 핏발을 세우며 저마다 한마디씩 목소리를 높였다.

「개새끼들, 지들이 뭐야? 우리가 담배 피우든 말든 제놈들이 뭔데 간섭하는 거야.」

「이참에 버릇을 고쳐 놔야 돼. 우리를 만만히 보지 못하게 해야 된다구.」

그 사건이 계기가 되어 학생들은 '실습생 협의회'라는 걸 조직하게 되었다. 실습생들의 권익 옹호와 친목 도모라는 다분히 구태의연한 목적이 전부였지만, 어쨌거나 회장과 총무 두 임원이 선출되었고 간단한 회칙도 확정하여 모임의 구색은 갖춘 편이었다. 아이들 사이에 인기가 좋았던 나는 그 협의회의 총무를 맡게 되었다.

중국집 방을 얻어 협의회 창립식을 가지던 날 학생들은 무슨 거창한 조직이라도 만드는 양 기분 좋게 들썩거렸다. 노조도 없는 회사였으니 하기야 마흔두 명이나 되는 단체란 무언가 막강해 보이기는 했다.

그 협의회가 최초로 결의한 일은 학생을 뭇매 준 공원들에게 복수하는 일이었다. 그것은 순식간에 결정되었다. 한 아이가 말을 꺼내자마자 이구동성으로 동의가 터져 나왔다. 아이들은 대번에 경쾌한 비장감에 휩싸여서는 사르르 전의의 눈빛을 피워 올렸다.

「으흐흐……」

한 아이의 음산한 웃음이 모두의 기분을 대신했다. 너나없이 온몸이 근질거려 못 견디겠다는 표정들이었다. 제안은 일사천리로 결의되었다.

창립식 바로 다음날, 나는 협의회를 대표하여 정식으로 공원들에게 도전장을 전했다. 치기만만하게 휘갈긴 그 도전장에는 근무가 끝나는 대로 회사 후문 밖에서 결투를 벌이자는 내용이 쓰여 있었다. 뭇매를 준 공원들이래야 전부 여덟 명에 불과했으므로 결투는 충분히 승산이 있었지만, 우리는 그들이 행여

262

동네 건달들을 끌어들이지 않을까 염려하여 약간의 각목까지 마련해 놓았다.

그러나 아쉽게도 협의회의 그 첫 사업은 실행되지 않았다. 겁먹은 공원들이 화해를 청해 왔던 것이다. 한판 신나는 결전을 기대하고 있던 학생들로서는 다소 맥이 풀리는 일이었지만 저쪽에서 먼저 굽히고 들어오니 받아 주지 않을 수가 없었다. 우리는 앞으로 절대 학생들을 건드리지 않겠다는 단단한 약조를 받고는 결투를 취소했다.

시시한 이야기 그만 하고 다시 고양이 이야기로 돌아가자.

야옹이는 쑥쑥 자랐다. 웬일인지 야옹이는 아가 티를 벗고 나서도 집 밖으로는 나다니지 않았다. 애써 밖으로 데리고 나가도 대문만 벗어나면 기를 쓰고 품에서 빠져나와서는 쪼르르 집 안으로 달려 들어갔다. 숫기가 없어 보였다. 그런 점에서는 개를 키우는 것보다 재미가 적었다. 꼬리를 흔들며 주인에게 아양을 부릴 줄도 몰랐고, 같이 놀아 달라고 달라붙는 일도 없었다.

내가 보기에 고양이는 비교적 과묵한 동물이었다. 사실 동물이 아니고 사람이라면 나는 과묵한 쪽에 점수를 주는 편이다. 정작 나 자신은 누구에게나 이물 없이 말을 잘하는 편이었지만 그것도 어느 정도지 입술에 침 마를 새 없이 따따부따 말만 많은 사람은 영 좋아지지 않았다.

새나라 전기에는 엄청 수다스러운 여자가 하나 있었다. 그 여자는 내 바로 맞은편 자리여서 나는 작업 시간 내내 그 쉼 없는 수다를 들어 주어야만 했는데, 아아! 그건 얼마나 곤혹스러운 일이던지, 아무 응대 없이 그저 열린 귀 가지고 대충 들어 줄 뿐인데도 몇 분만 지나면 벌써 귀가 먹먹해졌다. 어떤 때는 의식마저 마비되는 느낌이었다. 수다를 흔히 따발총에 비유하던데, 정말이지 그 수위가 한계에 오르면 온몸 구석구석에 기관총 탄알이 날아와 박히는 것만 같았다.

그 정도까지는 아니라도 여공들은 대개 수다스러운 편이었다. 그 나이의 여자들이 누구는 안 그럴까만 참 신비롭다는 생각이 들 정도로 많이들 웃고 많이 재재거렸다. 태어나서 처음으로 그렇게 많은 여자들에게 둘러싸인 나로서는 여자 셋이 모이면 접시가 깨진다는 말을 온몸으로 실감해야 했다.

물론 조용한 여자들도 있었다. 그중에서도 내 맞은편 아래쪽에 있었던 정화라는 여자는 다소 지나치다 싶게 말이 없었다. 말수만 적은 게 아니라 동작 하나하나가 옛날 반가의 규수처럼 다소곳하고 차분했다. 모두 흥청거리는 반 회식 때에도 그 여자가 노래 부르는 것을 한 번도 본 적이 없다. 혼자 적막한 툇마루에 앉아 '뜸북 뜸북 뜸북새'나 부르고 있어야 딱 어울릴 여자였다.

나는 그 여자 정화에게 호감을 가졌다. 그런데 다른 여공들에게는 서슴없이 장난을 걸거나 퇴근길에 어울려 튀김도 사먹곤 하는 나였으면서도 정화 그 여자에게는 어쩐지 말 붙이기가 쉽지 않았다.

정화와 내가 서로 가까워진 계기는 내 첫번째 안전사고였다.

나는 근무한 지 한 달쯤 지나서 자리를 옮겼다. 그 자리는 선풍기의 목이라 할 짧은 쇠파이프를 결합하는 공정이었다. 몸체에 쇠파이프를 결합하면서 버튼을 눌러 목이 제대로 올라오는지 검사하는 일이었다. 나중에 목 위로 바람개비가 얹히면 그 무게로 해서 유연하게 오르내리게 되겠지만, 내가 조작하는 단계에서는 버튼을 누르는 순간 쇠파이프가 비밀 무기처럼 기세 좋게 솟구쳐 올랐다.

내게 그 공정을 인계해 준 전임자는 조심하지 않으면 턱이 남아나지 않는다고 주의를 주었다. 그 경고가 아니더라도 나는 이미 여러 번이나 그 전임자가 쇠파이프에 턱이나 얼굴을 강타당하는 모습을 보아 온 터였다.

「걱정 마요. 나는 한 번도 당하지 않을 테니까.」

내가 그렇게 말하자 전임자는 실실 웃기만 했다. 나도 속으로 웃었다. 정신을 놓고 일하니까 그런 꼴을 당한다는 게 내 생각이었다. 버튼을 누르면서 눈으로 확인만 하면 되는 일인데 얼굴은 왜 갖다 대는가 말이다.

하지만 틀린 생각이었다. 아니, 이론상으로는 맞았다. 선풍기를 몸에서 떨어뜨린 상태에서 작업을 하면 쇠파이프에 맞을 일은 없었다. 그러나 하루 종일 그 일을 하다 보면 나중엔 앉은 자세에서 선풍기를 들었다 놓았다 한다는 것이 여간 힘든 게 아니었다. 오후가 되면 양 어깨와 팔은 물론이고 척추 아래까지 뻐근하게 결렸다. 결국 선풍기를 몸 가까이 끌어당기든가 아니면 자리에서 일어나 작업을 해야만 했고, 그러다 보면 잠깐 방심하는 사이에 둔중한 쇠파이프가 턱으로 날아들었다.

그런데 방심이란 무엇인가? 그건 일에 집중하지 않고 잡념에 빠지는 그런 게 아니었다. 쉴 없이 연속되는 단순 작업에 몰입하다 보면 정신은 오히려 반무아지경의 상태가 되고, 그러면 무아지경의 그 나른한 긴장 사이로 순간적인 의식 마비가 오고는 했다. 예컨대 사고란 작업의 일부였다.

작업 닷새째던가, 아차 하는 사이에 쇠파이프가 턱 윗부분을 강타했다. 어이쿠! 나는 짧은 비명을 내지르면서 턱을 싸쥐고 주저앉았다. 정신마저 몽롱해질 정도였다. 겨우 몸을 추스르고 나서도 나는 한참 동안이나 일손을 놓은 채 턱을 쓰다듬어야 했다.

그때 정화가 내게로 왔다.

「이거 바르세요.」

정화의 손에는 작은 안티푸라민통이 들려 있었다.

「처음엔 몹시 아플 거예요. 잘못 맞으면 이가 부러지는 수도 있으니까 조심하셔야 돼요.」

정화의 사분사분한 목소리가 개울물 흐르듯 내 귓속으로 밀려 들어왔다. 나는 아마 멍청해져 있었을 것이다. 내가 계면한 얼굴로 안티푸라민을 받아 쥐자 정화는 곧 자기 자리로 돌아갔다.

그날 밤, 나는 처음으로 정화를 집까지 바래다주었다. 사실 나는 벌써부터 정화를 바래다주고 싶었었다. 잔업이 있는 날이면 주변이 어둑해져서야 퇴근하게 되는데, 남들이 버스 정류장으로 걸어가거나 정문 앞 공터에서 통근 버스에 오르고 있을 때 정화는 혼자 회사 맞은편의 으슥한 골목길로 들어가고는 했다. 오롯이 고개 숙이고 토각토각 어둠 속으로 스며드는 정화의 뒷모습을 보고 있노라면 매번 같이 걸어가고픈 충동을 느꼈다.

그런데 그날 밤에는 안티푸라민을 돌려준다는 핑계가 있었다. 나는 정문을 나서면서 자연스럽게 정화의 옆으로 따라붙었다.

「낮엔 정말 고마웠습니다.」

「뼈에 맞으신 것 같던데 내일은 조금 부어오를 거예요.」

「집이 이 안쪽에 있나요?」

「네.」

우리는 그렇게 해서 처음으로 같이 걷게 되었다. 정화는 골목으로 한참 들어가 나오는 동네 안쪽에 자취방을 두고 있었다. 왼쪽으로 다보록이 자란 풀섶귀밭이 죽 이어지고 길 오른쪽으로만 드문드문 주택들이 보이는 그 길은 외진 시골길처럼 으슥하고 한적했다.

「밤에는 조금 무섭겠어요?」

「늘 다니다 보면 괜찮아요.」

우리는 어느 허름한 사립문 앞에서 걸음을 멈추었다. 정화는 가볍게 고개를 까닥거리는 것으로 작별 인사를 대신하고는 마당을 질러 쪽마루가 있는 작은 방으로 들어갔다. 잠시 후 불이 밝혀지면서 방문 창호지에 정화의 그림자가 어른거렸다. 나는 왠지 아쉬운 기분이 들어 사립문 앞에 한참 동안 어름거리며 서 있었다. 골목을 돌아 나오면서도 나는 몇 번이나 정화가 들어간 방문을 뒤돌아보았다.

그 후로는 일주일에 한 번꼴로 정화를 바래다주었다. 같이 걸으면서도 정화는 별로 말이 없었다. 그래서 나는 어색해지지 않도록 무언가 계속 새로운 화제를 끄집어내야 했다. 그러자니 정화 앞에서만은 나도 수다쟁이가 되었다. 원래 말수가 적은 여자이기도 했지만 정화는 나와 단둘이 있는 시간을 약간 부담스러워하는 것 같았다. 그러면서도 내가 바래다주겠다고 하면 사양하는 경우는 없었다.

정화를 처음 바래다준 날로부터 한 달쯤 되었을까, 나는 생각지 않았던 일로 하루 종일 정화와 함께 시간을 보내게 된다. 거기엔 조금 우스꽝스러운, 사실은 서글프다고 해야 할 어떤 계기가 있다.

그 얼마 전부터 새나라 전기는 별쫑스러운 규칙 하나를 만들어 놓고 있었다. 출근 시간인 여덟시 정각이 되면 회사 정문을 걸어 잠그고 열어 주지 않는 것이었다. 지각을 줄여 보겠다는 회사 나름의 아이디어로, 1분이라도 지각하는 자는 아예 들어

보내지 않겠다는 공고가 그 며칠 전에 내려와 있었다.

어느 날 나는 5분쯤 늦게 회사 정문에 도착했다. 정문 앞에는 이미 대여섯 명의 지각자들이 모여 경비와 작은 승강이를 벌이고 있었다. 그 무리 중에 정화도 있었다. 그날은 마침 월요일이어서 정문에서 빤히 들여다보이는 회사 마당에 전 사원이 나와 조회를 서고 있었다. 그렇듯 아직 작업도 시작되지 않았건만 경비는 우리를 들여보내지 않았다.

사람들은 경비를 상대로 화를 내거나 사정해 가면서 발을 동동 굴렀다. 하지만 회사로부터 엄한 지시를 받은 경비는 움쭉도 하지 않았다. 그렇게 20여 분이 흘렀고, 지각자들은 조회를 마친 사원들이 우르르 건물 안으로 사라지는 걸 굳게 닫힌 철망 문 뒤에서 멀뚱히 지켜보아야만 했다. 그건 참 처량한 기분이었다. 자신이 인간 결격자로 취급되고 있다는 느낌이었다.

정화는 그때까지도 경비를 상대로 집요하게 사정하고 있었다. 마침내 승강이에 지친 경비는 홀쩍 몸을 돌리더니 경비실로 들어가 버렸다. 정화가 힘없이 고개를 떨구면서 돌아섰다. 돌아서는 정화의 눈가에 그렁그렁 눈물이 맺히는 게 보였다.

개새끼들! 내 입에서 순간적으로 튀어나온 말이었다.

나는 치밀어 오르는 화를 참을 수가 없어 정문의 철망을 냅다 걷어차 버렸다. 그러자 나를 따라 몇 사람이 연달아 정문을 걷어찼다. 곧 경비가 씨근거리며 달려 나와서는 누구에게랄 것 없이 한바탕 거친 욕설을 퍼부었다. 그 서슬 푸른 기세에 다들

슬금슬금 물러섰지만 나는 지지 않고 끝까지 경비와 싸웠다. 똥감태기 쓴 얼굴로 나를 노려보던 경비는 싸워 봤자 자기만 손해라고 생각했던지 다시 경비실로 들어가 버렸다.

나는 정화를 돌아다보았다. 정화는 반쯤 고개를 숙인 힘없는 모습으로 발끝에 시선을 떨구고 있었다.

나는 다소 과장되게 어깨를 으쓱거리며 정화에게 다가갔다.

「잘됐지요, 뭐. 이참에 하루 쉬는 거지요. 그까짓 하루 일당 가지고 죽고 살 것도 아니고, 아예 휴가 얻었다고 생각하자 구요.」

정화는 묵묵히 서 있기만 했다.

「개자식들, 라인에 차질 생기면 지들만 손해지…….」

나는 연방 혼자서 구시렁거렸다. 솔직히 나로선 하루 쉴 핑계가 생겨 차라리 잘되었다는 생각이었다. 개운한 기분은 아니었지만 자기들이 일 안 시켜 주겠다는데 구걸하듯 매달리고 싶은 마음은 추호도 없었다. 하지만 정화의 표정은 어둡기만 했다.

회사 문은 결코 열릴 것 같지 않았다. 이러지도 저러지도 못한 채 난감한 표정으로 서성거리고 있는 공원들의 모습은 영락없이 패잔병의 꼴 한가지였다. 나는 텅 비어 적요하기만 한 회사 마당을 물끄러미 건너보다가 정화의 팔을 잡아끌었다.

「가요. 내가 즐거운 하루를 만들어 드릴게요.」

정화는 서름한 눈빛으로 정문을 건너보고는 이윽고 마지못해하는 얼굴로 나를 따라 돌아섰다. 우리가 큰길 쪽으로 몇 걸음 옮겼을 때 등 뒤에서 일과 시작을 알리는 사이렌이 무적처럼 길게 울었다.

그날은 참 즐거웠다. 시종 정화의 마음을 풀어 주려고 애쓴 덕분에 정화는 점심을 먹을 때쯤부터 조금씩 웃음을 내보이기 시작했다.

「휴우, 드디어 성공이네!」

「미안해요. 아니, 고마워요.」

아, 그때 배시시 웃던 정화의 얼굴이라니. 그다음부터는 사뭇 유쾌한 시간이었다. 우리는 탁구를 치고, 한적한 공원을 거닐었고, 영화 구경을 했고, 음악 다방에 앉아 시원한 냉커피를 마셨다. 이런 게 데이트구나! 정화의 얼굴에 가벼운 미소 한 자락만 떠올라도 나는 가슴이 온통 뻐근해졌다.

하지만 다음날, 우리는 모처럼 즐거웠던 그 하루의 대가를 톡톡히 치러야만 했다. 아침에 출근하자마자 반장이 우리 두 사람을 불렀다. 반장은 사람들이 오가는 통로에 우리 둘을 세워 놓고 호된 질책을 퍼부어 댔다. 나야 상관없었다. 고개를 푹 떨구고 중죄인처럼 서 있는 정화를 보면서 나는 내내 미안해 죽을 지경이었다. 끝내는 줄 알았던 반장이, 사회는 냉정한 거야, 하면서 다시 입을 열기 시작했을 때 나는 기어코 억누르고 있던 울화를 터뜨리고 말았다.

「그럼 대체 어떻게 하란 말이에요? 아무리 사정해도 들여보내지 않는데 하루 종일 문밖에 서 있기라도 하란 말입니까?」

「어떻게든 들어와야지. 그렇다고 제멋대로 가버려?」

「도대체 뭐가 제멋대로예요? 열어 주질 않았다니까요.」

「그럼 전화라도 했어야 할 거 아니야. 지각도 부족해서 무단
결근까지 해?」

「하기 싫었습니다!」

「뭐야, 임마!」

결국 반장과 한판 입씨름을 벌이기 시작했다. 내친김에 나는
결기를 바짝 세워 다라지게 밀어붙였다. 말에 몰린 반장은 급
기야 공구함까지 쳐들고는 내 머리통을 부수겠다며 입에 거품
을 물었는데, 그건 실수였다. 나는 씩 웃으며 옆에 있던 쇠파이
프 하나를 챙겨 오른손에 거머쥐었다.

「해봅시다! 나도 공고 삼 년 좆 같은 세월에 싸움질만 는 놈
이오.」

새끼 건달 같은 유치한 말수작이었다. 어쩌겠는가, 내가 온
마음 바쳐 즐거운 날을 만들어 주었던 여자가 바로 그 일로 해
서 모진 험구를 듣고 있는 데야 열아홉 혈기방장한 나이로 목
에 칼인들 못 대겠는가. 내가 그처럼 결팍지게 나가자 반장 쪽
에서 먼저 주춤거리며 한 걸음 물러섰다. 동시에 반원들이 우
르르 나서서 우리 두 사람을 갈라놓았다.

그 일이 있은 다음부터 반장은 나에게 함부로 말하지 않았
다. 하기야 나 또한 반장에게 좀 더 공손해지기는 했다. 어쨌거
나 상급자 아닌가, 익숙해진 건지 무심해진 건지, 그 후로는 반

장의 행동이 신경 쓰이지 않았다. 그 밖에도 매사에 체념하는 버릇이 들어 갔다.

여름은 그렇게 끝나 가고 있었다.

야옹이는 이제 책상이나 창틀 위에서도 가뿐히 뛰어내렸다. 기껏 몇 달 사이에 어른이 다 돼 있었다. 다행히 쥐는 물어 오지 않았다. 부지런히 생선 토막까지 챙겨 제공하는 어머니 덕분이었다.

야옹이는 어느 날부턴가 대문 앞에서 나를 기다리기 시작했다. 그렇다고 나를 반가워하며 달려드는 건 아니었다. 내 눈과 마주치고 나면 그것으로 제 할 일은 끝났다는 듯 바로 집 안으로 들어가 버렸다. 내가 들어온 다음엔 더 이상 대문을 지키지 않는 것으로 보아 나를 기다렸다는 걸 짐작할 뿐이었다. 도무지 애교라곤 모르는 녀석이 어둑한 그 시간까지 대문턱에 웅크리고 앉아 나를 기다린다는 게 대견스러워 나는 가끔 생선을 사들고 와서는 통째로 야옹이에게 던져 주었다.

야옹이가 식사를 할 땐 건드리지 말아야 했다. 한창 맛있게 먹고 있을 때 장난을 걸면, 이놈은 생선을 갖다 준 내 성의도 아랑곳없이 볼강스럽게 눈꼬리를 치켜 들며 가르랑거렸다. 못된 놈! 그러나 생선을 다 해치우고 나면 이내 내 무릎을 타고 올라서는 비린내 나는 혓바닥으로 내 손등을 쓱쓱 핥았다. 그러면 나는 핥는 대로 놔두었다가 야옹이가 떠나고 난 후에야 화장실로 가 손을 씻었다.

야옹이의 어떤 자세들은 그 가당찮은 근엄함으로 해서 나를 슬며시 웃음 짓게 만들었다. 이를테면 호랑이를 닮은 자세였다. 어슬렁거리며 천천히 걸어갈 때, 혹은 앞다리를 반쯤 구부리고 앉은 상태에서 고개만 들어 좌우를 살피거나 할 때에 그런 자세가 만들어지는데, 기껏해야 목침 정도의 덩치밖에 안 되는 놈이 그렇듯 근엄한 몸가짐을 연출한다는 게 나로선 여간 우습지 않았다.

물론 고양이의 전형적인 자세라면 역시 똬리를 틀고 앉아 있는 모습이다. 야옹이가 똬리를 트는 장소는 주로 부뚜막 위였다. 처음엔 그 때문에 여러 번이나 놀랐다. 어두운 부엌에 들어서서 불을 켜는 순간 부뚜막 위의 시커먼 뭉치와 마주치게 되면, 그것이 야옹이라는 걸 알게 되기까지의 1, 2초간 서늘한 기운이 쭈뼛 머리끝으로 치솟는 것이었다. 내가 가슴을 쓸어내리며 자기를 보고 있으면 야옹이는 둥그스름한 털방석에 머리 하나 달랑 얹힌 듯한 그 똬리 상태에서 고개만 사부자기 들어 나를 올려다보았다.

그럴 때, 야옹이는 결코 먼저 고개를 돌리는 법이 없었다. 한 점의 동요도 없이 일직선으로 맞받아 올려다보는 그 투명하게 반짝거리는 눈동자는 흡사 박제된 동물의 그것처럼 섬뜩하기조차 했다. 고양이란 동물은 태생 자체가 먼저 눈길을 돌리지 않도록 생겨 먹은 모양이었다. 언젠가 나는, 요놈 봐라! 하는 심정이 되어 내기라도 하듯 오래도록 야옹이를 마주 쏘아본 적이 있다. 그래 봐야 2분 남짓이었지만 결국엔 눈알이 아픈 내 쪽에서 먼저 물러서야만 했다. 야옹이는 그동안 눈 한 번 깜빡거리지 않았다.

내가 보기에 고양이란 동물은 교활하다기보다는 오히려 멍청한 쪽에 가까웠다. 고양이가 개보다 지능 지수가 높다고 하던데, 실제의 지능 지수야 어떤지 몰라도 고양이는 도무지 사람의 감정을 눈치 챌 줄 몰랐다. 어쩌다 성가신 마음이 들면 야옹이를 냅다 던져 버리고는 했는데, 그때마다 이놈은 내 신경질 따위는 아랑곳없이 금세 빠르르 달려와서는 허리춤으로 파고들었다.

어쨌거나 나는 조금씩 야옹이가 좋아졌다. 놈의 과묵함, 체구에 어울리지 않는 근엄한 자태, 내 기분 따위에는 신경도 쓰지 않는 멍청함, 그런 것들이 그럭저럭 야옹이의 매력으로 느껴졌다.

그렇듯, 그해 여름이 다 가도록 나는 고양이 한 마리와 함께 세월을 죽여 갔다. 그해 여름에 내 삶에 끼어든 인상적인 일은 그것뿐이었다.

몇 가지 사소한 일은 있다. 얘길 했는지 모르겠는데, 나는 그해 여름에 새나라 전기라는 회사에 다니고 있었다. 공고 졸업반의 학생 신분으로 현장 실습을 나갔던 것으로, 하루 종일 에어 드라이버로 볼트를 조였고, 일당 540원이었고, 잔업과 휴일 특근까지 계산하면 한 달에 약 3만 원 안팎의 월급이 만들어졌다. 그러면 2만 원 정도는 집에 갖다 줄 수 있었다. 조금 적다는 생각이었지만 졸업을 해 실습생 신분에서 벗어나면 일당이 조정될 것이라고 기대하고 있었다.

그리고 참, 어떤 여공과 연애 비슷하게 사귀기도 했다. 정화라는 여자였다. 결코 연애는 아니었다. 여자도 나도 너무 조심스러웠고, 막상 이렇다 할 교제 같은 것도 없었다. 어쨌거나 나는 그 여자에게 짝사랑 비슷한 연정을 가지고는 있었고, 그래서 몇 번은 그 여자와의 동침을 떠올리며 자위행위를 하기도 했다.

그 여자 정화와의 마지막 기억은 떠올리기 착잡하다. 조금 우울한 기억이다. 그 이야기를 하려면 어떤 씁쓰레한 사건 하나를 먼저 이야기해야 한다.

어느 날 작달막한 키의 젊은 공원 한 명이 나를 찾아왔다. 그는 주물, 선반, 프레스 등을 다루는 생산2과 소속이어서 학생들과는 별로 접촉이 없던 공원이었다. 그는 나에게 실습생 협의회의 간부들을 만나고 싶다고 했다. 간부라는 말을 들으니 괜히 겨드랑이가 근지러웠다.

그날 퇴근 후, 나는 협의회의 회장과 함께 회사에서 멀리 떨어진 어느 다방에서 일곱 명의 공원을 만났다. 그들은 자리에 앉자마자 단도직입적으로 자신들을 도와 달라고 말했다. 당연히 우리로서는 생급스럽기만 했는데, 그들의 진지하면서 간절한 표정엔 무언가 필사적인 의지 같은 게 깔려 있어 우리마저 덩달아 긴장시켰다.

「며칠 전에 동료 한 사람이 쇳물을 옮기다가 발에 화상을 입었습니다. 못해도 사나흘은 입원 치료를 해야 되는데, 뭐 사실은 흔한 사고지요. 그 정도는 이제 우리도 회사도 놀라지 않아요. 며칠 쉬면서 치료받으면 그만이지요. 한데 그 친구는 병원에 단 하루만 입원했다가 오늘 출근했어요. 회사에서 공상 처리를 안 해주기 때문에 자기 돈으로 치료해야 되는데 돈이 없는 거지요. 그런 일은 당연히 공상 처리가 돼야 하는 건데 회사에서는 우리 실수라고 몰아붙이기만 해요. 사고당한 사람이 세게 나가면 공상으로 처리하긴 하지요. 하지만 그렇게 되면 근무 불량으로 회사가 손해를 봤다고 우기면서 다음 임금 인상에서 제외시켜 버립니다. 그러니 어떻게 합니까. 공상 처리해서 간부들한테 미움만 받고 또 임금 인상에서도 제외되면 자기만 손해지요. 그러니 할 수 없이 제 돈으로 치료를 하고 마는데, 공상이 아니니까 회사에 안 나오면 결근 처리가 되는 겁니다. 그러니 절뚝거리면서도 나와서 일해야지요. 개 같은 경우 아닙니까? 당신들 같으면 어떡하겠어요?」

회장과 나는 멀뚱히 서로 얼굴만 바라보았다. 들은 대로라면 확실히 개 같은 경우였다. 우리는 딱히 할 말이 없어 다음 말이 나오기만 기다렸다.

「이건 최근에 일어난 일이라서 예를 든 것뿐이지 사실은 더

심한 경우도 허다해요. 프레스에 손가락이 잘려 나가도 회사에서는 신경 안 써요. 퇴직금 몇 푼 주고는 퇴사시켜 버리고 맙니다. 누가 사고 내고 싶어서 사고 냅니까? 그런데 사고만 났다 하면 죄다 우리 책임이라는 겁니다.」

키 작은 공원은 차츰 자기 말에 스스로 달아올라 목소리가 높아졌다. 주위의 다른 사람들은 조심스레 우리 표정만 살피고 있었다.

이윽고 회장이 제법 대표다운 진중한 목소리로 입을 열었다.

「그래서, 우리더러 뭘 도와 달라는 겁니까?」

「우리는 이번 기회에 회사하고 단단히 한번 붙을 작정입니다. 언제까지 당할 수만은 없지요. 다음 주 월요일부터 우리 일곱 명은 출근만 하고 일은 안 하기로 결정했어요. 우리 요구를 들어줄 때까지 버틸 겁니다.」

「그럼 회사에서 가만있겠어요?」

「바로 그겁니다. 사실 일곱 명 가지고는 싸우기가 힘들어요. 우리가 밀고 나갈 때에 다른 사람들도 합세해 주기를 바라지만 바라는 대로 될지는 알 수 없지요. 사실 이미 같은 부서 사람들한테도 얘기를 해보았는데 우리 일곱 명 외에는 더 모아지지가 않더라구요. 그래서 댁들한테 협조를 부탁하는 겁니다. 당신들이 우리하고 함께 행동한다면, 학생들 숫자가 많으니까 회사에서도 지들 맘대로만 하지는 못할 겁니다.」

회장과 나는 다시 얼굴을 마주 보았다. 말을 다 끝낸 공원들은 긴장된 표정으로 우리의 반응을 기다렸다. 이번엔 내가 입을 열었다.

「우리 둘이서 결정할 문제는 아니네요. 애들하고 의논한 다음에 알려 줄게요.」

공원들과의 대화는 거기서 끝났다. 공원들은 헤어지는 마지막 순간까지 거듭거듭 부탁한다는 말을 던졌다. 그들의 표정은 비장하기 그지없었다.

우리는 다음날 바로 협의회를 소집했다. 회장은 전날의 공원들 표정만큼이나 비장한 얼굴이 되어 그들의 이야기를 전했다. 이야기를 듣는 학생들의 표정도 전날의 우리만큼이나 진지했다. 아니, 그 이상이었다. 회의는 간단하게 끝났다. 회의랄 것도 없었다. 학생 모두가 이구동성으로 공원들을 도와야 한다고 열을 올렸다. 전에 공원들을 테러 하자고 할 때보다도 빠르고 단호한 결정이 내려졌다.

아마도 그건 학생들 특유의 순수한 정의감이었으리라.

그런 쳐죽일 놈들이 있나, 하고 거칠게 내뱉는 말속에는 학생다운 카랑카랑한 혈기가 뜨겁게 용솟음치고 있었다. 또한 그런 결정엔 그간 켜켜이 쌓여 온 억하심도 한몫했을 것이었다. 학생인지 공돌인지 알 수 없는 어정쩡한 처지, 장래에 대한 막연한 초조와 불안, 하루하루 무기력하게 쌓여 가는 자조감, 그런 것들. 게다가 학생들은 두려워할 게 하나도 없었다 할 것이, 비록 시원찮은 공고 출신이라지만 이제 막 사회에 첫발을 딛는 입장으로서 그까짓 컨베이어 따위에 자기 청춘을 걸 생각은 누구도 하지 않고 있었던 것이다. 수틀리면 사표 던지고 나가면 그뿐이라는 생각이었다. 어차피 아이들끼리 늘 해온 게 그 얘기 아니던가. 이까짓 곳 때려치우면 우리가 어디 갈 데 없겠느냐고, 아이들은 하루에도 열두 번씩 마음의 사표를 쓰고 있었던 것이다.

우리들은 들뜬 기분으로 다음 주 월요일을 기다리기 시작했다. 그건 정말 유쾌한 기다림이었다. 어려운 처지의 공원들을 도와준다는 뻐근한 자부심, 회사와 한판 신나게 맞붙는다는 거친 호승심, 그건 수학여행 기다리는 것 이상의 상큼한 근질거림이었다.

공원들을 만난 이틀 후던가, 나는 모처럼 정화를 바래다주게 되었다. 정화는 여느 때처럼 별말이 없었다. 왠지 그날따라 정화는 더욱 매력적으로 보였다. 나는 정화의 손을 잡아 보고 싶고 입맞춤도 하고 싶다는 강렬한 열망 속에서 정화를 바래다주고 있었다.

이윽고 정화의 집 앞에 도착했을 때, 나는 그대로 돌아서는 게 아쉬워서 공연히 머뭇거렸다. 그때 정화가 몸을 돌리다 말고 조용히 입을 열었다.

「생산이과 사람들을 도와주기로 했다면서요?」

「네? 아, 네, 그러기로 했지요.」

나는 조금 멍청한 표정으로 그렇게 대답했다. 그런데 이어서 나온 정화의 말이 뜻밖이었다.

「고마워요.」

정화가 내 눈을 올려다보며 나지막이 말했다. 정화의 얼굴에 은은한 미소가 퍼졌다. 네? 하고 내가 다시 의아한 표정을 지었을 때 정화는 이미 돌아서서 자기 방으로 걸어가고 있었다.

공원들과 학생들의 연대 계획은 이미 회사 안에 파다하게 퍼진 모양이었다. 우리 반에서도 여러 명이나 나에게 그게 사실이냐고 물어 오고는 했다. 나는 그때마다 조금 우쭐거리는 기분이 되어 당당하게 그렇다고 대답해 주었다.

그 주의 토요일 오전이었다. 생산과장이 협의회의 간부인 회장과 나를 불렀다. 우리는 과장을 따라 본관 건물의 어느 으리으리한 사무실로 들어갔다. 예쁜 사무직 여사원이 들어와 우리 앞에 뜨거운 커피 두 잔을 내려놓았다.

과장은 협의회의 활동에 대하여 몇 가지 가벼운 질문을 던지더니 슬그머니 월요일의 계획 쪽으로 화제를 옮겼다. 쿵, 하면 홀아비 월담하는 소리라 했다. 대충 의도를 짐작하고 있던 회장과 나는 과장 앞에서 당당하게 우리 소신을 밝혔다. 과장은 여유 있게 웃어 가며 우리의 말을 다 들어 주었다. 우리는 거창한 외교 자리에라도 나와 있는 듯 괜히 가슴이 뻑적지근했다.

「그런데 말이야…….」

바투 다가앉은 과장이 전에 없이 부드러운 말투로 입을 열었다. 과장은 더 이상 에두르지 않고 여러 가지 제안을 내놓으며 우리를 설득하기 시작했다. 우리는 과장의 말을 귓등으로 흘려들었다. 작업 시간을 빼먹고 있다는 나른한 행복감 속에서 우리는 그저 방 분위기에 맞는 기품 있는 동작이나 생각했다.

그런데, 차츰 마음이 흔들려 갔다. 과장의 제안이 매력적이었던 것이다. 앞으로 학생들은 원하지 않는 한 잔업이나 휴일 특근을 하지 않아도 좋다. 졸업 전까지는 토요일에는 오전 근무만 시키겠다. 과장은 그렇게 말하고 있었다. 무엇보다 귀를 번쩍하게 만든 말은, 졸업과 동시에 지금의 일당을 배로 올려 주겠다는 제안이었다. 실습생 신분에서 벗어나면 일당 조정이 있으리라 생각하고는 있었지만 과장의 제안은 파격적이었다. 일당이 배로 뛴다면 그건 5년 이상 근무한 고참 공원과 맞먹는 액수였다.

「우리끼리 결정할 일은 아닙니다. 아이들하고 의논한 다음에 말씀드리겠습니다.」

우리는 공원들에게 했던 말을 되풀이했다. 우리가 자리에서 일어났을 때 과장은 악수를 건네며 다시 한마디를 덧붙였다.

「자네들 지금 부서가 마음에 들지 않지? 나중에 원하는 곳 있으면 말해, 내가 그쪽으로 보내 줄게.」

우리는 퇴근 즉시 학생들을 모아 회의를 가졌다. 협의회가 생긴 이후의 세 번째 안건인 셈이었다. 전의 두 번과 달리 이번엔 팽팽하게 의견이 엇갈렸다. 여전히 정의로운 의협심에 매달려 있는 아이들, 생산과장의 제안에 솔깃해하는 아이들, 머릿수

마저 비슷하여 자칫 분열이라도 생길 듯 팽팽하게 갈린 두 패는 오래도록 입씨름을 벌였다. 좀처럼 결말이 나지 않았다.

「회장과 총무, 너희들 생각은 어떠냐?」

오랜 시간이 흐른 후에 느닷없이 한 아이가 그렇게 물었다. 그러자 대번에 모두의 시선이 우리 두 사람에게 쏠렸다.

「우리야 전체 의견에 따를 뿐이지…….」

회장이 어색한 표정으로 말끝을 흐렸다.

「의견이 통일이 안 되니 그렇지. 다수결로 결정할 수도 있겠지만, 너희가 공원들이나 과장을 직접 만난 애들이니까 알아서 판단해 주면 좋겠어. 너희 둘도 의견이 갈린다면 모르겠지만, 만약 두 사람이 똑같은 의견을 내놓는다면 우리는 너희들 결정에 따르마. 어때, 다른 사람들 생각은?」

처음 말을 꺼냈던 아이가 그렇게 말하며 좌중을 둘러보았고, 아이들은 기다리고 있었다는 듯 모두 그 아이의 말에 동의했다. 지쳐 있었던 것이다.

학생들의 시선이 다시 우리 두 사람에게 집중되었다. 끈적끈적한 침묵이었다. 그 느닷없는 고요 속에서 우리는 잠깐 어색하게 웃었다. 몸이 옥죄이는 기분이었다. 이윽고, 회장이 입을 열었다.

「우리는…….」

우리는 과장의 제안을 받아들이자는 쪽이라고 말했다.

회의는 그것으로 끝났다. 공원들과의 연대 계획은 없던 일로 돌아갔다. 학생들은 언제 팽팽한 엇갈림이 있었냐는 듯 곧 모든 걸 잊고 걸쭉한 뒤풀이 순서로 넘어갔다. 토요일은 오전 근무만 한다 이거지…… 협의회 만든 보람이 있네…… 연대 행동을 주장하던 아이들까지도 덩달아 헤실거리며 들뜬 분위기에 휩쓸렸다.

월요일 아침, 나는 출근하자마자 일전에 나를 찾아왔던 공원을 만나 협의회의 결정 사항을 전달했다. 공원은 10초쯤 나를 노려보더니 아무 말 없이 살차게 돌아섰다. 잠시 마음이 께름했지만 나는 곧 훌훌 털어 버리고 조회를 서기 위해 운동장으로 나갔다.

조회가 끝나 오전 작업이 시작되자 공원들은 자기들 일곱 명만으로 예정된 태업에 들어갔다. 생산2과의 누구도 그 태업에 동참하지 않았다. 그렇다고 회사 쪽에서 그들을 제지하는 것도 아니어서 태업 자체는 일단 별일 없이 진행되는 듯했다. 그들은 무슨 유인물을 나누어 주었다. 그러면서 소리 높여 구호를 외치고는 했다. 그리고 가끔 그들이 부르는 절도 있는 노랫소리가 소란한 기계음을 뚫고 이쪽으로 넘어오고는 했다. 사람들은 그때마다 화라락 고개를 들어 생산2과 쪽을 바라보았다. 하지만 누구도 그들을 화제로 삼아 이야기를 나누지는 않았다. 그렇듯, 엷은 안개처럼 사람들 사이를 떠다니는 심상치 않은 긴장감에도 불구하고 그 일곱 명의 비장한 태업은 그저 자기들만의 돌발적인 일탈로 처량하게 진행되었다.

다음날 아침, 회사 벽보에는 생산2과의 공원 일곱 명을 해고한다는 공고문이 붙었다.

「자식들…… 그럴 줄 알았지.」

어느 쪽을 탓하는 것인지 몇 사람이 혀를 차며 구시렁거렸다. 그러곤 허청하게 웃으며 자기 자리로들 흩어졌다. 출근했던 공원 일곱 명은 사무직 사원들에 의해 강제로 회사 밖으로 쫓겨났다. 하루 만의 태업은 그렇게 끝났다. 사람들은 그날 오후도 되기 전에 벌써 태업에 대해서는 까맣게 잊어 가는 듯했다.

이튿날 나는 회장과 함께 생산과장을 찾아가 변전실에서 근무하고 싶다고 청했다. 과장은 신경 쓰고 있으니 조금만 기다려 달라고 말했다. 이제 곧 지겨운 컨베이어를 벗어난다고 정신이 느슨해져 그랬는지 나는 그날 두 번째로 쇠파이프에 턱을 강타당했다.

그 며칠 후였다.

나는 모처럼 정화를 바래다주기 위해 퇴근하자마자 얼른 골목 입구로 달려갔다. 회사 앞에서부터 같이 걸어가면 남의 눈도 있고 해서 처음 바래다주던 날을 빼고는 대개 그렇게 골목 입구에서 기다리고는 했던 것이다.

잠시 후에 색색의 화사한 사복으로 갈아입은 사람들이 우르르 몰려나왔다. 퇴근 시간엔 언제나 푸릇한 활기가 넘친다. 정문 앞은 깨알처럼 튀어 오르는 웃음소리와 수선스러운 작별 인사로 흥청거렸다. 이윽고 정화가 무리에서 빠져 골목 입구로 들어서는 게 보였다. 나는 손을 들어 올리며 정화에게 다가섰다. 그런데 정화는 나를 보고서도 걸음을 세우지 않았다.

바람처럼 빠르게 내 앞을 스쳐 지나가며 날카로운 목소리로 정화가 말했다.

「따라오지 마세요!」

뭐라고 말했지? 나는 잠깐 어리뚱하게 서 있다가 뒤늦게 정화의 말을 되새겼다. 따라오지 마세요, 그렇게 말했다고 머릿속의 뇌가 반복해 주었다. 그 억양도 되살려 주었다. 송곳처럼 날카롭고 차가웠던 억양을.

나는 한 걸음 한 걸음 짙은 어둠 속으로 걸어 들어가는 정화의 뒷모습을 창망히 바라보았다. 정화의 등 뒤에서 차가운 바람이 이는 듯했다. 토각토각, 정화의 빠른 발걸음 소리가 무척이나 아득하게 느껴졌다. 이윽고 그 소리가 완전히 사라졌을 때에야 나는 퍼뜩 정신을 차리고 정화를 뒤쫓아 가기 시작했다.

내가 정화네 집 대문 앞에 도착했을 때 정화는 이미 방에 들어가 있었다. 창호지의 희읍스름한 불빛을 바라보며 나는 잠깐 그대로 서 있었다. 알 수 없는 조바심이 자박자박 끓어올랐다. 이윽고 나는 조심스레 마당으로 들어섰다. 언제나 대문 앞에서 돌아서 가곤 했으므로 마당 안으로 한 걸음 들이민다는 게 월담이라도 하는 것처럼 긴장되었다.

나는 크게 심호흡을 하고 나서 마당을 질러 방문 앞으로 다가갔다. 내가 쪽마루에 손을 짚고 노크를 할까 말까 망설이고 있을 때 안에서 어떤 남자 목소리가 들렸다.

「내일 다른 곳에 취직하기로 했어. 너도 그쪽으로 와라.」

「안 돼. 그나마 여기에선 숙련공 대우를 받고 있는데 거기 새
로 가봐야 일당만 적어질 거 아니야.」

「……하긴 뭐 꼭 같은 회사에 다닐 필욘 없겠지.」

「여기서 멀어?」

「조금, 성수동이야. 자주 올게. 아예 우리 동거하면 어떠냐?」

「아직은 안 돼.」

「그래. 하기야 나도 이렇게 시작하고 싶지는 않아. 조금만 기
다려, 내 꼭 돈 벌고 만다. 개새끼들!」

「그런 말투 싫다고 했잖아.」

「……그 자식들은 잘 있어?」

「누구?」

「그 배신자 새끼들. 교복 입고 깝죽대는 놈들 말이야.」

「……」

나는 쪽마루에서 물러났다. 그리고 발소리를 죽이며 마당을
돌아 나왔다. 그였다. 내게 찾아와 협조해 달라고 말했던 그 키
작은 공원이었다.

대문 앞에서 한 번 더 방을 돌아본 다음에 나는 천천히 큰길
쪽으로 걸어 나갔다. 사방이 적막했다. 구름에 가려 있던 달빛
이 내려 깔리면서 골목길은 한층 쓸쓸해 보였다. 내가 막 골목
끝에 이르렀을 때 어디선가 컹컹, 개새끼들이 마구 짖어 대고

있었다. 구름이 다시 달빛을 가렸다.

그해 여름, 나는 고양이 한 마리를 키우고 있었다. 갓 태어난 새끼를 얻어 온 것이어서 우리 집에 올 때는 무척이나 작았었다.

「에구, 쥐한테 잡혀 먹히고 말겠네!」

여동생은 그렇게 말했다.

여름이 끝날 때쯤에는 우리 가족 모두가 그 고양이를 사랑하게 되었는데, 어느 날 슬픈 일이 생겼다. 고양이가 갑자기 사라져 버렸다. 생전 대문 밖에도 나가지 않던 놈이었으므로 가족은 걱정이 대단했다. 나는 옆집에서 자전거까지 빌려 타고는 하루 종일 고양이를 찾아 동네를 헤맸다. 어디서 자동차에 치인 것인지, 쥐약을 잘못 먹고 죽기라도 했는지, 갖가지 상상이 떠오르며 가슴이 시큰거렸다.

야옹이는 끝내 돌아오지 않았다. 나는 여러 날이나 야옹이가 나를 기다리며 웅크리고 있던 대문 앞을 서성거렸다. 그러다가 가끔 아무도 모르게 혼자 눈시울을 적시고는 했다. 그런 날 밤이면 머리끝까지 이불을 덮어쓰고는 온몸이 땀에 절어 가며 그해에 처음 배운 자위행위에 몰두했다. 행위가 끝나고 나면 매번 참담했다. 견딜 수 없이 수치스러웠다.

그해 여름, 고양이를 키우던 일과 자위행위를 배운 일 말고 내게는 아무런 일도 없었다.

무서운 밤

초판 1쇄 발행일 • 2003년 12월 5일
초판 2쇄 발행일 • 2004년 1월 5일
지은이 • 임영태
펴낸이 • 임성규
펴낸곳 • 문이당

등록 • 1988. 11. 5. 제 1-832호
주소 • 서울시 성북구 동소문동 4가 111번지
전화 • 928-8741~3(영) 927-4991~2(편)
팩스 • 925-5406
ⓒ 임영태, 2003

홈페이지 http://www.munidang.com
전자우편 webmaster@munidang.com

ISBN 89-7456-240-5 03810